Le Livre Du Baiser

달콤한 너무도 달콤한
입맞춤

마르틴 메랄 엮음 | 강주헌 옮김

다락방

달콤한 너무도 달콤한
입맞춤

오늘 아침 난 아무 것도 먹지 않으리라, 저녁에도.
내 입술에 연지는 물론 분도 칠하지 않으리라,
그의 입맞춤 흔적이 지워지지 않도록.

— 피에르 루이스, 『빌리티스의 노래』

머리말

비극과 희극, 그리고 삶,
이 세상의 모든 것은 하나의 이름만을 갖는다.
입맞춤이라는 이름을!

— 테오도르 드 방빌, 『입맞춤』

입맞춤은 벼락처럼 닥쳐오고,
사랑은 폭풍처럼 지나간다. 그리고 삶은
다시 맑아진 하늘처럼 평온을 되찾고, 예전처럼
다시 시작된다. 우리는 먹구름이 짓누르던 시절을 기억할 수
있을까?

— 기 드 모파상

그러나 세상에서 유일하게 진실된 언어는 입맞춤이다.

— 알프레드 드 뮈세, 『목가』

아침에는 다리가 넷, 점심에는 둘, 저녁에는 셋이 되고, 소리를
낼 수 있는 동물이 무엇이겠느냐? 스핑크스의 이런 수수께끼 같

은 질문에 오이디푸스는 자신 있게 '사람'이라고 대답했다. 스핑크스는 울분을 꾹 참고 길을 열어 줄 수밖에 없었다. 그를 우적우적 씹어서 이 땅에서 영원히 없애 버릴 기회를 포기해야 했다. 그래서 오이디푸스는 테베로 발걸음을 재촉할 수 있었다.

새벽에 배워서, 점심에 열정적으로 나누고, 저녁에 맥 없이 나누는 것이 무엇이겠느냐? 스핑크스가 보충 질문으로 이렇게 물었더라면, 오이디푸스는 '입맞춤'이라고 대답해야 했을 것이다. 그러나 과연 그가 이렇게 대답할 수 있었을까?

전설에 따르면, 그는 태어나자마자 산 속에 버려졌다. 테베의 왕이었던 아버지 라이오스 왕과 어머니 이오카스테 왕비에게서 멀리 떨어져 살아야 했다. 갓 태어난 아기가 아버지를 죽이고 어머니와 결혼하게 될 것이란 아폴로의 신탁神託 때문에 부모는 두려움에 떨어야 했다. 아기를 죽일 수는 없었기에, 그들은 핏덩이를 멀리 떼어놓기로 했다. 그러나 어린 오이디푸스에게 부모의 입맞춤마저 빼앗았던 가혹함에 대한 형벌이 기다리고 있었다.

갓 태어나 기어 다니는 아기, 그런 아기도 친숙한 얼굴에는 입술을 내밀어 보인다. 아기의 촉촉한 입술에서 들려 오는 달콤한 옹알이는 어머니에게 황홀감을 안겨 준다. 어머니의 얼굴은 입맞춤을 자극하는 첫 거울이다. 왜냐 하면 입맞춤은 주고받는 것이어야 하기 때문이다. 어머니의 첫 입맞춤을 잃게 될 때, 아기의 일생은 뒤틀리게 마련이다. 게다가 사랑의 무대에서 입맞춤의 역할이 무엇인지 깨닫기도 힘든 것이다.

비르길리우스는 『목가牧歌』에서, "어머니의 미소를 보지 못한 아이는 신들의 식탁에, 여신들의 침대에 함께 할 자격이 없다"고 말하지 않았던가. 어머니에게 입맞춤의 달콤함과 위력을 배우지 못한 아이들도 마찬가지가 아니겠는가?

두 다리로 굳건히 세상을 살아가는 인생의 청춘기에, 우리는 사랑하는 연인을 품에 안고 처음에는 서먹하지만 순수한 입맞춤을 나눈다. 그리고 점점 열정적인 입맞춤으로 변해 연인의 입술에서 사랑의 희열까지도 깨닫게 된다.

지팡이를 세 번째 다리로 삼아야 하는 노년기, 그때 우리에게는 이별의 인사로 맥 없이 나눠 갖는 입맞춤의 그림자만이 남는다. 삶의 끝이 다가오는 때이다. 분명히 살아 있는 입술이건만, 죽음을 예견한 듯한 해골 같은 이빨들이 미소를 짓는다. 이제 운명의 입맞춤이 우리를 죽음으로 재촉한다. 이별의 입맞춤! 그 오랜 역사에서, 그 입맞춤은 우리에게 서글픔을 안겨 줄 마지막 입맞춤의 전주곡이고 연습이리라!

입맞춤은 사랑의 행위와 다를 바가 없다. 끝 없이 시작되는 천일야화가 무색할 정도로, 우리는 누구나 수많은 사랑의 이야기를 간직하고 있다. 보카치오의 레포렐로가 시샘으로 새하얗게 질리고 천일야화의 세헤라자드가 절망할 정도로, 은밀한 이야기들이 경험되고 읽혀졌고 꿈꾸어졌던 기록장을 펼쳐 보자. 이제, 우리도 사랑하는 사람이 되고 시인이 되어 보자.

책이란 매개체에 입맞춤의 흔적을 수없이 남겨 놓은 사람들을 통해서 우리 입맞춤의 기억을 돌이켜보자. 앤솔러지 anthologie , 즉 사화집 詞華集 은 '꽃'을 뜻하는 그리스어 '안토스 anthos '에서 파생된 낱말이다. 사화집은 식물도감이 아니다. 사화집에서는 어떤 꽃도 시들지 않는다. 오히려 더욱 아름다운 모습으로 그려진다. 우리의 손길을 기다리며 순결을 지켜 온 입맞춤이 사화집에는 숨쉬고 있다. 세월이 아무리 흘러도 퇴색하지 않고 신선함을 잃지 않는 입맞춤이다. 그 책을 읽어 주는 독자, 한 명의 독자, 세월을 건너뛸 때마다 당신 혹은 나, 한 명의 독자라도 있다면, 입맞춤의 전율, 감동, 매력, 희열, 관능적 쾌감, 유혹, 아이러니, 아쉬움, 야릇함…… 그 밖에도 입맞춤이 안겨 준 솔직한 감정의 기록은 영원히 계속될 수 있을 것이다.

카오스 이론에 따르면, 나비의 가벼운 날갯짓이 지구 반대편에서는 태풍을 일으킬 수 있다고 한다. 입술 끝을 살짝 스친 가벼운 입맞춤도 마찬가지이다. 심장이 터질 것처럼 가슴을 두근거리게 만들지 않았던가. 누구도 부인할 수 없는 엄연한 사실이다. 루이즈 라베가 말했듯이, 입맞춤이 아니라면 사랑의 증거를 무엇으로 보여 줄 수 있겠는가? 입맞춤이 안겨 주는 짜릿함은 누구나 경험하는 것이다. 우리 모두가 그 은밀한 카오스를 육신으로, 그리고 영혼으로 경험해 보았다. 사랑하는 두 입술이 가볍게 스칠 때, 입맞춤이 안겨 주는 현기증에 포로가 되어 버린 두 연인의 입술이 하나로 포개질 때, 오직 그 때에만 일어날 수 있는 미세한 격정을 우리 모두가 경험하지 않았던가!

접촉! 입술이 하나로 포개지면서 세상이 뒤흔들린다. 입맞춤은 제3의 만남이다. 그 순간부터 사랑의 무대에 육체가 등장한다. 그래서 '비극과 희극, 그리고 삶'이라 하지 않았나. 첫 입맞춤은 또 한 번의 입맞춤을 갈구하고, 그렇게 무한히 계속된다. 입맞춤이 처음 시작되었던 가족이란 울타리를 벗어나는 순간, 우리가 인간이기에 벗어날 수 없는 온갖 감정과 욕망과 열정이 입맞춤에 녹아 흐른다.

미적지근한 입맞춤에서 정열적인 입맞춤까지, 형식적인 입맞춤에서 삼킬 듯한 입맞춤까지, 차가운 입맞춤에서 뜨거운 입맞춤까지, 입맞춤은 그 순간의 진실을 말해 준다. 아름다운 끝을 맺지 못한 수많은 입맞춤이 있지 않았던가. 입맞춤에 담긴 애정의 크기는 무섭도록 정확하다. 누구에게도 배우지 않았지만 처음부터 알고 있었던 것처럼 애정이 담기는 정도가 달라진다. 마치 사랑의 폭죽을 만들어 내는 사람처럼 말이다.

어떤 시대에나 어떤 세계에서나 온갖 유형의 입맞춤이 있었다. 사랑하는 연인을 껴안고 코를 어찌할 바를 몰랐던 사춘기 시절의 어수룩한 첫 입맞춤. 어색한 입맞춤과 능숙한 입맞춤, 허락된 입맞춤과 금지된 입맞춤, 순종적인 입맞춤과 거부하는 입맞춤, 엉겁결에 당한 입맞춤과 계산된 입맞춤, 갈증만 더해 주는 아쉬운 입맞춤. 이 세상에 흔적을 남겨 놓은 사람들의 뜨거운 입맞춤, 그리고 입맞춤의 거짓 없는 진실을 말해 주는 전설 속의 입맞춤. 너무도 자연스런 입맞춤, 죄책감에 억눌린 어색한 입맞춤. 온몸에 짜릿한 전율을 느끼게 해주는 달콤한 입맞춤. 콧수염이나 턱수염에도 아랑곳없이 입술 끝을 살며시 스치는 아침과 저녁의 입맞춤. 프쉬케, 나르시스, 유다, 살로메의 입맞춤과 흡혈귀의 입맞춤까지! 또한 음지와 양지의 입맞춤, 그리고 죽음의 무도 舞蹈를 뜻하는 입맞춤. 죽음을 앞둔 이별의 입맞춤.

비록 짧막한 글모음이지만, 이 책에는 인간이 보여주는 온갖 유형의 입맞춤이 집약되어 있다.

모파상은 "우리는 먹구름이 짓누르던 시절을 기억할 수 있을까?"라는 질문을 던졌다. 그럼, 입맞춤은 기억할까? 감성이 이성을 앞설 때는 쉽게 기억할 수 있을 것이다. 소설가나 시인이 섬세하고 명민한 감성으로 표현해 낸 입맞춤은 거의 언제나 기억된다. 어떤 계산이나 조건도 없이 우리를 아껴 주었던 사람은 잊더라도, 때묻지 않은 입맞춤이나 아쉬움을 남긴 입맞춤은 시시때때로 기억나지 않는가?

입맞춤이 기억에 남으려면 무엇인가 독특한 점이 있어야 한다. 우리에게 환희와 희열을 안겨 주는 그 무엇이며, 다른 것은 망각의 늪에 내팽개쳐지면서 그 입맞춤만은 기억나게 해주는 그 무엇이어야 한다. 바로 그 무엇이 있는 까닭에, 입맞춤은 웃음만큼이나 인간의 고유한 속성이 되는 것이다.

당신의 삶에서 입맞춤이 무엇이었는지 생각해 보라. 당신의 기억에 남아 있는 입맞춤이 있는가? 가장 뜨거웠던 입맞춤, 가장 별났던 입맞춤, 가장 어처구니없던 입맞춤, 가장 어색했던 입맞춤, 가장 불안했던 입맞춤, 그런 입맞춤들이 당신의 기억에 무섭도록 뚜렷이 새겨져 있을 것이다.

무엇인가의 방해로 중단할 수밖에 없었던 입맞춤, 십 년 세월이 지나더라도 그 입맞춤의 아쉬움은 가슴을 아련하게 할 것이다. 제대로 나눠 가질 수 없었던 입맞춤으로! 사랑의 이야기는 이렇게 첫 입맞춤으로 시작된다. 하지만 첫 입맞춤이 때로는 마지막 입맞춤이 되기도 한다. 가슴을 두근거리게 만들었던 입맞춤, 이제 생각하면 아무 것도 아니었지만 그 순간은 우리 정신을 혼미하게 만들었던 입맞춤, 하지만 그 어떤 것과 비교할 수 없었던 그 느낌을 죽는 순간까지 다소곳이 간직하게 만들었던 입맞춤, 그런 입맞춤에 대한 글들을 읽어보자.

인간이 두 발로 서서 활동하던 시기부터 입맞춤은 있었다. 하찮은 일거리를 입 대신 손으로 처리하기 시작하면서 인간은 말과 입맞춤에서 자유롭게 되었다. 그래서 뮈세는 입맞춤을 "세상에서 유일하게 진실된 언어"라 하지 않았던가. 사랑하는 자유와 입맞춤의 허락을 얻어 내기 위해 우리는 수없이 말해야 하고 담판을 벌어야 한다. 입맞춤과 더불어 사랑이 싹트고, 사랑의 언어가 빚어지기 때문이다.

어머니가 입에서 입으로 물려주던 일방적인 것이 바야흐로 교환이란 성격을 띠게 되고, 살의 단순한 접촉이 입맞춤으로 승화되어 간다. 달리 말하면, 입맞춤은 언어를 세련되게 만들고 언어에 순수한 '시'라는 순결한 옷을 입혀 준다. 크로마뇽인이 오르페우스가 되어서 유리디케를 유혹할 수 있고, 또 한 번의 입맞춤을 그녀에게 안겨 주려고 지옥까지 그녀를 뒤쫓아갔던 것이 아니었겠나.

입맞춤은 소설가나 시인의 펜에서 영생을 얻는 특별한 속성을 갖는다. 사랑의 속삭임에는 언제나 입맞춤의 단아한 흔적이 남는다. 사랑의 이야기가 끝나더라도 그 흔적은 한동안 지워지지 않는다. 입맞춤이 있고, 그 다음은 문학의 역할이 남는다.

입맞춤에 관한 주옥같은 글에서, 누구나 자신의 입맞춤을 읽게 된다. 첫 입맞춤처럼 수줍고도 대담한 입맞춤, 순수한 입맞춤과 장난스런 입맞춤, 유치한 입맞춤과 외설적일 만큼 육감적인 입맞춤, 어색한 입맞춤과 우스운 입맞춤, 기꺼운 입맞춤과 훔친 듯한 입맞춤, 감미로운 입맞춤과 격렬한 입맞춤, 차가운 입맞춤과 뜨거운 입맞춤, 구원의 입맞춤과 죽음의 입맞춤…… 어떤 입맞춤이라도 상관없다.

입맞춤은 우리 모두가 색다르게 경험한 것이며, 글로 남겨졌다. 한 마디로, 입맞춤은 하나의 소설이 된다. 시나 전설, 문학과 서사시, 오페라와 영화, 심지어 운동 경기에서의 입맞춤일 수 있다. 캔버스에 그려지는 입맞춤일 수 있고 대리석에 조각된 입맞춤일 수도 있다. 그 어떤 입맞춤이라도 상관없다. 입맞춤은 하나의 소설, 그것도 당신의 낭만이 깃든 소설이다.

마르턴 메랄

옮긴이의 말

　입맞춤을 위해서는 둘이 필요하다. 대화도 그렇다. 그럼, 입맞춤은 입술로 나누는 대화인가? 진실된 대화, 형식적 대화가 있듯이, 입맞춤도 그렇다. 가슴 깊이 파 들어오는 대화가 있듯이 영원히 잊혀질 것 같지 않은 입맞춤도 있다. 대화의 정수인 말이 입술과 혀에서 비롯되듯이, 입맞춤도 입술과 혀로 맺어진다. 멋진 말을 모아 놓은 책이 있는데, 입맞춤의 기억을 모아 놓은 책이 없을 이유가 없다. 시, 소설, 에세이 등등의 형태로 쓰여 있다. 입맞춤에 대한 글! 그 글을 쓴 사람들은 어떤 이유에서 그런 기억을 남겼을까?

　우리는 멋진 글의 모음을 앤솔러지라 한다. 우리말에서는 사화집 詞華集이 가장 어울리리라. 앤솔러지가 '꽃'을 뜻하는 그리스어 '안토스anthos'에서 비롯되었듯이, 사화집도 꽃을 모아 놓은 것이란 뜻이다. 그렇다! 이 책은 입맞춤에 대한 주옥 같은 글들을 모아 놓은 책이다. 어린 시절에 의례적으로 나누었던 입맞춤에서 죽음의 입맞춤까지 한 사람이 일생 동안 겪을 수 있는 입맞춤을 집대성한 책이다. 나는 지금쯤 어떤 입맞춤을 즐기고 있을까? 어린 시절, 소년기, 청년기에서 나누었던 입맞춤들…… 내 기억에 있는 입맞춤을 이 책에서 찾을 수 있을까?

입맞춤은 사랑의 시작이다. 어린 시절 부모와의 입맞춤은 가족 애의 확인이었다. 소년, 아니 청년기 연인과의 입맞춤은 나만의 애틋한 사랑의 시작이었다. 그 입맞춤으로 사랑을 확인했고, 식어 가는 사랑의 불길을 되살렸다. 그런데 남들은 어땠을까? 과거의 위대한 작가들은 입맞춤을 어떤 모습으로 그리고 있을까? 중세부터 지금까지 보석처럼 빛나는 글을 남겨 놓은 작가들이 입맞춤에 대해 쓴 글을 담겨 있다. 랭보, 보들레르, 베를렌, 말라르메 등과 같은 시인들, 그리고 모파상, 플로베르, 에밀 졸라 등과 같은 소설가들, 또한 키에르케고르와 루소와 같은 사상가들이 입맞춤을 향한 아련한 추억을 그려 놓았다.

입맞춤은 모든 것을 잊게 해주는 사랑의 묘약이다. 온갖 고뇌가 사랑하는 연인과의 입맞춤으로 깨끗이 씻겨진다. 적어도 입맞춤하는 순간만은 그렇게 만든다. 따라서 그 순간만은 진실해질 수 있다. 적어도 욕망의 표현에서는 진실하다.

이 책은 입맞춤의 백과사전이다. 입맞춤의 모든 것이 아름다운 풍경화처럼 그려진다. 입술에의 입맞춤, 이마에의 입맞춤, 손에의 입맞춤, 가슴에의 입맞춤, 심지어 혀를 나누는 입맞춤까지……. 그 입맞춤들을 읽으면서 당신의 기억에 남아 있는 입맞춤을 찾아본다면 한층 재미있게 읽을 수 있지 않을까?

생국에서 강 주 헌

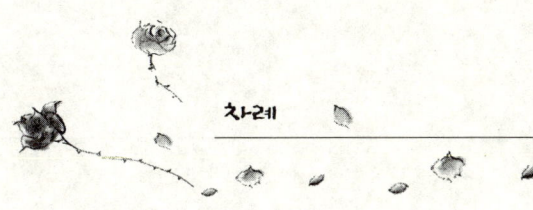

차례

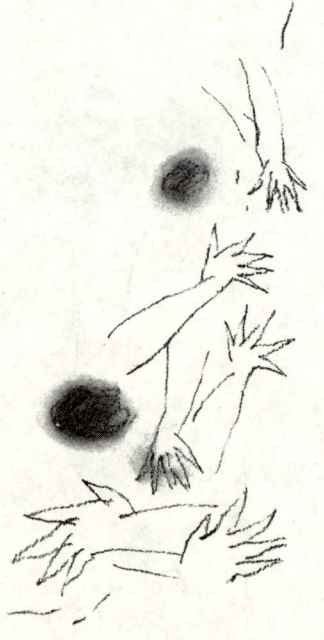

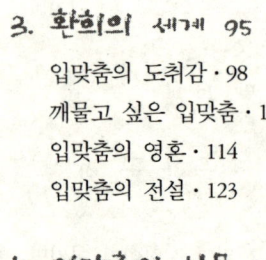

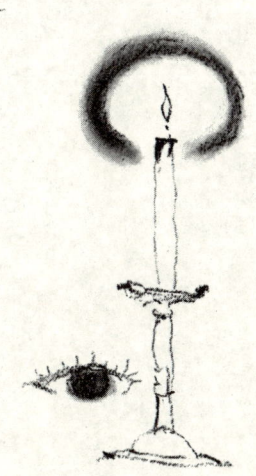

입맞춤, 처음과 끝

입맞춤, 처음과 끝

입맞춤?

　　입맞춤을 멋들어진 미사여구로 표현해 낼 수 있는 사람이 반드시 입맞춤을 멋지게 해내는 것은 아니다. 아주 옛날에도 그랬고, 지금도 마찬가지다. 시라노로 분장한 드파르디외가 록산의 발코니 아래에서 아름다운 크리스티앙에게 입맞춤을 열정적인 단어들로 애찬하던 목소리를 듣지 않았던가. 우리가 그렇듯이, 사랑에 빠진 사람들은 입맞춤을 뜨겁게 나누기는 하지만 그것을 어떻게 표현해야 할지를 잘 모른다. 반면에 시인은 그들처럼 달콤한 입맞춤을 맛보지는 못했을지언정, 입맞춤을 멋진 글로 묘사해 내는 재주가 있다. 바로 여기에 사화집 詞華集 을 읽는 이유가 있다.

　　입맞춤! 대체 입맞춤이란 무엇인가?
　　그것은 더 이상 가까울 수 없는 서약,
　　더 이상 정확할 수 없는 약속,
　　자신을 채찍질하려는 맹세,
　　'사랑'이란 단어의 'ㅏ'에 찍힌 붉은 점이리라.

또한 입을 귀로 착각하는 은밀한 것이고,
꿀벌의 날개짓 소리를 빚어 내는 무한의 순간이며,
입술 끝으로 심장을 느끼고 영혼을 만나게 해주는 몸짓이
리라!

— 에드몽 로스탕, 『시라노 드 베르즈락』

입맞춤은 행위의 시작이자 마지막

낱말들이 뜨거운 감자처럼 이리저리 뒹굴면서 사방에서 사용될 때, 그 낱말의 주인인 언어는 살아 있는 언어이다. 이런 점에서 입맞춤이란 낱말은 살아 있는 동물처럼 역동적으로, 어떤 행위의 처음이자 마지막을 가리키면서 아주 오래 전부터 다양한 뜻으로 사용되어 왔다. 실제로 입맞춤은 17세기에 퓌르티에가 "입술을 접촉함으로써 우정, 사랑, 존경, 순종하는 마음을 드러내는 행위. 아버지와 어머니는 자식의 이마에 입을 맞추고, 친구들은 뺨에 입을 맞추고, 연인들은 입술에 입을 맞춘다. 때로는 '성 관계를 갖는다'는 비속어로 쓰이기도 한다"로 정의한 이후로, 그 기본적인 의미는 전혀 달라지지 않았다.

몰리에르의 『상상으로 앓는 환자』에서 토마 디아푸아뤼스의 "아버지, 제가 입맞춤이라도 해야 할까요?"란 대사가 오늘날에만 객석을 웃음바다로 만드는 것은 아니다. 물론 방문한 집의 주인에게 입맞춤하는 것은 그 시대에도 있었던 관습이다. 하지만 착한 안젤리크에 비해서, 토마도 그렇게 어수룩한 사내는 아니었고 단순한 입맞춤에서 끝나지 않고 어디까지 가야 하는지를 잘 알고 있었다. 말하자면 성가신 왕진으로 만족할 수는 없었던 것이다.[1]

한편 세비녜 부인이 딸에게 "때때로 프로방스 씨에게 입맞춤을 하지 않을 수가 없구나"라는 편지를 썼을 때, 그것은 아주 순수한 의미에서의 입

맞춤이었다. 점잖은 세비녜 부인은 정신을 꼿꼿이 차리고, 의례적인 방문이 짜증스러웠지만 예절을 지켜야 한다는 의무감에 해주어야 했던 난처한 입맞춤을 말하고 있을 뿐이다.

이런 이야기에서, 입맞춤은 벌거벗은 왕과 비교된다. 온갖 미덕으로 포장하고 있지만, 세상 사람들은 껍데기를 벗겨 내고 그 안에 감추어진 것을 분명하게 알고 있다. 입맞춤 baiser 이란 낱말은 라틴어 '입맞춤 basium'에서, 특히 그 파생 동사인 '입맞춤하다 basiare'에서 만들어졌다. 『오비드』를 읽었던 라틴 민족은 현명하게 옛부터 입맞춤을 여러 형태로 구분하고 있었다. 가령, 입맞추는 흉내를 내면서 입술을 앞으로 내밀어 보이는 '작은 입'을 뜻하는 '오스쿨룸 osculum'이란 낱말이 있었다. 정겨운 친구끼리 주고받는 애정 어린 입맞춤이 아니던가. 그런데 요즘에는 전혀 다른 의미로 쓰인다. 배출 기관, 즉 온갖 동물의 배수공 排水孔 을 뜻하는 낱말로 전락하고 말았으니 말이다. 낭만적인 색채나 에로틱한 향기라고는 전혀 없는 낱말이 되어 버렸다.

'basium'은 원래 무척이나 에로틱한 뜻을 지니고 있었지만, 결국에는 부모와 주고받는 습관적인 입맞춤에도 차별 없이 사용되었다. 존경의 표시로 어색하게 주고받는 입맞춤까지도 가리켰다. 왕, 영주, 주교의 손등에는 물론이고, 유물이나 땅바닥 심지어 교황의 오른발 슬리퍼의 십자가에도 신앙심의 증거로 입을 맞추었다. 퓌르티에르가 인용한 예문에는, '허수아비 인형에 입맞춤'하는 경우도 있었다. 말하자면, 어떤 해결책도 모색할 수 없는 가혹한 상황에 굴복한다는 의미였다. 외설적인 입맞춤을 뜻하는 낱말은 'suavium'이었지만, 이 낱말도 원래는 맛있는 작은 과자를 가리키는 유아용 어휘였던 것이 상식을 벗어난 사랑의 탐심이란 의미로 변질된 것이다.

오늘날 'basium'에서 파생된 'baiser'는 몸을 섞다, 혹은 육체 관계를 갖는다는 의미로 사용될 뿐이다. 전에는 '두 팔로 껴안다'는 뜻으로 한정되게 쓰였던 'embrasser'가 입맞춤한다는 의미로 쓰인다. 따라서 세비녜 부인이

"Ma bonne, je vous baise, et je vous embrasse"라고 편지를 끝맺으면서 보여 주었던 모성애적 사랑이 요즘에는 야릇한 뜻으로 해석된다.[2]

프랑스어는 장난꾸러기이다. 그것이 프랑스어의 장점이라면 장점이다. 놀라울 정도로 역동적이었던 프랑스어에는 뜻밖의 것들이 수없이 숨겨져 있다. 따라서 외형적 모습대로 경솔히 해석해서는 안 된다. 예를 들어, 'baise-nue'는 '가식 없는 입맞춤'을 뜻할 것 같지만, 예상과는 전혀 달리 소나무의 한 종류를 가리킨다.

입맞춤의 유혹

입맞춤은 강력한 자석이다. 입맞춤을 애타게 기다리던 여인들에게는 시적인 감흥까지 불러일으켜 준다. 흥분에 겨워 감탄사를 연발하고 똑같은 말을 되풀이한다. 그대여, 나에게 입맞춰 주오, 나를 사랑해 주오! 순수한 마음이든 계산된 마음이든 간에, 입맞춤을 갈구하는 열띠고 애절한 낱말은 유구한 세월에도 전혀 변하지 않았다. 입맞춤을 위해서라면 갑작스레 잠에서 깨어나 침대 모서리에 부딪친들 어떠랴!

입맞춤해 주오

입맞춤해 주오, 다시 한 번만. 내 입술에 다시 입맞춤해 주오
당신의 그 달콤한 입술로 입맞춤해 주오
사랑이 듬뿍 담긴 입술로 나에게 입맞춤해 주오
당신의 입맞춤 한 번에, 나는 네 배로 갚아 주리다.

이제 싫증이 났나요? 그 감미로운 거북함을 내가 달래 주
리다.
 열 배, 아니 백 배나 달콤한 입맞춤으로
우리의 입맞춤, 그 얼마나 행복했나요
넉넉한 마음으로 그 입맞춤을 즐기도록 해요.

우리가 또 한 번의 삶을 살게 될 때
우리 둘이 서로의 마음속에 있게 될 때
내 사랑은 뜨거운 열정을 꿈꾸게 되리다.

항상 비밀을 간직한 채 살아야 하기에 슬픔을 떨칠 수가 없소
내 속내를 마음껏 드러낼 수가 없기에
이성을 잃을 때에야 내 열정을 보여 줄 수 있을 따름이요.

— 루이즈 라베, 『소네트』

 하지만 내 사랑의 열정을 숨겨야 하는가? 삶과 죽음을 초
월한 영혼으로
 내 이성마저도 완전히 앗아간 사랑을?
 매력 없는 매력으로, 무딘 갈고리로,
 맹인의 낚싯바늘로, 뭉툭한 어금니로,
 미지의 낚싯줄로, 보이지 않는 손으로,
 몸을 사리던 돌덩이, 마그네슘은
 냉혹한 철까지 끌어당기리. 단 한 번의 입맞춤이라도 있다면
 가슴속의 욕망을 진정시키지 못하리.
 가슴아픈 이별이 있더라도 절망을 결코 느끼지 않는

뜨거운 포옹처럼, 그 이별이 우리를 갈라놓지 않는다면
오히려 뜨겁게 뜨겁게
사랑하는 이는 냉혹한 이를 사랑하고, 냉혹한 이도 사랑하
는 이를 사랑하리.
그들 사이에 어떤 장애물이 있더라도
그들은 타오르기 시작한 사랑의 불꽃을 꺼뜨리지 않으리.
언제나 하나로 합해지려는 불꽃처럼
그것을 최소한의 사랑의 징표로 삼으리.

          ─ 기욤 드 살뤼스트 뒤 바르타스, 「셋째날」, 『1주일』

내게 긴 입맞춤을 해주오
내 입술이 당신의 입술과 포개질 때
우리 사랑에서 청초한 향내를
마실 수 있지 않겠소
그 유희에서, 생명의 기운에 펄럭대는 우리 혀도
살며시 기운을 잃어 갈 것이오

          ─ 부시 라부탱, 『골 족의 사랑 이야기』

돌아와요, 돌아와, 내 사랑하는 여인이여!
태양에서 멀리 떨어진 꽃송이처럼
당신의 진홍빛 미소에서 멀리 떨어져 버린
내 생명의 꽃망울도 닫혀 버렸소

우리 마음이 너무도 멀어졌군요!

너무도 큰 간격에 입맞춤조차 허락치 않는군요!
오, 잔인한 운명! 너무도 쓰라린 당신의 빈자리!
도무지 가라앉지 않는 거대한 열망!

돌아와요, 돌아와, 내 사랑하는 여인이여!

— 테오필 고티에, 『부재 不在』

당신이 무엇을 말하려는지 알고 있습니다.
그 모든 것을 나는 분명히 기억하고 있습니다.
당신의 미소가 무엇을 말하지는 내 귀에는 또렷이
들립니다. "내게 입맞춤해 줘요!" 그래, 내가 가리다!

— 마르셀린 데보르드 발모르, 「미공개 시」, 베를리오즈의 『여름 밤』을 위한 시

　그녀가 온 몸을 기대 온다. 나긋한 느낌이 전해 온다. 내
어깨에 두 손을 짚고 이렇게 말한다.
　"입맞춤해 줘요! 저런, 내가 뭐라고 했죠? 그만, 습관적으
로…… 그냥 뺨이면 충분하겠어요"

— 콜레트, 『클로딘이 떠나다』

약속

　유약과 과일의 향내가 적시는
어둑한 식당에서, 나는 편히 앉아
이름을 알 수 없는 요리를 즐겼다.

벨기에 식 요리, 그리고 어울리지 않게 거대한 의자.
요리를 씹으며 괘종 소리를 들었다. - 행복감과 정적감.
살며시 열린 부엌문 틈으로 김이 새어들었다.
- 하녀가 들어왔다. 왜 들어오는 것일까?
짜증이 어린 핼쑥한 얼굴, 교묘히 단장한 머리칼.
뺨을 비비는 조그만 손가락이 떨려 보인다.
붉고 하얀 복숭아처럼 보드라운 뺨.
어린애처럼 입술을 삐죽대며
접시를 정돈한다. 바로 내 곁에서, 나를 편안히 해주려.
- 그럼 그렇지 - 입맞춤을 원하는 것일까,
아주 나지막한 목소리로, "느껴 보세요, 내 뺨이 아주 차가
워요……."

— 아르튀르 랭보, 「깜찍한 아가씨」, 『시집』

정숙! 정숙! 그녀가 온다. 환상의 여왕께서 오신다. 입맞춤
과도 같은 여인, 번개처럼 격렬한 여인, 하늘에서 불기둥처럼
용솟음치는 번개처럼 창조되지 않고 처음부터 존재하던 것,
영혼과 사랑!
신비로운 불꽃이 그녀의 온 몸을 휘감았다. 불꽃은 일순간
에 활화산처럼 타오르며 그녀를 환희 비추었다! 티끌 하나 없
는 완벽한 윤곽, 그 때문에 그녀는 하늘에서 내려온 듯하다.
천사처럼 온 몸에서 빛을 발하는 그녀! 그녀의 날개짓 소리
가 살며시 들리지 않는가? 새보다 가볍게, 그녀는 당신 곁에
무너져 내린다. 그녀의 뜨거운 눈동자가 당신을 유혹한다. 부

드럽지만 강렬한 숨결에 당신의 입술은 마법에 홀린 듯이 끌려 들어간다. 그녀는 훌쩍 날아간다, 당신을 끌고서. 이제 당신은 발 아래 흙을 느낄 수 없다.

한 번만이라도 당신의 손, 열정에 들뜬 손으로 백설처럼 하얀 그 살을 간질이고, 그녀의 금빛 머리칼을 쓰다듬고, 그녀의 반짝이는 눈동자에 입을 맞추고 싶어한다.

은은한 향기에 당신은 취해 버리고, 마법의 음률에 당신은 깊은 환희에 빠져든다. 온 신경에서 짜릿한 전율이 느껴진다. 그리고 당신은 욕망 자체이며, 고통 자체가 된다.

오, 한없는 행복! 당신은 그 여인의 입술을 가졌다. 하지만 갑자기 강렬한 고통이 닥치며 당신은 꿈에서 깨어난다.

낄낄! 당신의 머리가 침대 모서리에 부딪쳤던 것이다. 차가운 금박이 입혀진 적갈색 기둥을 부둥켜안고서.

— 오노레 드 발자크, 『상어 가죽』

한없이 보드랍고, 한없이 우아하고, 백설처럼 새하얀 저 몸뚱이를 내가 어찌 모른 척할 수 있을까! 봉긋이 솟은 저 젖가슴, 터질 듯이 농밀한 저 젖가슴! 마르지 않는 샘처럼 촉촉이 젖은 저 입술! 저 보물을 내가 어찌 포기할 수 있단 말인가? 저 보물을 어찌 다른 사람에게 넘겨줄 수 있단 말인가? 안 돼, 안토니아! 절대 안 돼! 이 입맞춤으로 맹세하겠어! 이 입맞춤으로!

— 그레고리 루이스, 『수도자』

입맞춤을 거절하더라도, 급작스레 닥쳐온 입술을 거부하는 하소연은 소리 없는 아우성이 되어 버린다. 폴 제랄디의 『너와 나』에서, "오! 조, 제발, 키스하지 말아요!"라는 여인의 절규에도 아랑곳없이 조는 애절한 호소를 한 마디씩 삼켜 버렸다. 가득히 포개진 두 입술에는 '오오오……'라는 신음 소리밖에 남은 것이 없었다.

어린 시절의 입맞춤

입맞춤이 아직 제자리를 찾지 못했을 때, 식인귀가 위협적으로 당신의 뺨 주변을 집요하게 어슬렁대던 때가 있었다. 유행가도 "당신이 원하는 사람이면 누구에게라도 입맞춤하세요!"라고 하지 않았던가. 원무의 규칙에, 향긋한 살 내음을 즐기는 사람들의 입맞춤에, 성인이 되어서도 벗어날 수 없는 오랜 관습에 온 몸을 맡겨야 했던 어린 시절, 정겨운 유토피아의 시절이었을지도 모른다. 그러나 기꺼이 주어야만 하는 입맞춤이 어느 날 갑자기 성가시게 느껴지면서 서글픈 하소연으로 변해 버린다.

입맞춤은 어린 시절 놀이에서 빠질 수 없는 것이었다. 하지만 당신을 어린 시절에서 벗어나게 해주는 것이기도 했다. 어린 시절의 놀이는 졸렬하다기보다는 유치하다는 공통점을 갖는다. 심술궂게 뺨을 꼬집어야 하는 입맞춤, 얼굴을 뒤집어서 거꾸로 입맞춤해야 하는 원무식 입맞춤, 의자의 틈새로 입술을 맞춰야 하는 수녀식 입맞춤, 입맞춤의 룰렛 게임이라 할 수 있는 제비뽑기 입맞춤, 지정된 사람을 결정적인 순간에 내팽개치고 옆 사람에게 행운을 안겨 주는 속임수 입맞춤, 거북한 기분을 안겨 주려 고안된 듯한 카니발에서의 입맞춤, 그리고 때가 되었을 때 진실된 입맞춤이 무엇인지 알려 주는 듯한 풍자화 속의 입맞춤. 새해 인사를 빙자한 입맞춤은 말할 것도 없지만, 삽화가 프랑캥은 그 입맞춤의 황홀감을 '가스통 라가프'[3])에서 너무도 시학적이고 상징적인 삽화로 그려 보였다. 격한 감동에 휩싸여 잔느는 긴 머리칼을 쓸어 올렸다. 그 때 그녀의 긴 머리칼은 새해를 상징하는 겨우살이 가지들과 뒤엉키고 말았다. 그 때 가스통이 내뱉었던 한 마디, '결국!'은 약간이라도 흑심을 품고 입맞춤했던 사람들에게 던지는 경고의 메시지였다. 하지만 입맞춤은 언제나 그런 것이 아니던가!

초록빛 낙원의 풋사랑

향기로운 낙원이여, 그대는 너무 멀리 떨어져 있소
맑은 창공 아래에서 모든 것이 사랑이며 환희일 뿐인 곳,
사랑하는 모든 것이 사랑 받아 마땅한 곳,
우리 가슴이 순전한 희열 속에 녹아드는 곳!
향기로운 낙원이여, 그대는 너무 멀리 떨어져 있소

하지만 초록빛 낙원의 풋사랑,
뜀박질, 노래, 입맞춤, 꽃다발,
언덕 뒤에서 들려 오는 바이올린의 선율,
저녁이면 아담한 숲에서 즐기는 약간의 포도주.
— 그러나 초록빛 낙원 같은 풋사랑.

덧없는 즐거움으로 가득한 순진무구한 낙원,
인도나 중국보다 멀리 떨어진 곳일까?
고뇌에 찬 외침으로 그 낙원을 다시 부를 수 있을까?
은방울처럼 맑은 소리로 그 낙원에 생명의 불길을 다시 지

필 수 있을까?

덧없는 즐거움으로 가득한 순진무구한 낙원을!

— 샤를 보들레르, 「모에스타와 에라분다」, 『악의 꽃』

상냥한 사랑으로 열정을 북돋워 주는 여인이여,

감미로운 사랑, 깊은 생각이 담긴 사랑, 영원히 놀란 가슴을 두근대는 사랑,

그 사랑으로, 당신의

이마에 입맞춤해 주리라! 어린아이처럼.

— 폴 베를렌, 『사투르누스의 시』

오이디푸스의 밤

어머니의 입맞춤이든 아버지의 입맞춤이든, 입맞춤은 밤의 그림자에서 우리를 지켜 준다. 짧은 순간의 입맞춤이지만, 마음의 평안을 안겨 주는 소중한 버팀목이다. 그 입맞춤 뒤에는 더욱 짙어진 고독한 밤이 남겨진다. 이처럼 짧은 입맞춤은 어린 마르셀에게 지독한 절망감을 안겨 주었기에, 그는 짤막한 입맞춤의 시간을 늘려 보려 온갖 수단을 다 부려 보았다. 아버지, 때로는 할머니의 권위에 찬 목소리는 어머니와 함께 나누던 입맞춤의 시간을 가차 없이 빼앗아 가며, 어린 마르셀에게 오이디푸스의 질투심을 불러일으켰다. 그 때의 심정을 마르셀 프루스트는 솔직히 드러내 보여준다. 또한 『생명의 시작』에서 입맞춤은 젊은 프랑스와 모리악에게 순간적인 위안으로 안겨 주며, 무덤에 들어가듯 깊은 잠에 빠져 들게 해주었다. "……두 팔을 걷어붙이고, 손바닥은 못이 박힌 듯 가슴에 대고, 카르멜산의 성의聖衣와 축복 받은 메달을 꼭 움켜

쥐었다." 감미롭지만 덧없이 사라지는 수증기처럼, '잘 자라!'라는 입맞춤의 숨결로 죽음과 어둠에 대한 두려움은 결코 씻겨질 수 없는 법이다. 찰나지간에 불과할 따름이다. 바그너의 전설[4]에서, 브룬힐데를 지키려 불기둥을 둥그렇게 세웠던 것은 아버지 보탄의 입맞춤이었다. 아버지와 딸이 입맞춤으로 확인해 준 끈끈하고 절대적인 연대감은 『발키리』의 마지막 장에서 거의 완벽하게 표현되었다.

　　나는 눈빛으로 어머니를 뒤쫓았다. 식사를 하는 동안, 저녁 식사를 하는 내내 나는 혼자일 수밖에 없었다. 아버지의 뜻을 거역치 않으려, 많은 사람이 보는 앞에서 어머니는 내 입맞춤을 허락지 않으셨다. 내 방에서처럼 마음껏 어머니 품에 안길 수 없었다. 마침내 나는 마음을 굳게 먹지 않을 수 없었다. 식사를 시작하려 할 때, 그리고 적당한 시간이라 생각될 때, 순간적일지라도 그 입맞춤을 미리 해야겠다고 내가 택할 수 있는 유일한 방법이었다. 입맞춤해 줄 뺨의 그 곳을 눈빛으로 쫓아 보며 내 생각을 정리해야겠다고 그러나 그 입맞춤을 머릿속으로 상상하기 시작했을 때, 어머니가 내 입술에 안겨 줄 짤막한 시간마저도 너무도 성스럽게 느껴질 따름이었다. 마치 한순간의 포즈에 만족하며 기억과 기록에 의존해서 팔레트를 준비해야 하는 화가, 엄격히 말해서는 모델을 보지 않고 그림을 그려야 하는 화가와도 비슷한 처지였다.

- 마르셀 프루스트, 『스완의 집 건너편에서』

　　내 어머니, 앙리에트 가즈농 부인은 매력이 넘치는 여인이

었다. 나는 어머니가 미치도록 좋았다. 어머니에게 한없이 입
맞춤해 주고 싶었다. 어떤 가식 假飾 도 없이! 어머니도 나를
무척이나 사랑하셨고, 틈만 나면 나를 껴안고 입맞춤해 주었
다. 때로는 내 입맞춤이 너무도 뜨겁게 느껴졌던지 어머니는
나를 살며시 떼어놓기도 하셨다. 나는 아버지가 죽도록 미웠
다. 어머니와의 입맞춤을 간단 없이 방해했기에!

— 스탕달, 『앙리 브륄라르의 생애』

보탄

입맞춤이 그대의 뜨거운 전투욕을 보상해 주었을 때
눈웃음을 지으며 언뜻 스쳤던 반짝이는 눈동자!
순진한 아이처럼 영웅들에게 찬사를
늘어놓던 그대의 보드라운 입술!
뜨거운 희망의 불길이 내 가슴을 태울 때,
광풍 속에서도 나를 향해 때로는 빛을
밝혀 주었던 빛나는 눈동자!
그 때 나는 진정으로
우주의 희열을 열망했었소
나를 억척스레 짓눌러 오는
고뇌의 진창에서도
그런데 오늘
그 눈동자가 나에게
마지막 위안을 안겨 주었소

안녕이란 최후의 입맞춤으로!

— 리처드 바그너, 『발키리』

본능의 힘

입맞춤은 동물적인 면을 갖는다. 문명화되지 않은 어린 시절의 야만성, 무엇이든 입으로 가져가려는 천진난만한 욕구에서 비롯되는 특징이다. 세상에서 처음 만나는 어머니를 문자 그대로 집어삼키려는 욕망이다. 또한 순박한 사람이라면 어른이 되어서도 영원히 간직하고 싶은 세상에 물들지 않은 순수한 본능적 욕망이다. 여기에서, 우리는 우화에 등장하는 식인귀가 상상과는 전혀 다른 존재인 것을 알게 된다.

그녀는 퐁탕에게 눈길을 고정시킨 채 애정 어린 이름을 불러 주었다. 내 사랑, 내 귀염둥이, 내 새끼! 퐁탕이 소금이나 물을 건네줄 때마다, 그녀는 허리를 숙여 입술, 눈, 코, 귀 등 되는 대로 입을 맞춰 주었다. 또한 손님과 다툴 때마다, 그녀는 퐁탕의 앙증맞은 손을 살며시 붙잡고 입을 맞춰 주었다. 그 유연하고 겸허하며 슬기로운 대응으로 풀 죽은 암고양이는 기운을 되찾을 수 있다. 결국 그녀는 퐁탕의 어딘가와 접촉해야 했던 것이다.

— 에밀 졸라, 『나나』

뚱뚱한 하녀는 우표를 붙이듯 한아름의 입맞춤을 해주었다.

— 쥘 르나르, 『일기』

빼앗긴 입맞춤

　착한 아이든 불량한 아이이든, 어린 시절에는 입맞춤을 갈구한다. 그러나 부모와 자식 간의 내밀한 관계에서, 자연스런 입맞춤이 있어야 할 순간이 덧없이 지나가는 때가 필연적으로 있게 마련이다. 그 때 오해의 싹이 트기 시작한다.

　로제트는 털썩 주저앉으며 말했다.
　"주인님, 저는 요정도 아니고 위대한 여왕도 아닙니다. 그저 부인께서 딸로 삼고자 이 집으로 불러 주었던 계집, 로제트일 뿐입니다."
　왕비가 소리쳤다.
　"로제트! 나는 네 나이였을 때 그처럼 아름다운 옷을 입어 보지 못했다. 대체 누가 너에게 그처럼 아름다운 옷을 입혀 주었느냐?"
　"물론 당신, 대모님이십니다."
　그리고 로제트는 덧붙여 말했다.
　"주인님, 당신의 손에 입맞춤을 허락해 주십시오 그리고 내 누이들을 소개시켜 주십시오"
　여왕은 로제트에게 마지못해 손을 내밀어 주었다. 그리고 그녀의 양편에 서 있는 오랑진과 루제트를 로제트에게 차례로 가리키며 말했다.
　"그래, 네 누이들이다."
　로제트는 아버지와 어머니의 냉담한 환대에서 오는 슬픔을 억지로 참으며 누이들에게 눈길을 돌렸다. 그들에게 따뜻한 입맞춤이라도 해주고 싶었다. 그러나 그들은 겁먹은 표정으로 뒷걸음질쳤다. 로제트의 입맞춤이 공들여 한 화장을 지워 버릴까 두려웠던 것이다.

— 드 세귀르 백작 부인, 『새로 읽는 동화』

르픽 씨가 말했다.

"나를 보고 있을 때면 나를 생각하는 거란다."

홍당무는 무엇인가 애정이 담긴 말로 대답하고 싶었다. 그러나 적절한 말을 찾아낼 수 없었다. 그래도 무엇인가를 해야만 했다. 그는 발끝으로 곧추 서서 아버지에게 입맞춤하려 했다. 아버지의 입술을 덮고 있던 수염을 처음으로 느껴 볼 수 있었다. 그러나 르픽 씨는 반사적으로 고개를 쳐들었다. 다시 고개를 떨구기는 했지만 금세 한 걸음 뒤로 물러서 버렸다. 홍당무는 아버지의 뺨을 찾았지만 소망을 이룰 수 없었다. 코끝을 겨우 스쳤을 뿐이었다. 결국 허공에 입맞춤할 수밖에 없었다. 홍당무는 포기하고 말았다. 당혹스러울 따름이었다. 그리고 아버지의 차가운 반응에 나름대로 이유를 찾아보았다.

"이제 아버지가 날 사랑하지 않는 것일까?"

펠릭스 형의 뾰로통한 얼굴이나 홍당무의 위장된 침묵도 이별의 시간을 늦출 수는 없었다. 마침내 이별의 시간이 되었다. 홍당무는 불안한 마음으로 이별의 순간을 기다리며 혼잣말로 중얼거렸다.

"이번에는 성공할 거야! 아버지에게 꼭 뽀뽀를 할 거야. 성공하든 못하든 아버지는 불쾌해 하시겠지만."

홍당무는 단단히 마음을 먹었다. 그리고 두 눈을 똑바로 뜨고 입을 굳게 다물고 아버지에게로 다가갔다. 하지만 르픽 씨는 손을 휘휘 저으며 홍당무를 떼어놓았다.

"네 귀에 꽂은 연필이 아빠 눈을 찔러 버릴 것만 같구나. 뽀뽀를 할 때만이라도 연필을 치워 놓을 수 없겠니? 게다가 아빠가 담배를 입에 물고 있지 않을 때 달려들었으면 좋겠구나."

— 쥘 르나르, 『홍당무』

의례적인 입맞춤

내키지 않는 입맞춤은 고역일 수 있다. 입맞춤의 부정적인 면이기도 하다. 그런 입맞춤을 피할 수 있다면 피하고 싶은 사람들의 불만이 어려 있는 소극적인 폭력이기도 하다. 어린 시절, 그처럼 못마땅한 입맞춤을 경험하지 않은 사람은 거의 없을 것이다. 『롤랑 바르트가 직접 들려 주는 이야기』에서 바르트는 혼잡한 길에서 프와미로 대령에게 어쩔 수 없이 해야 했던 입맞춤을 실감나게 표현했다. "거대한 체구; 핏줄까지 드러난 불그죽죽한 얼굴, 콧수염, 지독한 근시의 사내. 그런 사내에게 입맞춤한다는 것은 고문이었고 공포였다!" 동물적 본능에 굴복해서 거부감이나 혐오감을 억누르고 눈곱만큼의 사랑도 없이 입술을 맞대어야 하는 의례적인 입맞춤을 얼마나 명쾌하게 표현하고 있는가.

얼음장처럼 차가운 느낌을 안겨 주는 개코,
성기고 억센 덤불처럼 삐죽한 수염,
그럴 바에 나는 차라리 혓등이라도 핥으리라.

— 마르시알, 『풍자시』

40

비싼 고기가 더 맛있는 법이다! 하지만 우리 나라에만 있는 독특한 인사법이 그 편이성으로 입맞춤의 가치를 여지없이 떨어뜨리고 있다. 소크라테스가 말했듯이, 입맞춤은 우리 심장마저도 빼앗아 갈 만큼 강렬하고 위험한 것이지 않은가! 그런데 기분 여하를 막론하고 시종을 셋 정도 거느린 사람에게는 누구에게나 입술을 건네야 하는 풍습은 불쾌하기도 하지만, 여자에게는 모멸적인 풍습이 아닐 수 없다. 이런 풍습에서 특별히 얻는 이득도 없다. 헤어짐을 피할 수 없는 세상에서, 우리는 아리따운 세 여성과 입맞춤을 갖기 위해서 꺼림칙한 입맞춤을 쉰 번이나 대가로 지불해야 하기 때문이다. 따라서 툭하면 소화 불량에 걸리는 내 나이의 사람들에게, 즐거운 입맞춤이 안겨 주는 환희보다는 거짓된 입맞춤으로 치러야 하는 곤욕이 훨씬 큰 법이다.

— 미셸 드 몽테뉴, 『수상록』

브로글리오 부인은 지나칠 정도로 거만했다. 덕분에 남편은 세상 사람들에게 아내의 습성을 변명하느라 눈코 뜰 새가 없을 지경이었다. 특히 누구와도 인사를 나누려 하지 않는 편집증은 대단했다. 다시 말해서 누구와도 입맞춤을 나누지 않았다. 오직 프랑스 출신의 여자들에게만 입술을 허락할 따름이었다. 결국 남편의 지순한 사랑 때문에 모두가 그녀의 광기 어린 편집증에 맞추어 줄 수밖에 없었다. 그저 너털웃음으로 넘겨주었다.

로크로르가 원수로 승진해서 연대를 이끌고 군단과 합류하려 가던 길에 아벤을 지나게 되었다. 그는 대부분의 휘하 장교들을 데리고 총독의 관저를 방문했다. 로크로르는 공작 작위를 약속 받은 신분이었던 까닭에, 프랑스 여인들에게 인사를 받게 되었다. 물론 브로글리오 부인도 그에게 경의를 표하고 싶었고, 새삼스레 각오를 다졌다. 하지만 로크로르는 그 노파와 입맞춤을 하느니 웃음으로 넘기고 싶었고, 그런 식으로 최대한 답례를 보이려 했다. 그녀가 한 발 다가오면, 그는 한 발을 물러섰다. 그렇게 응접실의 구석까지 밀려가고 말았다. 마침내 로크로르는 털썩 무릎까지 꿇으며 소리치기 시작했다. "부인, 저는 명예직일 뿐입니다. 부인을 털끝만큼도 속이고 싶지 않습니다. 분명히 말씀드리지만, 저는 명예직일 뿐입니다. 명예직이라구요." 그러나 명예직이었음에도 불구하고, 그는 꼼짝 못 하고 입술을 허락하고 말았다. 웃음 없이는 볼 수 없는 장면이었다. 로크로르만이 아니라 그의 부관들에게도 그랬다. 그러나 마음씨 착한 카를에게는 결코 유쾌하지 않은 장면이었다.

— 생 시몽, 『회상록』

나는 그녀에게 입맞춤해 주고 싶었다. 우리 둘의 입술을 하나로 포개고 싶었다. 그러나 그녀는 나를 다시 외면해 버렸다. 오빠가 권하고 나섰을 때에야 그녀는 마지못해 뺨을 내밀어 주었다. 다른 사람들은 그런 입맞춤에서 한껏 즐거움을 느낄지 몰라도, 나는 그런 식의 입맞춤이 싫었다. 하기사 지나가는 행인과도 인사를 나누는 이 가부장적 나라에서, 입맞춤은 다정한 사람끼리 나누는 의례적 습관에 다름 아니다.

— 라르 드 네르발, 「실비」, 『불의 딸들』

첫 입맞춤

한 번의 입맞춤으로 충분하다. 모든 희생을 각오한 채 대담하게 달려드는 탐험가들의 입맞춤! 처녀지와도 다름없는 육체의 한 부분을 정복하러 나선 사춘기의 입맞춤, 첫 입맞춤은 아무런 예고도 없이 입술을 깊은 잠에서 깨워 준다. 때 이른 봄이런가? 봄을 시샘하듯 달려드는 꽃샘 추위에서 당신을 지켜 줄 것은 없다. 하지만 더 이상 감미로울 수 없고, 더 이상 대담할 수 없으며, 더 이상 절대적일 수 없는 입맞춤이다. 모든 것을 내던진 입맞춤의 결정판이다.

어느새 밀려드는 감동의 물결에 미지의 땅으로 떨어질지도 모른다는 두려움까지 몰려온다. 강물에 뛰어들듯이 서로가 하나가 되어 버린다. 특별한 이유가 없던 입맞춤이었지만, 그 여파는 실로 대단하다. 그렇게 하나가 되었지만, 결코 하나가 될 수 없다는 현실을 갑작스레 깨닫는다. 그러나 그들은 언제까지나 하나이기를 원하게 된다. 맹세를 하고, 지킬 수 없는 약속까지 하게 된다. 바야흐로 입맞춤의 서사시가 시작되는 것이다. 알베르 코앵이 『영주의 처녀』에서 노래했던 첫 입맞춤의 송가頌歌, 관능적 서정성이 철철 넘치는 최고의 작품이라 할 수 있다. 하기사, 첫 입맞춤에서 꿈꾸는 세계보다 아름다운 세계가 어디에 있을 수 있겠는가!

오, 처음이예요

그녀에게 서서히 허리를 수그렸다. 블라우스 안으로 하얀

43

형체가 눈에 띄었다. 따뜻한 향내가 코끝을 자극하면서 얼굴
이 발그스레 달아올랐다. 어느 날 저녁, 그는 그녀의 목덜미
에 흘러내린 머리칼을 입술로 비벼 보았다. 골수까지 뻗쳐 오
는 전율에 온 몸이 떨렸다. 다른 날, 그는 그녀의 턱에 입맞
추었다. 향긋한 살 내음에 살을 물지 않으려 안간힘을 다해야
했다. 그녀도 그에게 입을 맞춰 주었다. 방이 빙빙 도는 것
같았다. 그의 눈에는 아무 것도 보이지 않았다.

— 귀스타브 플로베르, 『보바르와 페퀴쉐』

  입맞춤과 비밀 이야기는 하나처럼 움직인다. 서로에게 자극
제가 되어 박차를 가하면서 뜨겁게 달구어 준다. 사실 첫 입
맞춤이 어려운 것이지 그 다음은 그다지 어렵지 않다. 입맞춤
이 잦아지면서 대화까지 중단된다. 아니, 입맞춤이 대화를 대
신한다. 그리고 입맞춤이 끝나고 긴 한숨을 내쉴 수 있게 될
때, 침묵이 곧바로 빈자리를 차지한다. 침묵의 소리까지 들리
는 듯하다. 그렇다, 때로는 침묵의 소리까지도 들리는 법이다.
우리를 은근히 두렵게 하는 침묵이다.

— 비방 드농, 『미래의 어느 날』

  동산의 왕, 초록빛 벌새,
  이슬과 밝은 햇살이
  공기를 가르는 맑은 빛줄기처럼
  깔끔한 풀로 빚어낸 둥지에 반짝이는 것을 보리라.

벌새는 서둘러 가까운 샘으로 날아가네.
대나무는 바다 소리를 내는 곳,
붉은 아소카가 신비로운 내음을 풍기며
잎을 열고 축축한 빛을 반겨 주는 곳.

황금빛에 물든 꽃을 향해 벌새는 살포시 내려앉아
장밋빛 꽃봉오리에서 사랑을 듬뿍 마시리라.
사랑의 샘이 말라 가는 것도 모른 채 벌새는
사랑하는 그대, 그대의 청순한 입술에서 죽어 가리라.
내 영혼도 그처럼 죽어 갈 수 있다면,
향내를 한껏 안겨 준 첫 입맞춤으로!

　　　　　　　　　 — 샤를 마리 르콩트 드 릴르, 「벌새」, 『야만의 시』

　순결한 처녀의 눈빛에서 말 없는 허락을 읽어 내라. 누구도
건드리지 않았을 입술에 네 입술을 포개라. 그리고 그 입술에
서 새어 나올 황홀한 도취의 소리를 들어라. 그 입술에 네 입
술을, 두 입술이 하나가 되게 하라. 사랑이여, 이런 것이 그대
가 주는 즐거움이 아니겠는가!

　　　　　　　　　　　　　　 — 그레고리 루이스, 『수도자』

　오! 경이로운 자연, 심오한 수수께끼와도 같은 자연, 그 자
연을 보고 남자는 감정 없는 말을 내뱉지만 여자는 입맞춤에
서도 웅변을 쏟아 낸다.

　　　　　　　　　　　　　 — 키에르케고르, 『유혹자의 일기』

6월의 밤! 17년! 우울한 기분에 젖어 든다.
샴페인의 열기가 머리까지 올라온다.
횡설수설, 입술에서 입맞춤이 느껴진다.
작은 벌레처럼, 파르르 떨려 오는 입술……

— 아르튀르 랭보, 「낭만적 이야기」, 『시집』

달빛이 슬피 내리더라. 눈물에 젖은 요정들이 꿈에 젖어,
어렴풋한 꽃들의 고요 속, 손끝에 활을 골라잡고
빈사의 현을 슬어 내니 하얀 흐느낌이 창공의 꽃잎들 위로
번지더라.
— 그 때는 네 첫 입맞춤으로 축복 받은 날이었지.
가슴 저미던 내 몽상도 얌전히 취하더라,
슬픔의 향기에.
꺾인 꿈이 가슴속에 회한도 환멸도 없이 남기는
슬픔의 향기에.
내 이렇게, 해 묵은 포석 위에 눈을 깔고 방황하노라면,
머리칼에 햇빛 가득 담고 거리에서,
저녁 속으로 너는 웃으며 나타나더라.
그래, 나는 빛의 모자를 쓴 요정들을 보는가 여겼더라.
그 옛날 응석받이 어린 시절 내 고운 잠 위로 지나가며,
언제나 반쯤 열린 그 손으로 향기 어린 별들의 하얀 꽃다
발을
눈처럼 내려 주던 그 선녀를.

— 스테판 말라르메, 『시집』

46

입맞춤은 꼬리를 잇게 마련이다. 아! 사랑을 속삭이기 시작할 때 입맞춤은 너무도 자연스런 것이 아니던가! 첫 입맞춤이 있고 나서 두 연인은 끝 없이 서로의 입술을 갈구한다. 5월의 벌판에 늘어선 꽃봉오리는 헤아릴 수 있어도, 그들이 한 시간 동안 나누었던 입맞춤을 헤아릴 수 있을까?

— 마르셀 프루스트, 『갇힌 여인』

두근대는 가슴…… 그대와 나!

사랑하는 남자와 달콤한 입맞춤을 나눈 뒤 여인이 보여 주는 나긋한 미소를 보았을 때, 이제는 나에게서 절대 떠나지 않겠다는 남자가 내게 입맞춤해 주었을 때, 얼마나 가슴이 두근거렸던가. 그날부터 우리는 예전의 우리가 아니었다.

— 단테 알리기에리

나는 나무 등걸에 묶여 있었다. 한 병사가 초조한 안색으로 잠시도 나에게 눈을 떼지 않았다. 약간의 시간이 흘렀을 때, 아탈라가 연못에 핀 소합향 내음을 풍기며 나타났다. 그녀가 근육이 우락부락한 병사에게 말했다.

"사냥꾼님, 노루를 뒤쫓아가고 싶으세요? 그럼 제가 저 포로를 대신 지켜 드릴 게요"

……

나는 기운을 되찾고 활기찬 목소리로 대답했다.

"아! 내 생각도 당신 생각이랑 똑같소! 사막에는 사람들이 없지 않겠소? 저 숲들에 우리가 몸을 감출 만한 곳이 없겠소? 그 정도라면 충분히 행복하지 않겠소! 신랑이 처음 꿈꾸던 어떤 신부보다 아름다운 여인이여! 오, 사랑하는 그대여! 나와 함께 갑시다!"

나는 그렇게 말했다. 그 때 아탈라가 조용한 목소리로 대답해 주었다.

"오, 젊은 친구여. 당신은 백인의 어투를 배웠군요. 나와 같은 인도 여인을 속이기란 너무도 쉽겠죠!"

나는 참을 수 없었다.

"뭐라구요! 나를 젊은 친구라고 불렀나요? 하지만 불쌍한 노예가……."

나는 열정에 휩싸인 목소리로 다시 말했다.

"입맞춤을 해준다면 내 말을 믿어 주겠소?"

아탈라는 내 기도를 외면하지 않았다. 장밋빛 칡꽃에 매달린 새끼 노루처럼, 깎아지른 듯한 낭떠러지에 매달려 가녀린 신음 소리를 내뱉는 새끼 노루처럼, 나는 사랑하는 여인의 입술에서 떨어질 줄을 몰랐다."

— 샤토브리앙, 『아탈라』

저녁 식사가 있었던 다음날, 퀴네곤드와 캉디드는 식사를 막 끝냈을 때처럼 병풍 뒤에 있었다. 퀴네곤드의 손에서 손수건이 흘러내렸다. 캉디드가 손수건을 줍자, 그녀는 캉디드의 손을 가볍게 잡았다. 젊은 남자는 풋풋한 내음을 풍기는 여인

의 손에 뜨겁게, 떨리는 마음으로, 그러나 정중하게 입을 맞
췄다. 그리고 그들의 입술이 하나가 되었다. 그들의 눈은 불
꽃처럼 타올랐고, 무릎까지 떨리고 있었으며, 두 손은 길을
잃고 헤매고 있었다.

　그 때 탱데르 남작이 병풍 옆을 지나게 되면서 그런 사랑
의 행위를 보게 되었고, 남작은 캉디드에게 발길질까지 해가
며 성에서 쫓아냈다. 퀴네곤드는 정신을 잃고 쓰러졌다. 하지
만 정신을 되찾자마자 남작 부인에게 모욕적인 매질을 당해
야 했다. 놀랍게도, 세상에게 가장 아름답고 유쾌하다는 성에
서 일어난 사건이었다.

— 볼테르, 『낙관주의자 캉디드』

　열정에 온통 휩싸여, 라파엘은 폴린의 두 손을 꼭 잡았다.
그리고 미친 듯이 뜨거운 입맞춤을 퍼부었다. 그 입맞춤은 발
작성 경련과도 같았다. 폴린은 살며시 두 손을 빼내어 라파엘
의 어깨 위에 올렸다. 서로가 무엇을 원하는지 그들은 알고
있었다. 둘은 가슴이 터지도록 부둥켜안고 뜨거운 입맞춤을
나누었다. 성스럽고 달콤한 입맞춤이었다. 두 영혼의 가슴에
깊은 흔적을 남겨 주었던 첫 입맞춤, 그 한 번의 입맞춤은 그
들의 가슴에 새겨 놓았던 속내를 완전히 드러내는 입맞춤이
었다.

— 오노레 드 발자크, 『상어 가죽』

그들의 입술은 어떻게 하나가 되었을까? 새가 노래하고, 눈이 녹고, 장미꽃이 봉오리를 열고, 5월에 꽃이 피고, 가물대는 언덕 꼭대기에서 어둠이 잠긴 나무들 뒤로 새벽이 하얗게 밝아 오는 것은 어찌된 것일까?

입맞춤, 그것이 해답이었다.

두 연인은 가슴을 설레면서, 어둠 속에서도 반짝이는 눈동자를 보았다. 그들은 싸늘한 밤 공기, 차가운 돌, 그 어떤 것도 느낄 수 없었다.

......

간혹, 코제트가 더듬으며 중얼대는 소리가 들렸다. 꽃망울에 맺힌 이슬 방울처럼, 그녀의 영혼이 입술에서 떨리고 있었다. 가끔씩 그들의 목소리가 들려 왔다. 침묵 후, 심금을 터놓는 목소리!

......

그들은 가슴을 열고 이야기를 나누었다. 사랑과 젊음 그리고 어린 시절의 추억까지 그들의 생각에 품고 있던 모든 것을 꿈결처럼 솔직하게 나누어 가졌다. 두 마음이 서로에게 전해지며 흘러 들었다. 그렇게 한 시간이 흘렀을 때, 젊은 남자는 젊은 여자의 영혼을 갖게 되었고 젊은 여자는 젊은 남자의 영혼을 갖게 되었다.

— 빅토르 위고, 『레 미제라블』

렐리아는 스테니오의 향긋한 머리칼을 손가락으로 쓸어 보았다. 그 얼굴을 가슴에 끌어당기고 입맞춤을 해주었다. 그

아름다운 이마에 입술이 가볍게 스치는 것조차 꺼려하던 그
녀가 아니었던가! 렐리아의 입맞춤은 겨울에 눈을 뚫고 활짝
피는 꽃송이만큼이나 드물었던 하늘의 선물이었다. 그 때까지
렐리아의 차가운 입술에서 여인의 첫 입맞춤을 경험했던 그
소년에게, 그처럼 갑작스레 닥쳐온 뜨거운 입맞춤은 목숨이라
도 빼앗아 갈 것만 같았다. 그의 얼굴이 새하얗게 질렸다. 가
슴이 두근거리기 시작했다. 금방이라도 죽을 것만 같았다. 그
는 온 힘을 다해서 그녀를 밀어냈다. 삶의 환희를 언뜻 보다,
그 순간만큼이나 죽음이 두렵게 느껴진 적이 없었다.

— 조르쥬 상드, 『렐리아』

그들은 잔잔한 파도 소리와 저녁의 산들바람이 내뱉는 한
숨 소리에 귀를 기울였다. 그리고 사랑을 갈구하고 서로를 찾
던 눈동자가 마주쳤을 때, 그들의 입술은 점점 가까워지면서
입맞춤으로 하나가 되었다. 긴 입맞춤이었다. 젊음, 아름다움,
사랑으로 정의되는 긴 입맞춤이었다. 천상天上의 불로 밝혀
진 그들의 가슴에는 모든 것이 녹아 있었다. 첫 사랑의 감동
에 젖어 있는 나날에 경험하는 그런 입맞춤이었다. 심장과 영
혼 그리고 감각마저도 하나가 되어 협주곡을 빚어내는 입맞
춤이었다. 피가 뜨거운 용암으로 변하는 입맞춤이었다. 언제
나 심장까지 떨리게 만드는 입맞춤이었다.

— 바이런, 『돈 후앙』

사랑은 수많은 모습을 갖는다. 코르델리아는 눈에 띄는 변화를 보인다. 내 무릎에 앉아, 따스한 온기가 느껴지는 두 팔로 내 목을 부드럽게 감싸안고 내 가슴에 기대 온다. 지긋이 눌러 오는 무게가 느껴진다. 굴곡진 몸매에서 내 가슴이 약간은 울렁댄다. 향긋한 매력을 발산하는 그 몸뚱이가 매듭처럼 자연스레 나를 휘감는다. 눈꺼풀 아래로 눈동자가 감추어지고, 젖가슴은 백설처럼 눈부시게 하얗다. 매끈하고 봉긋한 젖가슴, 내 눈동자는 그 곳을 쉴새없이 훔쳐본다. 가슴의 박동에 맞추어 내 눈동자마저 흔들린다. 하필이면 가슴의 박동일까? 그것이 사랑일까? 어쩌면 그럴지도 모른다. 사랑의 예감, 사랑의 꿈, 그러나 아직은 사랑의 에너지가 부족하다.

그녀는 나에게 입맞춤을 해준다. 그리스도의 현성용화顯聖容畵에 그려진 구름처럼 지루하지만, 산들바람처럼 부담 없고, 꽃을 꺾듯이 부드러운 입맞춤이다. 그녀의 입맞춤은 바다에 맞닿은 하늘처럼 아득하고, 꽃망울에 맺힌 이슬처럼 부드럽고 조용하며, 바다에 비친 달 그림자처럼 엄숙한 입맞춤이다.

— 키에르케고르, 『유혹자의 일기』

우리가 함께 앉았을 때, 내가 여태껏 보지 못하던
섬광이 그대의 눈동자에서 언뜻 비쳤소
내 입술이 그대의 입술을 찾았고
우리는 입술로 하나가 되었소
그 순간 내 가슴을 때렸던 감정, 그것이 무엇이라 말로 표현할 수는 없지만

순간적으로 장밋빛 삶을 보았던 것만 같았소

- 오스카 와일드

하지만 코는 뭐하러 만들었을까?

"대체 코는 뭐하러 만들었을까? 나는 창조주가 코를 만들었던 이유가 언제나 궁금했다." 헤밍웨이는 『누구를 위하여 종은 울리나』에서 이처럼 본질적인 의문을 던지는 데 주저함이 없었다. 결코 가볍지 않은 기술적인 문제로, 당혹감을 안겨 주기에 충분한 질문이다. 우습지만 본질적인 질문이기도 하다. 코에 빗댄 농담이 목숨까지 내던지게 할 수 있기 때문이다.

어느 날, 납작한 코를 희롱하고 싶었던 한 남자가 수다스런 여자에게 이렇게 말했다.

"당신을 볼 때마다 입맞춤해 주고 싶었습니다. 하지만 당신의 코가 너무 커서 감히 나설 수가 없었습니다."

그러자 그 여자는 남자를 뚫어지게 바라보면서 이렇게 대답했다.

"그런 걱정일랑 마세요. 내 코 때문에 당신이 망설이신다면 언제라도 이 코를 잘라 버리겠어요!"

- 모탱

도둑맞은 입술

즐거운 마음으로 주고받는 입맞춤이 아닌 느닷없이 도둑맞은 입맞춤도 때로는 즐거운 기분을 안겨 줄 수 있다. 짓궂은 장난처럼 웃음을 자아내고, 때로는 연극처럼 오해를 빚어내기도 한다. 남 몰래 나누는 은밀한 사랑에 교태와 장난기로 웃음을 안겨 주는 사랑의 요술이기도 하다. 이처럼 사랑은 어떤 것이라도 창조해 낼 수 있는 만능 기계이다.

살짝 몰래

그녀는 한 번도 마음대로 피리를 불 수 없었다. 그녀가 피리를 불기 시작하면 어느새 그가 달려와 피리를 빼앗아 들었다. 그리고 그녀가 어디에서 틀렸다고 보여 주려는 듯이, 피리의 끝에서 끝까지 입술을 맞추었다. 그녀가 입술을 떼어 냈던 바로 그 곳에 입술을 맞춤으로써 그렇게라도 그녀와 입술을 나눠 갖고 싶었던 것이다.

— 론구스, 『다프니와 클로에의 목가적 사랑』

파빌라는 남편 앞에서도 사랑하는 연인에게 입맞춤할 수 있는 방법을 찾아냈다. 모든 사람에게, 심지어 어릿광대에게도 입맞춤하는 방법이었다.

그럼 어릿광대가 그녀의 입술에 젖은 뺨을 사랑하는 연인에게 전해 주지 않겠는가! 게다가 그의 입맞춤을 그녀에게 되돌려 주며 함박 웃음을 안겨 주지 않겠는가! 아, 남편이 그 어릿광대의 역할을 맡아 준다면!

— 마르시알, 『풍자시』

너무도 놀라운 일이었다.
내 생각에 뜨거운 불길이 스치고 지나갔다.
예전에는 오만하기만 하던 나.
사랑 앞에서 한없이 낮아지고 말았다.
풀밭에 넘어진 당신의 새하얀 둔부에
강렬한 햇살마저 수줍어하는 것을 보았을 때.

새하얗게 빛나는 당신 둔부에
하늘의 태양마저 혼돈에 휩싸여
뜨거운 불길마저 무용지물이 된 듯
구름 뒤로 얼굴을 감추고 말았다.
당신의 새하얀 둔부를 보았을 때
태양마저도 한없이 낮아지고 말았다.

당신의 지극한 아름다움에
숲의 요정들도 매료되어 버렸다.
꽃의 여신 앞에서
시들지 않는 당신의 아름다움에
산들대는 서풍마저도
당신에게 깊숙이 파고들었다.

— 뱅상 브와튀르, 『시골길에서 마차가 뒤집어지면서 치마가 걷혀 올라간
여인의 모습을 그린 비극적 서정시』

리아보비치는 어쩔 줄 몰라 하며 발걸음을 멈추었다. ……
그 순간, 황급히 다가오는 발걸음 소리와 치맛자락이 살랑대
는 소리가 들려 왔다. 숨을 헐떡대는 여인의 목소리가 들렸
다. "됐어!" 그리고 향긋한 냄새를 풍기는 보드라운 두 팔, 여
인의 것이 틀림없을 두 팔이 내 목을 감싸 왔다. 따스한 뺨이
그의 뺨을 향했다. 그와 동시에 입맞춤의 소리가 허공을 때렸
다. 그러나 입맞춤을 주었던 여인은 곧바로 작은 비명을 내지
르며, 역겨운 듯 뒷걸음질쳤다. 적어도 리아보비치에게는 그
렇게 보였다. 그도 비명을 지를 뻔했다. 빛이 새어 나오는 문
을 향해 뒤도 돌아보지 않고 달렸다.

— 안톤 체홉, 『입맞춤』

강요된 입맞춤

하지만 입맞춤은 어떤 면에서 작은 강간이라 할 수도 있다. 크레티앵
드 트루아의 『성배 이야기』에서 젊은 페르스발은 어머니가 편지의 끝에서
주었던 충고를 우직하게 해석하면서, 궁정의 풍습을 폭력적인 것이라 이해한
다. "숫처녀는 입맞춤에 지나친 의미를 부여한다"는 충고와 더불어, 어머니는
아들에게 첫 입맞춤을 경계하라고 가르쳤다. 하지만 아가씨가 선뜻 건네주는
반지는 부담 없이 받아도 상관없다고 허락했던 것이 불찰이었을까? 모든 것
을 엉뚱하게 해석한 페르스발은 입맞춤과 반지를 당연히 요구해야 하는 것이
라 생각하고 말았다. 마찬가지로, 바람둥이도 입술을 훔치며 욕망을 해소하려는
약탈자의 모습으로 비쳐진다.

그는 천막 앞에 도착했다. 천막의 출입구가 열려 있었다. 비단 이불이 덮인 침대가 살짝 엿보였다. 침대에는 한 여인이 잠들어 있었다. 그녀 혼자뿐이었다. 하녀들은 갓 피어난 꽃을 꺾으려 멀리까지 나간 것이 틀림없었다. 언제나 그랬듯이, 갓 피어난 꽃으로 천막 바닥을 장식하려는 것이었다. 그 천막 안으로 들어서자, 그의 말이 히힝대며 울었다. 그녀도 그 울음소리를 들었던지 잠에서 부스스 깨어났다. 우리의 주인공을 보고 흠칫 놀라는 표정이었다. 우리의 순박한 주인공이 말했다.

"아가씨, 안녕하십니까. 어머니에게 모든 것을 배웠소. 어머니는 나에게 어떤 여인을 보더라도 입맞춤을 해야 한다고 가르쳐 주셨소"

그녀는 두려움에 몸을 떨었다. 그가 미친 사람처럼 보였다. 그 황량한 곳에 혼자 덩그러니 남았던 그녀 자신도 미쳤기는 마찬가지였다.

"기사님, 제발 떠나세요. 나를 지켜 주는 기사님의 눈에 띄기 전에 빨리 달아나세요!"

"당신에게 입맞춤을 하지 않고는 떠날 수가 없소. 당신을 슬프게 만들 수야 없지 않겠소! 내 어머니가 그렇게 가르쳐 주었소"

"아니에요, 여기에서 벗어날 수만 있다면 당신에게 절대 입맞춤하지 않을 거예요. 제발 떠나세요. 나를 지켜 주는 기사님의 눈에 띄어서는 안 돼요. 잘못되면, 당신은 죽은 목숨이나 마찬가지라구요"

그에게는 억센 팔이 있었다. 그녀를 가슴에 껴안았다. 서투른 솜씨였다. 하지만 그도 나름대로 최선을 다한 것이었다. 그녀는 있는 힘을 다해서 발버둥치며 그의 품에서 빠져나오려 했지만, 그의 억센 팔에서 벗어나기란 불가능했다. 결국 그녀는 체념할 수밖에 없었다. 그는 그녀의 입술에 격렬한 입맞춤을 단숨에 스무 번 정도 퍼부었다. 전설에서는 정확히 그렇게 말하고 있다. 그녀의 손가락에서 맑게 빛나는 에메랄드 반지를 보았을 때에야 그의 입맞춤은 멈추었다.

"아참, 내 어머니가 가르쳐 준 것이 또 있소 당신의 손가락에 있는 반지를 내가 가져야 하겠소 그 이상의 것을 원하지 않겠소 자, 그 반지를 나에게 주시오 나에겐 반드시 필요한 것이니까."

"내 반지요? 안 돼요! 당신에게 절대 줄 수 없어요 내 손가락에서 강제로 빼앗아 가지 않는다면 절대 가질 수 없을 거예요!"

그러자 그는 그녀의 손을 잡고 손가락을 강제로 펴기 시작했다. 그리고 반지를 빼내어 자기의 손가락에 끼었다.

"아가씨, 아가씨에게 축복이 있기를 진심으로 빌겠소 당신 덕분에 아주 기분 좋게 떠날 수 있게 되었소 우리 집에서 가장 예쁜 하녀와 입맞춤했을 때보다 당신과의 입맞춤이 훨씬 달콤했소, 당신 입술은 씁쓸하지 않았으니까 말이요"

— 크레티앵 드 트루아, 『골의 기사 페르스발 혹은 성배 이야기』

특별한 이야기를 나누려 그 곳에 갔던 것은 아니었기 때문에, 나는 두려움에 떨던 그녀를 진정시킨 후에 몇 가지 무례

한 짓을 저지르고 말았다. 그처럼 수줍어하는 순박한 모습이
얼마나 위험한 것인지 수녀원에서 가르쳐 주지 않은 것이 분
명했다. 어떤 일이 닥쳐도 놀라지 않으면서 자신의 몸을 지킬
수 있는 방법이야 말할 것도 없지 않겠는가. 어쨌든 거짓 공
격에 불과한 입맞춤을 피하는 데 온 신경과 온 힘을 집중하
여, 다른 것은 무방비 상태나 다름없었다. 그런 기회를 어찌
넘어갈 수 있으랴! 그래서 나는 방법을 바꾸었다. 곧바로 내
가 우위에 설 수 있었다. 그 때 우리 둘 모두 제정신을 잃은
것만 같았다. 소녀는 너무나 겁에 질려 힘껏 소리치고 싶었을
것이다. 하지만 다행히도 그녀의 목소리는 흐느낌 속에 잦아
들었다.

— 솔데르로스 드 라클로, 『위험한 관계』

2

사랑의 조그만 전략

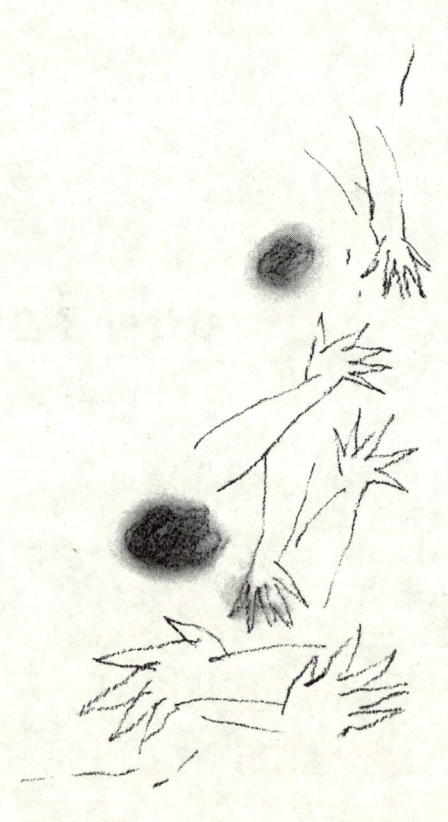

사랑의 조그만 전략

입맞춤! 대체 어떤 의미를 갖는 것일까? 영화에서, 입맞춤은 대단원의 막이다. 즉 이야기의 끝이다. 하지만 인생에서 입맞춤은 모든 것이 복잡해지기 시작한 출발점이다. 오만가지의 결정이 첫 입맞춤에 달려 있다. 아무 일도 없었던 것처럼, 또는 순간의 충동에 굴복한 것처럼 행동해 보지만 소용이 없다. 충동이란 덧없이 오는 것이 아니며, 사랑을 쏘아 대는 대포는 이 지구만큼이나 노화한 것이다. 사랑의 대포는 어디를 목표로 삼아야 하는지 정확히 알고 있다. 감성, 농도, 열기, 감정, 한 마디로 유혹의 정도에 따라서 각도를 세밀하게 계산해 낸다. 몸과 몸의 만남이다. 첫 입맞춤은 손쉽게 쟁취할 수 있지만, 결코 되돌릴 수 없는 것이다. 거부의 몸짓이 '좋아요!'를 뜻하고, '좋아요!'가 때로는 완강한 거부를 뜻한다. 갈구하는 입맞춤이면서 괜스레 시간을 질질 끌며 거절하는 까닭에, 원하지도 않는 입맞춤에 세월을 보내기도 한다. 치열한 경쟁의 장이다. 어떤 연인들에게나 첫 목표는 입술을 포개는 것이다. 그것이 시작이다. 그렇게 첫 목표를 달성하고 나면, 두 연인 사이에는 힘의 전이가 있게 된다. 그 때에는 모든 것이 가능해 보이고, 때로는 모든 것이 불가능해 보인다. 경우에 따라 그렇게 극단으로 달라진다. 입맞춤하고픈 욕망이 두 사람에게 동시에 일어나기란 쉬운 일은 아니다. 입맞춤은 둘이 하는 것이다. 따라서 독립된 개체인 두 사람에게 동일한 충동이 같은 순간에 일

63

어난다는 것은 기적이랄 수밖에 없다. 사랑의 궤변은 방화광 放火狂 이 저지르는 짓이다. 나중에 상대의 열정에 찬물을 끼얹는 한이 있더라도 먼저 불을 질러 대는 사람이 있게 마련이다.

속내와는 다른 거부의 몸짓, 거짓된 맹세, 더 이상 어떤 것도 양보하고 싶지 않은 입맞춤, 그저 장난으로 주어진 입맞춤…… 사랑은 이런 틈바구니에서 입술을 태워 버릴 각오로 치열한 전쟁을 벌인다. 그 전쟁에는 어떤 수단이라도 선의의 것이라 해석된다. 사랑을 쟁취하려는 조그만 협정까지도 맺어진다. 그것에서 사랑의 시장 법칙이 세워진다. 입맞춤에 가격이 매겨진다. 입맞춤을 세밀하고 정확하게 계산하는 사람이 있는 반면에, 뜨거운 입맞춤에서 이성을 잃어버리는 사람이 있다. 따라서 옛날부터 지금까지, 감정의 혼돈은 조그만 불씨에서 시작되는 것이리라.

'좋아요!'라고 말해 봐, '싫어요!'라고 말해 봐

사랑의 전쟁에서는, 패자가 곧 승자이다. 여성의 유약함이 대단한 무기처럼 생각되는 그 전쟁에서, 누가 '좋아요!' 혹은 '싫어요!'라고 똑부러지게 말할 수 있겠는가? 투항의 순간에 주고받는 욕망에서, 입맞춤은 미래를 보장해 주기에 충분한 담보물이다. 그러나 두려움을 안겨 주는 승리가 있고, 승리한 패배가 있고, 약속을 지키지 않는 입맞춤이 있다.

가면을 쓴 입맞춤

원하는 이상을 주었다는 후회에 시달리게 마련인 억지 입맞춤에서, 사랑의 대화가 갖는 참맛을 느껴 볼 수 있다. 어떤 입맞춤에나 나름의 원칙이 있게 마련이다. 몰리에르가 '유쾌한 망설임'이라 불렀던 원칙에 대한 뜨거운 논쟁이 있었다. 입맞춤의 연속성에 대한 격렬한 논쟁은 결국 입맞춤을 허락한 것이 옳았다고 확신하는 데 도움을 주었다. 입맞춤은 실의에 빠지는 것을 조금이라도 막아 주고, 욕망이 발산되는 순간까지 기다림의 설렘을 안겨 주는 인간적 행위이다.

약간이라도 경험 있는 남자라면, 사랑의 속삭임에서 입맞춤은 필연적인 것이라 생각하게 마련이다. 여자가 입맞춤을 꺼리더라도 그 입술을 빼앗아라! 물론 처음에는 반항하면서 당신을 뻔뻔스럽다고 욕할 것이다. 어쩌면 반항하면서도 속내로는 꺾이고 싶어할지도 모른다. 하지만 그 예민한 입술에 서투른 입맞춤으로 상처를 주어서는 안 된다. 그녀가 당신의 거친 입맞춤에 불평하지 않도록 조심하라! 입맞춤에만 연연해서 다른 것을 간과한다면, 당신에게 품고 있던 조그만 호의마저도 상실하고 말 것이다. 그녀와의 입맞춤으로 당신의 소망을 성취했더라도 무엇이 남겠는가! 당신이 그저 무례한 사람이고, 신중하지 못한 사람이란 것만을 증명한 꼴이 된다. 그렇다고 폭력적일 수는 없지 않겠냐고 변명하고 싶을 것이다. 그러나 어떤 여인에게도 그런 폭력은 기꺼이 용인되는 것이다. 오히려 여성도 그런 폭력을 행사하고 싶어하며, 때로는 무의식적으로 그런 폭력을 인정하고 싶어한다. 사랑의 도둑에게 강제로 느닷없이 입술을 빼앗긴 여인! 그러나 결코 불만스럽게 생각지 않는다. 오히려 그런 무례를 일종의 선물처럼 생각하기도 한다.

— 오비드 『사랑의 기술』

마리, 내게 입맞춤해 주오 아니, 입맞춤은 그만 두시오
대신 당신의 감미로운 숨결로 내 심장을 끌어내소서.
아니, 그만 두시오 대신 당신의 품안에서 헤매는
내 영혼 모두를 핏줄 밖으로 빨아내소서.

— 피에르 드 롱사르, 『마리의 사랑』

　　은밀히 몸을 감춘 사랑의 도적들,
아름다운 여인들의 주변을 맴돌았지만
감히 그녀들의 입술까지 다가서지는 못했다.
　　사랑의 도적들이 눈에 띄는 순간,
그녀들은 부채를 펄럭이며 그들을 쫓아 내버렸다.
파리를 쫓듯이 그 사랑의 도적들을 물리쳐 버렸다.

— 본느코르스

어느 날, 그녀가 나에게 말했다.

"당신의 그런 절제력, 대체 어디에서 오는 건가요?"

"언젠가 당신이 진심으로 나에게 주었던 그 달콤한 입맞춤이 있는 후, 나는 분명히 깨달을 수 있었소 당신이 진정으로 나에게 주려는 것, 그것 이외에는 어떤 것도 나에게 의미가 없다는 사실을 분명히 깨닫게 되었소 그 때의 입맞춤이 내게 안겨 주었던 그 감동, 아마 당신은 그 감동이 어떤 것이었는지 상상조차 할 수 없을 거요!"

"나쁜 사람! 그래요, 나는 전혀 몰라요! 하지만 우리 둘 중에서 누가 그 입맞춤을 주었나요?"

"당신도 아니고, 나는 더더욱 아니요. 너무도 부드럽고 너무도 달콤했던 그 입맞춤, 그것은 사랑의 열매였소"

"그래요, 사랑의 보물 창고는 아무리 퍼내도 끝이 없을 거예요."

우리 입술이 하나가 되었던 그 때, 그녀는 그것으로 만족하지 않았다. 내가 손을 마음대로 움직일 수 없을 정도로 그녀는 내 얼굴을 가슴에 격렬히 끌어안았다. 다른 즐거움은 생각조차 할 수 없었다. 그러나 나는 한없이 행복했다. 그 마법의 전쟁이 끝났을 때, 나는 그녀에게 언제까지나 그렇게 지낼 수 있겠냐고 물었다.

"그럼요, 영원히. 더 이상 행복할 수 없을 거예요."

— 카사노바, 『회상록』

입술은 '좋아요!'라고 말했지만, 눈빛은 '글쎄요!'라 말하고 있었다.

— 빅토르 위고, 『뤼 블라』

후작 부인의 손은 방드네스의 손에 쥐어져 있었다. 그녀는 그렇게 그에게 손을 허락했지만, 그것을 호의의 표현이라 생각지는 않았다. 그들은 몸을 창 밖으로 내밀며, 눈과 얼음 그리고 산허리를 환상적으로 물들이고 있는 잿빛 그림자로 어우러진 풍경을 바라보았다. 무엇도 흉내낼 수 없도록 순간적으로 사라지는 시상詩想으로 하늘을 장식하는 검은 색조와 붉은 불기둥의 뚜렷한 대조, 다시 태어날 태양을 감싸줄 듯한

67

관후한 배내옷과 죽어 가는 태양을 덮어 주는 아름다운 수의 壽衣처럼 극명한 대조를 보이는 한 폭의 풍경화였다.

그 때, 쥘리에트의 머리칼이 방드네스의 뺨을 간질였다. 그 가벼운 접촉이 느껴지자 그녀는 짜릿한 전율에 몸을 떨었다. 그는 더욱 심하게 떨었다. 사실 그들은 점점 흥분 상태에 접어들고 있었다. 무엇이라 뚜렷이 말할 수 없는 흥분이었지만, 지독한 정적은 조그만 충격에도 눈물을 쏟게 만들고 슬픔을 주체 못 해 극도의 우울증에 빠지게 할 만큼 그들의 감각을 민감하게 만들어 버렸다. 하지만 사랑의 현기증에서 눈물을 쏟는 것이라면, 그것은 필설로 다할 수 없는 즐거움을 그들에게 안겨 주는 것이리라.

쥘리에트는 방드네스의 손을 잡았다. 거의 무의식적인 반응이었다. 그 작은 압박감은 사랑의 열병을 앓는 남자에게 수줍음을 떨치고 용기를 안겨 주기에 충분했다. 그 순간의 환희 그리고 미래에 대한 희망, 모든 것이 하나의 감정으로 녹아들었다. 첫 접촉 때의 감정, 에글몽 부인이 그의 뺨에 수줍게 남겨 주었던 청초한 입맞춤에서 느꼈던 감정이기도 했다.

호의의 표현은 은근할수록, 더욱 강렬하고 더욱 위험한 것이었다.

— 오노레 드 발자크, 『30대 여인』

그는 그녀의 어깨를 꼭 잡고 세차게 끌어안았다. 잔디가 깔린 경사지에 그녀를 눕혔다. 가슴이 두근거리고 두 손이 떨려 왔다. 그녀는 여전히 그의 목에 매달려 있었다. 그는 그녀를 다시 힘껏 껴안고, 그녀의 입술에 뜨거운 입맞춤을 새겨 주었다. 그러나 그 순간, 그는 그녀의 발 아래에 털썩 주저앉으며 소리쳤다. 그녀의 입술을 손으로 꼭 누른 채 소리쳤다.

"샤를로테, 나를 용서해 주겠지요?"

남자 친구가 과감히 시도했던 입맞춤, 그녀가 기꺼이 허락해 주었던 입맞춤, 그 입맞춤에서 샤를로테는 정신을 되찾을 수 있었다.

― 괴테, 『선택 친화력』

다갈색 머리칼의 여인은 기사 곁을 빙빙 돌며 춤을 춘다. 기사는 손을 뻗어 그녀를 잡으려 한다. 그녀는 고개를 살며시 숙여 그의 손길을 빠져나간다. 너무도 우아한 몸짓이다. 음악, 생전 들어 보지 못한 감동적인 음률이다. 춤이 끝나자, 기사는 다갈색 머리칼의 여인을 끌어안고 입맞춤하려 한다. 그녀는 발꿈치를 들고, 기사의 어깨를 살짝 때린다. 그는 죽은 나무처럼 그녀의 발 아래 쓰러진다. …… 그러나 백작은 다른 방법을 생각해 냈다. 그 장난꾸러기 여인을 무작정 껴안고 뜨거운 입맞춤을 해주는 것이었다. 이윈스카는 작은 신음 소리를 내뱉었다. 얼굴을 붉히면서, 토라진 모습으로 소파에 쓰러져 내린다. 그리고 기사에게 미련한 곰처럼 너무 세게 껴안았다고 투덜댄다.

― 프로스페르 메리메, 『로키』

나는 그녀의 가슴에 얼굴을 묻었다. 그녀의 손이 내 뺨에

69

가볍게 스쳤다. …… 그리고 갑자기.

"아, 너무 행복해!"

그녀는 보드랍고 향긋한 입술로 내 얼굴을 덮어 왔다. ……
입맞춤, 가볍게 내 입술을 스쳤다. 나는 눈을 뜨지 않으려 애
썼지만, 그녀는 내가 의식을 되찾은 것을 눈치챘던지 부리나
케 일어서며 말했다.

"자, 일어나세요! 대체 이 먼지구덩이에서 뭘 하고 있는 거
예요?"

그리고 그녀는 살짝 허리를 굽혀 내 이마에 가벼운 입맞춤
을 해주었다.

— 이반 투르게네프, 『첫 사랑』

— 그녀의 가녀린 발목에 내 입맞춤,
가볍게 터져 나온 그녀의 웃음소리,
맑게 공기를 진동시키며 사그라지는
수정처럼 깨끗하고 환한 웃음.

속옷 아래로 살며시 드러난
앙증맞은 발, "이제 그만!"
— 처음으로 저질러 본 대담한 짓, 허락받았지만
웃음이 그 벌을 대신하였나!

— 내 입술 아래에서 파르락대는 가여운 여인
그녀의 눈꺼풀에 보드랍게 주었던 내 입맞춤.

— 애틋하게 도리질하는 그녀의 얼굴
"아, 좋아요!……

남자여, 내가 그대에게 하고픈 말은 오직 두 마디……"
— 나는 그녀의 가슴에 온 몸을 묻었다.
그녀를 웃음 짓게 하였던 내 입맞춤,
분명히 무언가를 갈구하는 환한 웃음이었으리라……
— 완전히 발가벗겨진 그녀,
창살에 온 잎새를 던져 버린
철부지 거목처럼
장난스럽게, 더 가까이, 더 가까이.

— 아르튀르 랭보, 「첫 저녁」, 『시집』

앙리는 그녀의 어깨에 얼굴을 기댔다. 그리고 갑작스레 그는 그녀의 입술을 훔쳤다. 그녀는 불같이 화를 내며, 입술을 떼어 내려 그의 등을 밀쳤다. 그러나 그는 그녀에게 바싹 달려들며 온 몸으로 그녀를 껴안았다. 그녀의 입술을 찾았다. 그녀는 그 입술을 피했다. 한동안의 실랑이, 마침내 그는 그녀의 입술과 하나가 될 수 있었다. 그녀도 알 수 없는 곳에서 샘솟는 욕망의 노예가 되어 그의 입술을 찾았고 그의 얼굴을 가슴에 끌어안았다. 거역할 수 없는 무게에 온갖 저항이 수증기처럼 흩어진 것일까. 온 세상이 숨을 죽였다. 마침내 새들이 노래하기 시작했다. 허공을 갈랐던 날카로운 음색이 마치 사랑의 절규처럼 들렸다. 다시 침묵의 세계가 되었다. 그리고 새들은 나직한 소리로 느릿하게 노래하기 시작했다.

— 기 드 모파상, 『텔리에 집』

꿀벌만큼이나
나는 입맞춤이 두렵다.
잠시의 안식도 없이
나는 숨을 쉬며 늙어 간다.
나는 입맞춤이 두렵다!

그러나 사랑하는 케이트,
그녀의 예쁘장한 눈동자를 사랑한다.
갸름하고 파리한 얼굴
만지면 깨어질 것만 같은 그녀의 얼굴.
아, 나는 케이트를 사랑한다!

성 발렌타인의 축제!
그날 아침, 그녀에게
말해야만 한다.
가슴 벅찬 이야기를,
성 발렌타인[5]이 되겠다고!

그녀는 내게 약속해 주었다.
그 행복!
하지만 약속과 더불어
한 여인의 연인이 된다는 것,

얼마나 큰 유혹이던가!

꿀벌만큼이나
나는 입맞춤이 두렵다
잠시의 안식도 없이
나는 숨을 쉬며 늙어 간다.
나는 입맞춤이 두렵다!

— 폴 베를렌, 「가난한 젊은 목동」, 『수채화』

조그만 불씨

여자의 거부가 있을 때 욕망은 더욱 거세게 불타오른다. 여자는 모든 것을 내던지기에 앞서 위안 받기를 원한다. 하지만 남자는 엉뚱한 착각에 빠져, 가슴에서 끓어오르는 욕망은 무엇이나 실현시킬 수 있는 것이라 생각하고, 여자의 세찬 머뭇거림이 괜스레 한 번쯤 튕겨 보는 귀여운 위선이라 오해한다. 또한 남자는 거부의 몸짓에서도 허락을 읽어 낼 수 있다고 생각한다. 사태가 이 정도에 이르면 사뭇 심각한 문제가 아닐 수 없다. 거의 허락한 듯한 분위기에서의 입맞춤, 그것으로 모든 것이 허용되었다는 착각, 그렇게 믿어 버리는 바람둥이가 의외로 많다.

"다음주 화요일, 어떠세요?"
"화요일요?"
"예, 2시에서 3시 사이에!"
"좋아요!"
그리고 그녀는 수줍은 듯 얼굴을 돌렸다. 프레데릭은 그녀의 목덜미에 입술을 맞추었다.

"오, 이러지 말아요. 당신을 원망하게 될지도 몰라요."

— 귀스타브 플로베르, 『감정 교육』

그는 절망에 사로잡혀 샤를로테의 발 아래 풀썩 주저앉았다. 그녀의 두 손을 끌어와, 그의 눈과 이마를 지긋이 눌러보았다.

......

온 몸이 떨려 왔다. 그녀는 그의 두 손을 꼭 잡고 가슴에 품었다. 그녀의 얼굴이 살며시 그를 향해 다가갔다. 뜨거운 두 뺨이 마주치는 순간, 우주마저 흔적을 감추어 버렸다. 그는 그녀를 두 팔로 가득 안았다. 가슴을 맞대고, 그는 파르락대며 떨리는 입술로 분노하는 입술을 찾았다. 그녀는 그 입술을 외면하며 숨죽여 울부짖었다.

"베르테르! 베르테르!"

그녀는 가녀린 손으로 베르테르의 가슴을 밀쳐 내며 소리쳤다. 고결한 감정이 배어 있는 목소리였다.

"아, 베르테르!"

그는 입맞춤을 고집하지 않았다. 그녀를 풀어 주고, 미친 사람처럼 땅바닥에 털썩 주저앉아 버렸다. 그녀는 냉정하게도 베르테르를 외면했다. 사랑과 분노의 갈등에 당혹스러웠지만 또렷이 말했다.

"오늘이 마지막이에요, 베르테르! 다시는 날 만날 수 없을 거예요!"

그리고 사랑이 듬뿍 담긴 눈길을 그 불행한 사내에게 던지며, 샤를로테는 옆방으로 뛰어갔다. 그리고 문을 닫아 버렸다.

— 괴테, 『젊은 베르테르의 슬픔』

그녀는 잠에서 깨어나 앉았다. 시골의 정경이 한눈에 들어왔다. 그리고 모랭에게 눈길을 던지며 미소를 지어 보였다. 행복에 잠긴 여인의 미소, 즐거움이 깃든 매력적인 미소였다. 모랭은 가슴이 설레였다. 그를 위한 미소인 것이 틀림없었다. 은밀한 초대였고, 그가 꿈에서도 기다리던 신호였다. 그 미소는 이렇게 말하고 있는 듯했다.

"당신은 바보, 멍청이, 벽창호! 어제 저녁부터 그렇게 말뚝처럼 꼼짝도 않다니! 자, 날 봐요! 매력적이지 않나요? 나처럼 예쁜 여자와 밤새 얼굴을 맞대고 있고 싶지 않아요! 멍청한 사람!"

그녀는 미소 띤 얼굴로 그에게서 눈을 떼지 않았다. 옅은 웃음소리까지 새어 나오기 시작했다. 그는 정신을 차릴 수 없었다. 그녀의 아름다움을 찬양해 줄 멋진 말을 찾아내고 싶었다. 무엇이라 말해야 할까, 어떤 말이라도 해줘야 할 텐데. 하지만 그는 어떤 말도 찾아낼 수 없었다. 아무 것도! 그러나 겁쟁이에게도 용기는 있는 법이던가? '그래, 무모하지만 어떤 짓이라도 해볼 테야!' 그는 그렇게 생각하며, 갑작스레 그녀를 향해 다가섰다. 갈증 어린 입술! 그는 두 손을 쭉 뻗어 그녀를 품에 안았다. 그리고 깊은 입맞춤을 보냈다.

그녀는 벌떡 일어서며 소리쳤다. 공포에 질린 울부짖음이었다.

"살려줘요!"

— 기 드 모파상, 『멧도요 이야기』

프랑수아즈는 쟝을 세차게 밀쳐 냈다. 그녀의 목에 입맞춤 조차 하지 못했는데……. 그녀의 하얀 목을 너무도 가까이에서 보았건만 그 향내를 기억해 낼 수 없었다. 다시 그녀에게 뛰어가 잽싸게 입맞춤을 해주고 멀찌감치 떨어졌다. 그녀가 그런 애정의 표시를 나무라지 않도록, 문을 여는 척하면서 조심스레 이렇게 말했다.

"너무 순식간이어서, 당신의 향내를 맡을 여유조차 없었소"

— 마르셀 프루스트, 『쟝 상테유』

그의 얼굴을 꼭 잡고, 그녀는 입맞춤해 주었다. 눈꺼풀과 눈썹에, 그리고 이마에. 그는 더 감미로운 접촉을 원했다. 이번에는 그가 적극적으로 나섰다. 그녀의 아름다운 얼굴을 감싸안고 입술을 찾았다. 아무런 저항도 없었지만, 아니 가벼운 저항이 있었지만 그는 그녀의 입술을 차지할 수 있었다. 그렇게 단 둘이 있을 때에도 감미로운 그 순간에 도달하려면 언제나 조그만 다툼이 있었다. 함께 산책을 하는 동안에도 그녀는 때때로 달콤한 입술을 그에게 안겨 주었다. 벤치에 앉았을 때에는 느렸지만 더욱 깊은 입맞춤이었다. 저항의 몸짓을 내던진 순간부터, 입맞춤은 그녀의 구석구석까지 짜릿한 나른함을 안겨 주었다.

"안 돼요, 크사비에, 그만!"

그러나 그녀는 그에게 더욱 파고들었다. 그녀는 촉촉한 입술을 잘 익은 과일처럼 그에게 내맡겼다. 입술을 깨물어 오는 것이 늦어질 때면, 교태 어린 몸짓으로 그 짜릿한 자극을 재촉했다. 몇 번이고 소스라치게 놀라고서야 그 향연은 끝을 맺었다. 나란히 앉은 두 연인은 지극한 행복감에 젖었지만 완전히 채워지지 않은 허전함을 느껴야 했다.

이보다 더 완벽하고 즐거운 사랑이 있을까? 남자는 이렇게 생각하지만 여자는 아쉬울 따름이다. 자존심을 버렸어야 했는데! 남자는 여자를 차지했다는 생각에 의기양양해졌다. 타락의 시간에, 남자의 구조화된 두뇌의 힘으로 열등한 여자의 신경계를 마음대로 좌우했다는 조그만 자부심이었다.

결국, 숨바꼭질 같은 꿈은 아니었다. 입맞춤에서, 내 순정 어린 애무에서, 그날 저녁 반수면 상태의 외로움에서 그녀는 나른한 무력감을 느꼈을까? 그 느낌이 무엇인지는 몰랐을지라도

— 레미 드 구르몽, 『순결한 가슴』

뜨거운 입맞춤

시인 미셸 레리스는 글자 수수께끼에서 영롱한 진주를 찾아내듯 '입맞춤'이란 낱말을 찾아냈다. 입맞춤은 우리 사랑의 무대에서 열렬한 역할을 해낸다. 조르쥬 브라상은 "나는 그녀를 뜨겁게 끌어안았다. 그녀는 완전히 발가벗겨졌다"는 노래로, 뜨거운 만큼 부드러운 사랑의 고뇌를 아우르려 했다.

입맞춤은 언제나 뜨거운 법

연기가 있은 다음에는 언제나 불꽃이 있는 법. 그 연기는 어떤 것도 불태우지 않지만, 불꽃은 모든 것을 삼켜 버린다. 이와 마찬가지로, 사랑에서 최후의 승자가 되기 위해서는 입맞춤부터 시작해야 한다.

— 플라우투스, 『퀴르퀼리오』

혼돈, 여전히 두근대는 심장,
그는 그대로 불태워지고 싶었다.
욕망, 두려움, 사랑의 열병,
모든 것이 하나가 되어 그를 불태워 버리리.

— 퐁스 드니 에쿠샤르 르브랭, 『입맞춤에 대하여』

뜨겁게, 때로는 차갑게

저런! 새침한 입맞춤,
생기 없는 입맞춤과 음란한 입맞춤, 그래도 촉촉하게!
입맞춤이 두렵다. 그 강렬한 불길로
내 몸을 불사르고는
차갑게 식어 버린 시체처럼
내 몸을 얼어붙게 만들어 버릴 그 입맞춤이.

— 자크 타위로, 『소네트, 연가, 그리고 새침데기 여인』

아, 얼음 속의 입맞춤도 얼마나 뜨거운가!

― 푸쉬킨

식을 줄 모르는 사랑의 불길

내 사랑하는 여인의 달콤한 입술에
그대의 날개를 세워요 내 여인의 젖꼭지에 입을 맞추고
그 여인의 입술에서 가장 소중한 것을 훔쳐내소서,
옛적에 그대의 황금빛 날개와 바꾸었던 것을.
그 때 그대는 향기로 가득한 냄새를 맡으리라.
꿀로 가득한 호수를 보고, 향기를 거두어 드리리라.
하지만 잔혹한 함정을 조심하소서.
그녀의 입술에서 뜨거운 잉걸불이
열정 어린 한숨에서 무장한 기병대가 뛰쳐나오리니,
그것으로 그대의 날개를 태우지 않도록 조심하소서.

― 레미 벨로

"당신의 입맞춤, 대체 그것을 무엇이라 하겠소?"
"날름대는 불꽃이라 말하겠어요."

― 빅토르 위고

그는 그녀 앞에 무릎을 꿇었다. 얼굴을 뒤로 젖힌 채 두 팔로 그녀의 허리를 감싸 안았다. 하지만 두 손을 어찌해야 할

바를 몰랐다. 귓불에 매달린 둥근 황금 귀걸이가 구릿빛 목덜
미에 반사되어 반짝거렸다. 은방울처럼 커다란 눈동자에서 굵
은 눈물이 방울지며 흘러내렸다. 그는 애무하듯 한숨을 내쉬
었다. 산들바람보다 가볍고 입맞춤보다 달콤한 말을 속삭였다.

살랑 부는 나른한 기운에 휩싸이며 조금씩 정신을 잃어 갔
다. 거역할 수 없이 은밀히 다가온 무엇, 신의 명령처럼 그녀
는 그 기운에 빠져 들었다. 구름을 타고 있는 기분이었다. 그
렇게 혼절 상태에 빠지면서 그녀는 침대에 쓰려져 내렸다. 사
자 털이 깔린 침대 위로! 마토가 힘차게 달려왔다. 황금 사슬
이 눈부시게 빛났다. 두 발이 발악하는 흡혈귀처럼 치솟으며
홑이불을 걷어찼다. 성의 聖衣가 흘러내리며, 그녀의 몸을 감
았다. 그녀는 가슴으로 다가오는 마토의 얼굴을 보았다.

"오, 마토! 온 몸이 뜨거워요!"

병사의 입맞춤이 불꽃보다 뜨겁게 그녀의 온 몸을 휘감았
다. 폭풍우에 휩쓸린 느낌, 강렬한 태양에 던져진 느낌이었다.

그는 그녀의 손가락을 하나씩, 두 팔과 두 발, 그리고 길게
땋아 내린 긴 머리칼까지 조심스레 입술로 애무하기 시작했다.

― 귀스타브 플로베르, 『살랑보』

입맞춤의 값은 얼마일까?

취하려 마음먹은 것은 이미 취한 것이다. "눈에는 눈, 이에는 이"라는
가르침과 비슷하다. 입맞춤은 교환의 대상이다. 따라서 입맞춤을 돈으로 환산

하려는 사람이 있다. 머리를 맞대고 치열한 협상을 벌이던 두 당사자가 때때로 적으로 돌변하기도 한다. 진 사람이 승자가 되는 그 게임의 상금은 떨리는 입술의 달콤한 입맞춤이다. 두 당사자의 욕망이 절묘히 균형을 이뤄야 하는 이 몰염치한 거래에는 정당한 보상이 있기도 하겠지만 속임수가 있을 수 있으며, 때로는 사랑의 환상이 지워지기도 한다. 나보코프의 로리타처럼 몸값이 '3달러, 심지어 4달러까지' 치솟기도 하지만, 결국에는 외상으로 사랑을 구걸하는 경우도 있다.

취할 것인가, 버릴 것인가

사랑의 전쟁에서, 입맞춤이란 전리품은
정당하게 쟁취한 것이라 주장된다.

― 사랑의 미로

입맞춤에서는 타인의 입술을 먼저 차지한 사람이 승리자일 수 있다. 여자는 입술을 빼앗길 때 금방이라도 눈물을 흘릴 듯이 보인다. 손을 때리면서 남자를 밀어내고, 토라진 듯 등을 돌리면서 '돌려내요!'라고 말한다. 한바탕 싸움이라도 벌일 태세이다. 다시 한 번 입술을 빼앗기면 더욱 슬퍼하는 모습을 보여준다.

남자가 무관심하거나 잠들어 버리면, 여자는 아랫입술을 깨문다. 입술이 사라질까 두려운 듯 힘껏 깨문다. 그리고는 웃음을 터뜨린다. 방이 쩌렁쩌렁 울릴 만큼 커다랗게 웃는다.

자신을 자책하면서, 사방으로 춤을 추며 돌아다닌다. 눈썹을
꿈틀대고 눈동자를 굴리면서 생각나는 대로 중얼댄다. 입맞춤
이 빚어내는 다툼, 혹은 유희는 이런 것이다.

— 카마수트라

날 너무도 사랑했던 그녀,
우수에 젖은 나를 깊이 동정했더라.
모든 초목이 생명의 기운으로 약동하는
그녀의 정원으로 날 인도했었네.
그 때 어떤 어색함도 없었더라.
그녀에게 입맞춤했을 때, 그녀도 내게 입술을 주었네.
그 순결한 가슴을 내게 주었네.
그녀의 가슴을 훔친 것이더라.

— 클레망 마로, 『사랑의 노래』

당신만을 홀로 만났던 그날 저녁,
영혼을 치유하고 영혼에 안식을 주려
당신이 나에게 기꺼이 선물했던 아름답고 신성한 별,
그것은 내가 여태껏 받았던 최고의 호의였습니다.

지독한 유혹! 당신을 더욱 사랑스럽게 해주는 매력,
엄청난 불꽃으로 날 태워 버리는 아름다운 맵시!
그처럼 사랑스런 것을 언제 다시 볼 수 있으리까,
이제부터 당신이 아니고 어디에서 사랑을 찾을 수 있으리까.

사랑이 당신의 아름다움에 숨겨 놓은 마법적인 유혹,
세상의 무엇보다 강력하고 위험했던 유혹이 아니리까.
오, 신이시여! 이제 내 눈은 당신의 아름다움만을 보리다!
당신의 눈동자도 나를 어여삐 보아주소서!

사랑을 듬뿍 안고 태양에 미소 짓는 장미마저도
그처럼 우아한 아름다움을 뽐내지는 못하리다.
새벽이 잠에서 깨어날 때, 동쪽 하늘도
그처럼 찬란한 얼굴과 그처럼 진홍빛 색조를 띠지는 못하리다.

지축까지 흔들 수 있었던 그것,
엄청난 유혹으로 내 영혼에 불덩이를 던지며
당신의 아름다운 입술에 입맞춤하게 하였소
그러나 피곤함! 내 영혼을 사로잡은 입맞춤이었소!

그 입맞춤은 내 뼈 속까지 불태우고, 내 핏줄을 따라가며
원망의 불꽃으로 내 몸을 불살라 버렸소
그 엄청난 고통을 내가 어찌 견딜 수 있었으리까.
내 심장에 무엇이 그처럼 커다란 불만을 안겨 줄 수 있었
으리까.

내 입술과 내 영혼이 하나가 되어
당신의 입술을 적시던 꿀을 맛보았소
하지만 당신의 입술에서 떠나야 했을 때
그 달콤한 쾌락의 유혹에 내 영혼은 당신의 입술을 떠나지
못했소

내 입술을 떠난 영혼은 당신의 입술로 찾았고
내 이성을 혼미의 세계로 내던진 그 감로 甘露 에 도취되어
내 집이 아닌 타인의 대문을 두드렸건만,
내 영혼은 그저 망각의 세계에 빠져 버렸소

그 때부터 눈물 어린 절규에도 그 때의 불순한 감정은 되살
아났고,
내 영혼에겐 너무도 달콤했던 그 시간을 잊을 수 없었소
깊은 우수가 날 덮쳤고, 영혼을 잃었고 안식마저 잃었소
이제 당신이 없는 나, 그런 나를 어찌 상상할 수 있으리까.

— 뱅상 브와뛰르, 『비극 서정시』

입맞춤은 때때로 순박함의 보상이다.
입맞춤을 능란하게 사용하는 여인은 거의 없다.
대부분, 거절할 수 없는 사람에게 입맞춤하는 것이고
때로는 상대보다 앞서 입맞춤을 던진다.

— 프랑수아 드 모크루아, 『입맞춤에 대한 소네트』

내가 왕이라면

여인이여! 내가 왕이라면 제국을 당신께 주리라,
내 마차, 내 왕홀, 무릎을 꿇은 백성들,
내 황금관, 반암 班岩 의 욕조,

바다가 비좁은 듯 항해하는 내 선단船團 까지도,
당신의 눈빛을 한 번이라도 내게 준다면!

내가 신이라면, 흙과 공기와 물
내 법 앞에 무릎을 조아린 천사와 악마,
깊은 혼돈에 빠진 풍요로운 내면의 세계,
영원과 공간, 그리고 하늘, 그리고 온 세계를 당신께 주리라.
당신의 입맞춤을 한 번이라도 내게 준다면!

– 빅토르 위고

난 사랑하리, 새파랗게 질리도록.
난 사랑하리, 고뇌에 시달리도록.
난 사랑하리,
입맞춤을 위해서라면, 내 정수精髓 마저 건네주리.

– 알프레드 드 뮈세

믿음으로

그대에게 알랑거려도, 그대에게 입맞춤을 주어도
필리스, 그대는 그저 무덤덤할 뿐이구나.
그저, 마지막 순간에서야
못마땅한 표정을 지어 보일 뿐.
이처럼 화기애애한 분위기가

그대에게는 신의 뜻인 양 여겨지고,
하늘의 문이 그대에게 열리는 듯 생각하는구나.
하지만 착각에서 깨어나라.
그런 식으로 사랑한다면
악마를 믿고 그대 몸을 맡기는 것이나 진배 없으리.

— 피에르 코르네유, 『풍자시』

아내를 사랑했던,
무척이나 사랑했던 한 남자가
언제나 즐겁게 살려 했지만 불행하다는 생각을 떨칠 수 없었다.
아내의 추파,
애처로운 남편을 신처럼 떠받드는
알랑대는 상냥한 말투,
애정 어린 속삭임, 감미로운 미소,
그 어떤 것도 남자에게 사랑 받는 존재라는 믿음을 주지
못했다.
그랬다. 남자는 그랬다.
남자는 결혼에서
그 운명에서 조금의 만족도 얻지 못했다.
신들이 원망스러울 따름이었다.
하지만 어쩌랴? 결혼의 신이 우리에게 베풀어 주는
쾌락을 사랑으로 그 맛을 더할 수 없다면
결혼에서 어떤 만족을 얻을 수 있으리.
우리의 신부도 점점 그처럼 변해 가며

평생의 반려자, 남편을 애무해 주지 않았던 까닭에

남자는 어느 날 밤 그것에 불만을 터뜨렸다. 그런데 도둑이

　　불쑥 침입하는 바람에 남자의 불평은 중단될 수밖에

없었다.

　　여자는 너무나 무서웠던지

　　어딘가 안전한 곳을 찾아

　　남자의 품안으로 뛰어 들었다.

남편이 말했다. 도둑 친구, 고맙소 당신이 아니었더라면

이처럼 달콤한 것을 영원히 알지 못했을 거요

그런데 내가 어찌 보답하지 않을 수 있겠소

우리 집에 있는 모든 것을 당신에게 주겠소

아니, 이 집까지 주겠소 도둑에게 수치심이나

　　자존심을 기대할 수 없는 노릇!

그 도둑은 남자의 제안을 기꺼이 받아들였다. 나는 이 이야

기에서

　　가장 강렬한 열정은

공포란 결론을 내리게 된다. 공포심은 혐오감을 이겨 낸다.

때로는 사랑이, 때로는 사랑이 공포심을 이겨 낸다.

　　사랑하는 여인을 위해서

불길에 휩싸인 집까지 뛰어들어, 불기둥을 뚫고

　　그 여인을 구출해 냈다는 남자의 이야기가 있지 않던가.

　　그런 광적인 행동, 얼마나 멋진가!

이런 이야기를 들을 때마다 나는 너무나 즐겁다.

　　어리석은 광기가 아니라 원대한 꿈을 읽게 해주는

스페인적 열정이 스며 있는 이야기이기 때문이다.

– 쟝 드 라 퐁텐 「남편, 부인, 그리고 도둑」, 『우화집』

주고받는 거래이던가

무턱대고 나눠 주는 입맞춤,
그런 입맞춤은 원치 않아요
열정과 영혼이 깃든 입맞춤,
입맞춤 이상의 것을 내게 약속해 주는
그런 입맞춤을 원해요

– 드 라 사블리에르 부인

그녀는 슬픔을 견딜 수 없었다. 그래도 굳게 마음을 다지고 타협점을 찾아야 한다는 느낌이었다. 나에게는 애걸해 보았자 소용 없었기 때문에 곧바로 분명한 제안을 해야 했다. 내가 그 자리를 지나치게 비싼 값에 팔았을 것이라 생각하겠지만, 천만의 말씀이다. 나는 한 번의 입맞춤이라면 모든 것을 주겠다고 약속했다. 입맞춤이 있었지만, 내가 약속을 지키지 않은 것은 사실이었다. 하지만 그럴 수밖에 없었던 충분한 이유가 있었다. 그 입맞춤은 빼앗긴 것일까, 아니면 기꺼이 준 것일까? 협상 끝에, 우리는 다시 한 번 입맞춤을 갖기로 합의를 보았다. 이번에는 받는 것이 되어야 했다. 그녀는 수줍게 두 팔을 내밀어 내 목을 끌어안았다. 그리고 처음보다 더욱 애정

어린 모습으로 내 입술을 지긋이 눌러 왔다. 드디어 감미로운
입맞춤을 받은 것이었다.

— 솔데를로스 드 라클로, 『위험한 관계』

부인, 아닙니다.
사본느리 여인이 짠 이 융단들,
페르시아 사람들이 엮은 융단들,
당신의 모든 세공품들,
그리고 게르만 사람들이 정성 어린 손길로
조각한 그 소중한 접시들,
중국의 예술품을 능가하는
마르탱의 소장품들.
당신이 아끼는 하얀 일본 자기,
쉽게 깨어질 것만 같은 경이로운 예술품들.
당신 귀에 대롱대며 현란한 빛을
뿜어내는 다이아몬드의 광채.
당신의 목에 두른 값비싼 목걸이,
뭇 사람의 넋까지 빼앗는 화려한 장신구들,
그 모든 것이 부인께서 젊은 시절에 주었던
입맞춤에는 비길 것이 아닙니다.

— 볼테르

내가 못마땅한 건가요? 말해 보세요. 지난 6개월 동안, 내
가 어찌 지냈습니까? 책을 읽는 당신의 하얀 목덜미를 보는

것으로 만족하지 않았던가요? 그것도 당신의 검은 머리칼을 동여맨 댕기의 틈새로 말입니다. 당신이 앉았던 의자에 배인 당신의 체취에 취하면서 그 향내를 맡는 것으로 만족하지 않았던 가요? 그토록 억눌린 욕망을 한 번쯤의 입맞춤으로 위안해 줄 수 없는 것일까요?

　　　　　　　　　　　　　　－ 조르쥬 상드, 『인디아나』

　바다 냄새를 맡으려 하루 100프랑으로 발벡 호텔의 방 하나를 빌리듯이, 그녀를 위해 그 이상의 돈을 투자하더라도 하등에 이상할 것이 없다는 생각이었다. 덕분에, 내 뺨 가까이에 그녀의 숨결을 가질 수 있었고, 내 입술을 그녀의 입술과 함께 할 수 있지 않았던가! 내 혀에서 그녀의 생명까지 느낄 수 있지 않았던가!

　　　　　　　　　　　　－ 마르셀 프루스트, 『간힌 여인』

입맞춤의 횟수

　　약간, 많이, 엄청나게…… 꽃잎을 하나씩 따면서, 연인들은 사랑의 점을 친다. 입맞춤의 횟수를 헤아려 본다. 물론 덧셈이 헷갈릴 정도로 엄청난 수에 압도된다면, 그보다 좋을 때가 어디에 있겠는가. 이 헤아림에서 분명히 기억되는 입맞춤이 있다. 신비롭게도 끝 없는 입맞춤으로 밤을 새웠던 기억은 언급하지 않더라도, 우리에게 또렷한 기억으로 새겨진 입맞춤들이 있지 않은가.

90

하나, 둘, 셋·····

여자가 화를 내면, 네 번의 작은 입맞춤으로 그 분노를 능히 식혀 줄 수 있을 것이다.

— 카를로 골도니, 『커피 병』

15세의 꽃이여, 신이 그대를 구원하고 지켜 줄 때
나는 사랑에서 다섯 가지 특징을 찾았소
첫째, 시선이 있었고,
한담 閑談, 그리고 입맞춤이 다음이었소
입맞춤 후에는 곧바로 애정 어린 접촉,
그 네 가지 모두가 마지막 하나로 수렴되는데
그것이······ 무엇일까? 나는 그것이 무엇인지 말하지 않으리.
하지만 당신이 내 방을 찾아와 준다면
난 기꺼이 웃옷을 벗고
완전한 나신이 되어, 당신에게 그것이 무엇인지 알려 드리리다.

— 클레망 마로, 「사랑의 다섯 가지 특징」, 『풍자시』

천 번, 또 천 번의 입맞춤

여인이여, 나를 안아 주오 내게 입맞춤해 주오, 나를 힘주어 껴안아 주오
숨결과 숨결로, 내 생명의 온기를 데워 주오

천 번, 또 천 번의 입맞춤을 해주오
사랑은 횟수를 따지지 않습니다. 사랑은 그대에게 무엇도
원치 않습니다.

입맞춤, 또 입맞춤해 줘요 아름다운 입술, 왜
창백한 낯빛으로, 그대는 플루톤6)의 입맞춤을,
여인, 아니 여자 친구의 입맞춤을 거부하려 하닙까?
아무런 구실도 없이, 그대답지 못하게.

그대의 장밋빛 입술로 내게 뜨겁게 입맞춤해 주오
내게 입맞춤하며, 반쯤만 벌린 입술로,
내 품안에서 죽어 가며 토막진 말이라도 해보오

나는 당신 품에서 죽으리다. 그리고 당신이 되살아날 때
나도 되살아나리다. 그 때 우리 함께 다른 세상을 찾아갑시다.
비록 짧더라도 낮이 어둔 밤보다는 나을 테니까.

　　　　　　　 — 피에르 드 롱사르, 『엘렌 드 쉬르제르를 위한 소네트』

따스한 접촉으로 채워진 천 번의 입맞춤,
입맞춤으로 채워진 천 번의 따스한 접촉.

　　　　　　　 — 마리 도르발이 알프레드 드 비니에게 보내는 편지

사랑하는 쥘리에트, 당신에게 천 번의 입맞춤을 주리다. 당
신의 온 몸을 내 입맞춤으로 채우리다. 내 삶의 어디에서나

당신의 사랑을 느끼듯이, 당신의 몸 어디에서나 당신의 심장
이 뛰는 소리를 느낄 수 있기 때문이오

— 빅토르 위고, 『쥘뤼에트 드루에에게 보내는 편지』

끝 없는 입맞춤

그들은 이틀을 보냈다. 사랑과 조화로,
노래와 입맞춤, 목소리와 하나가 된 입술로,
겹쳐진 눈길, 행복에 겨운 한숨으로,
이틀, 그들에게는 두 찰나였고 두 세기이기도 했다.

— 알프레드 드 비니, 『몽모랑시의 연인들』

하지만 벽시계가 무정하게도 황금빛 음색으로
다시 울려 온다. 너는 귀를 막지만 밀려오는 혼돈.
아! 우리는 또 다시 입맞춤해야만 한다.

— 프랑수아 코페

그대와 함께 죽으리라, 내일 아침, 마지막 입맞춤으로 그것
을 행복이라 하는 것이 아니겠는가. 그럴 수만 있다면, 나는
백년을 훌쩍 넘어 살았던 기분이리라. 하룻밤이라도 단 한 시
간이라도 우리가 사랑과 평화로 온 삶을 보냈다면, 세상을 살
았던 나날의 크기가 무슨 뜻이 있으랴!

— 오노레 드 발자크, 『상어 가죽』

우리 영혼은 하나로 결합되어 세포 분열을 시작했다. 우리의 입맞춤이 있을 때마다 또 하나의 영혼이 태어났다.

— 도미니크 비방 드농, 『미래의 어느 날』

3

환희의 세계

환희의 세계

입술을 맞대는 입맞춤은 마법에 빠진 감각이며, 육체와 영혼의 연금술이다. 꿈틀대는 두 입술, 두 열정, 두 영혼, 두 표피가 밀착되어 만날 때, 그 강렬함은 하늘을 향해 치솟아 오른다. 성인이라면 누구나 이런 감미로운 체험을 해보았으리라. 우리 삶에서 가장 아름다웠던 입맞춤은 이성적 생각을 잃고 감정에만 매몰되어 서로 하나로 뒤섞였던 입맞춤이 아니던가. 입맞춤은 하늘이 내려 준 선물이다. 하늘이 빚어내는 마법이다. 금방이라도 터질 것처럼 두근대는 심장은 무한히 다양한 환희의 세계를 만들어 간다. 가벼운 동요에서 경련으로, 약간의 현기증에서 실신으로, 이렇게 입맞춤은 우리의 자제력을 마비시킨다.

우리는 입맞춤에서 시작해서 어디까지라도 갈 수 있다. 입술은 입술을 떠나면서, 열정적으로 새로운 대륙을 찾아 나서듯 어떤 곳이라도 찾아가려 한다. 그 헐벗은 살로! 대담무쌍한 영혼, 즉 확실히 정돈된 관능적 감각으로 상대의 조그만 살덩이에서, 끝 없이 가라앉는 도취감을 채우려 한다. 두 영혼의 육체가 뜨겁게 달아오르고, 두 얼굴이 서로를 향한다. 온 몸이 입맞춤을 향해 쏟아진다. 육체적 갈증이 점점 심해지면서 결국에는 흔적을 남겨 놓는다. 상대의 살덩이를 향한 맹렬한 욕구에 휩싸이며, 모든 것을 삼켜 버릴 듯한 입맞춤이다. 아, 입에는 날카로운 이가 있지 않던가! 그런 기억은 깨물고 싶은 유혹을 불러일으키며, 약탈자의 본능으로 상대의 연약한 살갗에 또렷한 흔적을 남긴다. 절대적 헌신으로 육체의 결합이 영혼에 만족감을 안길 때, 시인들은 입맞춤이란 신비로운 결혼식을 노래한다. 진실된 입맞춤은 상대의 욕망에서 나를 다시 찾는 길, 내가 다시 태어나는 길을 열어 준다. 따라서 입맞춤에서, 우리는 사랑의 전설 같은 이야기가 변해 가는 과정을 확인할 수 있다.

입맞춤의 도취감

입맞춤은 우리를 쉽게 흥분시킨다. 그런 만큼, 누구나 입맞춤에 대해서는 장광설을 쏟아 낸다. 이렇게 입맞춤은 말에 취해 버린다. 게다가 입맞춤은 본질적으로 서정적 성격을 띠지 않는가. 감정에 휩싸여, 입맞춤의 도취감은 곧바로 정수리까지 솟아오른다. 입맞춤은 사랑을 정식으로 선포하는 상징이다. 선포에서 확인까지, 입맞춤은 한 걸음에 내닫는다. 입맞춤의 떨림, 전율, 한숨은 열병을 앓게 만든다. 따라서 입맞춤은 언제나 과장되게 마련이다. 누구도 뛰어넘지 못할 커다란 장벽 안에 숨겨진 비밀스런 것처럼 말이다. 입맞춤의 관능성, 그것을 어찌 흥분된 열기로 노래하지 않을 수 있을까. 머리칼, 살을 훤히 드러낸 목덜미의 움푹 패인 곳, 어깨, 그리고 가슴은 우리를 인도하는 길이며, 그 환희는 외설적 입맞춤의 원인이 되기도 한다.

도발

깊은 회한이 있은 후, 사랑의 물결에서
내 기쁨이 춤추는 것을 한 번도 보지 못했네.
그대의 금빛 머리칼을 조심스레 가만히 쓸어 보며

꽃망울처럼 앙증맞은 그대의 입술을 은근히 홀짝였는데.
내 몸처럼 소중한 여인, 그대를 유혹하려
(동그란 작은 사과 같은) 그 젖가슴을 살며시 깨물고
(세상을 비추는 태양 같은) 그 아름다운 눈동자에 거듭 입맞
춤하고
백설처럼 깨끗한 홑이불 안에서 희롱을 나누지 않았던가요?
헤아릴 수 없는 사랑의 몸짓에서도
감미로운 환희의 만족감을 이제는 잊어야 하는 걸까요?
언제나 혼신을 다했던 정성의 대가로
더없는 즐거움에 두근대는 가슴을 조리며
사랑의 황홀감에 멍해진 채 숨을 헐떡였지만
이제, 나는 그런 사랑을 잃어야 하는 걸까요?

왜? 이유가 뭔가요, 내 여인이여, 그처럼 돌변한 이유가 뭔
가요?
왜 자신을 속이시나요? 한 번의 입맞춤으로,
그윽한 눈빛으로, 달콤한 속삭임으로,
내 불타는 가슴을 진정시킬 수 있으리라 생각했나요?

– 마르크 드 파피용 드 라스프리즈

페르시아의 가젤7)에 심었던 내 꿈,
운명의 동굴에서, 메르방의 여인은
꽃잎 같은 입맞춤으로
깊은 생각에 잠긴 내 눈을 멀게 하였다.

– 쟝 모레아스, 「유사 流砂」, 『서정단시 II』

그녀는 정신을 차릴 수 없었다. 그의 손을 꼭 잡고 가슴으로 가져갔다. 그녀의 얼굴이 살며시 그를 향했다. 마침내 둘의 뺨이 하나로 포개졌다. 뜨거운 기운이 전해져 왔다. 우주가 그들 앞에서 무너지는 것 같았다. 그가 그녀의 두 팔을 잡고 가슴에 품었다. 그리고 성난 입술로 파르르 떨리는 그녀의 입술을 덮었다.

― 괴테, 『젊은 베르테르의 슬픔』

차양 아래로 단검과 등불을 감추고, 밤의 사건을 벌일 듯한 자객처럼 검은 곤돌라가 대리석 궁전 담을 따라 미끄러지고 있었다.

기사와 그의 여인이 그 곳에서 사랑을 속삭이고 있다. 오렌지 나무들도 짙은 향내로 유혹하는데, 그대는 어찌 이리 무심하시나요! 아, 여인이여, 그대는 정원에 무심코 세워진 석상이나 다름없습니다!

조르지오, 이 입맞춤에도 나를 석상에 비유하시나요? 왜 그처럼 토라지시나요?

그대는 날 진정으로 사랑하오?

저 하늘의 별 중에서 내 사랑을 모르는 별이 있을까요? 당신만이 내 사랑을 모르실 뿐입니다.

― 아로이시우스 베르트랑, 『밤의 가스파르』

그는 긴 의자에 누워 한참 동안 깊은 생각에 잠겨 있었다. 그녀를 품었던 바로 그 의자였다. 그녀를 진정 내 여인이라 할 수 있을까. 우리, 내가 죽도록 원했던 그 여인과 나, 우리 둘을 은밀히 맺어 주는 신비로운 끈이 어떤 순간에 이어진 것일까. 그들의 입술이 하나로 포개졌고, 그들의 육체가 한 덩이가 되며 뒤엉켰던 그 짧은 순간의 날카로운 여운에 그는 아직도 짜릿한 전율감으로 살이 떨리는 것 같았다. 생명의 몸서리를 함께 나누었던 시간이었다.

— 기 드 모파상, 『죽음처럼 강하게』

무엇이라 말할 수 없는

살며시 떨리는 내 목에 매달린 당신
당신이 음욕에 들뜬 두 팔로 날 껴안을 때,
당신의 입술이 내 입술을 뜨거운 열정,
감미로운 향내, 불평 어린 푸념을 안겨 줄 때,
촉촉한 눈으로, 열정을 억누른 목젖으로,
당신이 사랑에 젖은 몸으로 내 몸을 압박해 올 때,
소름 돋은 입술로 나에게 죽음처럼 깊은 몸서리를
안겨 줄 때…… 달콤한 입맞춤으로 내 몸을 불태울 때,
당신의 숨결이 내 영혼을 유혹할 때,
내 감각이 불태워지며 죽어 가는 것이 느껴질 때,
내 몸을 휩싼 불길에 당신이 입김을 불어 대며
내게 환희를 더해 주고, 입맞춤의 기억을 되살려 줄 때,

오, 뇌라! 당신에게서 삶의 기쁨을 되찾을 때,
나는 이렇게 말하리라, 사랑은 제국의 신이라고!
신 중의 신, 그 신이 나와 함께 하리라고!
그 신까지 초월하는 존재, 여신의 모습으로
모든 신을 굴복시키고 끝 없이 몰아가는 존재,
그 존재가 바로 당신, 뇌라이요!

— 쟝 스공, 『입맞춤』

그 달콤한 접촉이 있었을 때, 내 몸을 구성하는 모든 조각
들이 하나가 되었다. 우리 입술에서 새어 나온 뜨거운 입김은
불기둥이 되었고, 내 심장은 환희의 무게에 짓눌려 깊은 죽음
에 빠져 들었다. 그 때 나는 당신의 얼굴이 순식간에 새파랗
게 변하고, 당신의 아름다운 눈동자가 눈꺼풀에 덮이며 죽음
을 맞은 사람처럼 사촌의 몸에 쓰러져 가는 것을 보았다.

— 쟝 자크 루소, 『쥘리, 혹은 다시 태어난 헬로이즈』

그는 한 번의 입맞춤으로 그 아름다운 육체를 단번에 차지
하고 싶었다. 그녀의 모든 것이 그에게 녹아들었다. 그처럼
뜨거운 포옹이었다. 감당하기에 너무도 벅찬 감동에 그는 어
찌해야 할 바를 몰랐다.

그들의 입술은 그렇게 하나가 되었다. 로잘린의 향긋한 입
술과 알베르의 입술, 그 둘은 이제 하나의 입이었다. 가슴이
터질 듯이 두근댔고, 눈은 반쯤이나 감겨 있었다. 지독한 환
희에 그들은 서로의 몸을 세차게 껴안았다. 한치의 틈도 없

이. 숭고한 순간이 한 걸음씩 다가왔다. 최후의 장애를 마침 내 뛰어넘었다. 두 연인은 발작적인 경련을 일으키며 온 몸을 파르르 떨었다.

— 테오필 고티에, 『모팽 아가씨』

 레스비아가 촉촉이 몸을 적시던 그 세계, 무엇이 우리를 벌 건 대낮에 그 세계로 끌어당겼던가? 다프네, 그녀만이 쉴 수 있는 작은 숲이란 별칭을 무엇이 당신에게 붙여 주었던가? 셸리아가 살려 달라고 소리쳤을 때, 무엇이 당신에게 입맞춤 으로 그 목소리를 잠 재우라 충고해 주었던가? 그것을 사랑 이라 하지 않는다면, 무엇이 사랑이겠는가?
 예수회의 수도자 암브로지오를 타락의 길로 유혹했던 마틸 드, 그녀가 입을 뗄 때마다 그의 눈동자는 무지근한 환희로 활활 타올랐고, 그의 가슴은 가녀린 새처럼 두근거렸다. 그녀 는 육감적인 두 팔로 그를 휘감으며 살며시 감싸안았다. 그리 고 입술로 사랑하는 연인의 입술을 찾았다.

— 그레고리 루이스 『수도자』

눈부신 눈이 쏟아지는 푸른 밤, 나는 꿈꾸었다.
바다처럼 깊은 눈동자로 슬며시 올라오는 입맞춤을.
여태껏 맡아 본 적 없는 짙은 향내의 진동,
음악처럼 아롱지게 노랗고 푸르게 피어나는 인광을.

— 아르튀르 랭보, 「취한 배」, 『시집』

그대의 머리칼에 입맞춤하리!

그대의 싱그러운 발에서 검은 머리칼까지
그대의 성결한 육신에 뜨겁게 입맞춤하고,
보석 같은 그대의 육신에 깊은 애무를 주었던 까닭입니다.

— 샤를 보들레르, 「우울과 이상」, 『악의 꽃』

그대의 기다란 검은 머리칼을 한없이
깨물고 싶습니다. 반항하듯 흩날리는 그대의 머리칼을
조금씩 깨물고 싶습니다. 추억을 삼키듯 말입니다.

— 샤를 보들레르, 「머리칼」, 『악의 꽃』

보시오, 봐! 그대의 머리칼에 입맞춤하리다. 이제는 그대의
머리칼에서만 숨을 쉬리다. 그대의 머리칼에 입맞춤하는 소리
가 들립니까? 그대의 머리칼에 한 오라기도 빠짐없이 입맞춤
을 주리다. 그대에게 무엇을 아끼리까! 보시오, 내 두 손을 보
시오! 이 자유로운 두 손으로, 당신을 내 것으로 만들리다. 당
신은 나를 결코 떼어놓지 못하리다.

— 모리스 메테르링크와 클로드 드뷔시, 『펠레아스와 멜리장드』

그는 나에게 이렇게 말해 주었다.
"오늘밤 나는 꿈을 꾸었소, 당신의 머리칼이 내 목을 휘감
았소 당신의 머리칼은 검은 목걸이처럼 내 목덜미와 가슴을
휘감아 주었소 당신의 머리칼을 가만히 만져 보았소 내 머

리칼이었소, 우리는 그렇게 영원히 하나가 되었소. 하나의 머리칼이 되었고, 하나의 입술이 되었소! 하나의 뿌리에서 태어난 두 월계수였소!"

— 피에르 루이스, 「머리칼」, 클로드 드뷔시의 『비릴티스의 노래』를 위한 시

마르트는 모자를 벗었다. 검은 담비 반코트까지 벗고 큼직한 가죽 의자에 앉았다. 그가 벽난로 앞으로 의자를 옮겨 주었다. 그는 그녀의 발 밑에 쪼그려 앉은 채, 그녀를 지긋이 바라보았다. 갈대처럼 흐느적대는 그녀의 몸매에 가슴이 뛰었다. 분홍빛이 감도는 새하얀 목을 휘감은 머리칼에 입맞춤하고픈 욕망을 억누를 수 없었다. 머리핀이 유난히 눈에 띄었다. 기모노처럼 그녀를 꼭 쬐던 녹색, 아니 거의 검은빛을 띠는 녹색의 드레스는 긴 와선을 그리며 여인의 굴곡진 젖가슴과 허리를 그대로 드러내 보여 주었다. 그림처럼 화려한 옷이 아니라면, 초롱초롱 빛나는 눈동자, 잉걸불처럼 새빨간 입술, 동그란 뺨…… 렘브란트의 첫 부인, 페르디낭 볼이 우리에게 세상에 가장 아름다운 초상화의 주인이었다고 가르쳐 주었던 여인, 사스키아를 그대로 닮은 모습이었다.

— 조리스 카를 위스망스 『한 여인의 이야기, 마르트』

나신 裸身

하얀 어깨가 들썩이는 모습이 갑자기 내 눈을 사로잡았다. 그 어깨에서 마냥 뒹굴고 싶은 욕망에 견딜 수가 없었다. 열

은 분홍빛을 띤 어깨, 처음으로 세상에 모습을 드러낸 듯이 수줍어하는 모습이었다. 순결한 영혼을 간직한 어깨였고, 그 윤기 있는 살갗은 비단처럼 내 눈을 어지럽혔다. 깊은 고랑에 나누어진 그 어깨, 나는 눈을 뗄 수 없었다. 염치를 내던진 눈길이었다.

나는 설레는 마음으로 그녀의 젖가슴에 눈길을 던졌다. 출렁대는 레이스를 포근히 덮어 주는 푸른색의 동그란 잎새 무늬 장식, 그리고 얇은 망사로 단정히 가려진 목, 나는 완전히 홀린 듯한 기분이었다. 또렷한 이목구비, 그 모든 것이 나를 유혹하며 무한한 즐거움을 일깨워 주었다. 어린 소녀처럼 보드라운 살결의 목덜미를 가지런히 덮고 있는 윤기 있는 머리칼, 빗질 자국이 선명히 드러난 하얀 선! 내 상상은 날개를 펴고 그 산뜻한 오솔길로 뛰어들었고, 정신을 잃어 갔다. 아무도 나를 지켜보지 않는 것을 확인하고, 어머니의 품에 뛰어드는 소년처럼 나는 그 등을 향해 달려들었다. 그녀의 어깨에 내 얼굴을 묻고 깊게 입맞춤했다. 그녀는 날카로운 비명을 내질렀다. 하지만 음악 소리에 묻혀 버렸다. 그녀가 등을 돌렸다. 나를 보고서는 어리둥절한 표정으로 물었다.

"선생님은?"

— 오노레 드 발자크, 『골짜기의 백합』

불현듯, 그녀가 누구에게 편지를 쓰는지 알고 싶었다. 아직 앉아 있지 않았던 까닭에, 나는 고개를 살며시 그녀의 머리 위로 내밀었다. 하지만 그녀의 어깨 사이에 있는 것이 시선을 방해했다. 내 마음을 사로잡았던, 솜털이 수줍게 돋은 그 곳, 내 입맞춤을 한없이 쏟았던 그 곳! 살짝 패인 그 곳을 보는 순간 나는 최면에 걸린 듯이 사랑의 물결에 휩쓸리고 말았다. 그 격랑에 그녀마저도 편지 쓰기를 중단해야 했다.

— 바르비 도르빌리, 『악마』

축제의 입맞춤

바람에 흩날리는 머리칼, 발그레한 볼, 여인들은 훤히 드러낸 팔다리를 비틀며 음욕에 들뜬 모습이었다. 아레탱은 얼굴이 붉어졌다. 뜨거운 입맞춤은 상심한 젖가슴과 하얀 어깨에 입술 자국을 남겼고, 털북숭이의 검은 손가락은 엉덩이를 꽉 움켜쥐었다. 음욕에 젖은 가냘픈 신음 소리가 새어 나왔고, 눈동자에서는 불꽃이 튀었다. 그리고 입술은 음란한 입맞춤으로 하나가 되었다.

— 테오필 고티에, 『알베르투스, 혹은 영혼과 죄악』

그의 개인 간호사였던 26살의 처녀처럼, 그도 음욕과 포도주에 취해 갔다. 나는 무엇을 해야 하는지 틀림없이 배웠던 까닭에, 그의 요구에 묵묵히 무릎을 꿇었다. 그가 다가왔다. 나에게 경멸 어린 눈빛을 던졌다. 그리고 나에게 다시 일어서라고, 그의 입술에 입맞춤하라고 명령했다. 그는 한참 동안 입술을 떼지 않았다. 입맞춤을 가만히 음미하는 그 입술에서

그가 뜻하는 바를 알 것만 같았다……. 그가 원하는 모든 것
을 상상해 볼 수 있었다.

— 드 사드 후작, 『쥐스틴, 혹은 정숙한 여인의 불행』

길고 긴 입맞춤

그녀가 남겨 놓았던 후회의 흔적을 완전히 지워 버리려, 그
녀는 두 손으로 그의 얼굴을 가만히 감쌌다. 그의 이마에 천
천히 부드러운 입맞춤을, 영원히 계속될 것만 같은 입맞춤을
해주었다.

— 기 드 모파상, 『죽음처럼 강하게』

나는 그랑지에의 집에서 약간 떨어진 곳에서 마차를 멈추
게 했다. 마부가 세 번씩이나 재촉한 뒤에야 우리는 마차에서
내렸다. 그는 세 번째 입맞춤을 계산하고나 있었듯이, 갑작스
레 내게 입맞춤을 해왔다. 그렇게 나는 마르트와 헤어졌다.
편지를 쓰자는 약속도 없이, 다시 만나자는 약속도 없이! 마
치 한 시간 후에 다시 만날 사람처럼! 벌써, 호기심 많은 이
웃 여인들의 얼굴이 창가에 어른거리고 있었다.

— 레이몽 라디게, 『육체의 악마』

깨물고 싶은 입맞춤

우리 내면에는 식인귀가 잠들어 있지만, 언제라도 다시 깨어나 싱큼하고 부드러운 살을 씹어 대려 한다. 이로 깨무는 행위에서 입맞춤은 원시적 습성과 깊은 관계를 갖는다. 말하자면 동물성이 지배하던 시대를 떠올려 주는 이빨의 자그마한 자극이다. 입맞춤으로 타인을 삼키려는 억제할 수 없는 욕망의 표현이며, 당신을 이리저리 휘둘렀던 본능에의 굴복이다. 이처럼 입맞춤의 절정은 깨무는 데 있다.

흔적

당신의 목 주위에 깨물린 흔적을 항상 갖도록 하라. 그래야 그 흔적에서 당신의 연인이 지독한 사랑을 나누었다고 생각할 테니까.

― 프로페르티우스, 『애가 哀歌』

봄, 그녀는 연약하고 부드러운 포도나무 가지를
손가락에 둘둘 감으며, 남몰래 감추어 둔 연인과
가까운 느릅나무 뒤로 몰래 숨어듭니다.
당신은 가슴을 크게 펴고
아침부터 저녁까지 백 번의 입맞춤을
그녀의 보드라운 입술에 안겨 줍니다.
당신은 그 황홀한 입맞춤에 매몰되어
생각도 없이 백 번의 잇자국을 남겨 줍니다.

상아 같은 이마, 흠집 난 대리석처럼 변해 버린
그녀의 목, 강렬한 입맞춤이 남겨 놓은
자국들, 그리고 응결된 우유를
잔뜩 쏟은 듯한 흔적들.

— 사랑의 미로, 『결혼 축가』

　여자의 몸은 사랑의 포옹에 흐느적대며 무너진다. 입술은
따뜻한 입맞춤에 한층 부드러워지고, 그리고 두 팔! 이제 여
자는 사랑의 기쁨에 모든 것을 내맡긴다. 여자를 소유한다는
것은 환희에 입맞춤하는 것이다. 밀랍에 봉인을 남기듯, 입맞
춤은 입술에 흔적을 남긴다. 한편 여자가 안겨 주는 입맞춤은
언제나 예술에 가깝다. 여자는 부드러움을 더해 주는 기술을
본능적으로 터득하고 있다. 사랑의 열정으로 입술이 하나로
결합되는 것에 여자는 만족치 않는다. 이의 접촉까지 갈구한
다. 사랑하는 남자의 입을 통째로 삼키려 한다. 살며시 남자
의 살을 깨물어 오는 입맞춤이다.

— 아쉴 타티우스, 『두 입맞춤』

　달콤하지만 헛된 것과는 달리 그들의 입술이 하나가 되는
입맞춤은 배신을 나지막이 약속하며
전인미답의 눈밭처럼 깨끗한 내 가슴에 엄숙한 이로써
불가사의한 깨문 흔적의 증거를 남긴다.

— 스테판 말라르메, 『목신의 오후』

조금씩, 그리고 살며시

그리고 내 입술은
그대의 입술과 나란히 하나가 되어
난 그대의 입술을 깨문다, 또 깨문다.
그대의 작은 혀는 안절부절 못 하며
이리 그리고 저리 나를 유혹하며
살아 있는 생물처럼 안팎으로 드나든다.

— 피에르 드 롱사르, 「사랑」, 『카산드라의 입맞춤』

혼돈에 휩싸인 그녀, 얼마나 아름다운 모습인가.
젖가슴을 드러낸 채 그녀는 쓰러져 내린다.
우리는 멍하니 입을 벌린 채, 흐느적대는 그녀를 지켜본다.
알 수 없는 소리를 내지르며
광란의 입맞춤으로 깨물어 대는 그녀를!

— 알프레드 드 뮈세, 『안달루시아』

한 번도 깨물지 않았던
그녀의 순결한 입술.
이제 내 뜨거운 입맞춤을
상처로 바꿔 버리리.
그녀의 깊은 한숨을 들을 때
내 마지막 숨결까지
그녀의 아름다운 치아를

머금은 미소에 입맞춤해 주리.

— 알프레드 드 비니, 「마리 도르발에게」, 『시집』

탐욕스런 사랑

아! 내 입맞춤으로, 잔혹하게 깨물어서라도 당신의 살을 찢어 내고 싶소. 고통이 따르겠지만, 당신의 찢겨 나간 살덩이를 영원히 내 것으로 할 수 있지 않겠소. 내 입맞춤을 당신에게, 당신의 내면 깊숙이까지 밀어 넣을 수 있다면, 내 혀는 못이되어 우리 몸뚱이를 영원히 하나로 만들어 버리지 않겠소!

— 카미유 르모니에, 『사랑에 미친 사내』

그는 손바닥을 활짝 펴서 신경질적으로 내 뺨을, 때로는 내 젖가슴을 때렸다. 물론 불결한 입술로 내 입술을 헤집기도 했다. 내 가슴과 얼굴은 순식간에 보랏빛을 띤 붉은 색으로 변해 버렸다…… 나는 그 고통을 참으며 그에게 용서를 빌었고, 내 눈물로 그의 눈동자를 따갑게 만들었다. 하지만 내 눈물은 그를 더욱 흥분시켰을 뿐이었다. 그는 끓어오르는 욕정을 참지 못하고, 내 입술을 세차게 깨물었다.

— 드 사드 후작, 『쥐스틴, 혹은 정숙한 여인의 불행』

우리는 동물처럼 짖어 대며 그녀를 사로잡았고, 절정의 환희에 들떠 그녀를 유린했다. 그녀는 우리 팔이 아닌 다른 애

무를 원했으리라! 사정 없이 깨물어 대는 우리가 아닌 다른
입맞춤을 꿈꾸었으리라! 할 수 없지 않은가! 환희여 영원하라!
용기를 내라! 친구들이여, 우리의 하얀 이를 떳떳이 드러내자!

— 귀스타브 플로베르, 『성 안트완느의 유혹』

깨물고 싶은 욕망

때때로, 그대의 알 수 없는
분노를 가라앉히려
그녀는 입맞춤에서 조심스레
내 입술을 깨물지 않는가.
내 검은 여인이여! 그대는
비웃음으로 내 가슴을 찢어 놓고
내 심장에 달처럼 은은한
눈길을 던지는구나.

— 샤를 보들레르, 「오후의 노래」, 『악의 꽃』

여인의 그 살덩이! 입맞춤으로 부족해 깨물고 싶은 욕망에
견딜 수가 없구나.

— 마르셀 프루스트, 『생트 뵈브에 주는 반론』

입맞춤의 영혼

입맞춤에도 영혼이 있다. 두 입술이 만날 때, 절정의 환희로 치닫는다. 영혼을 주는 것이 무슨 뜻인지 예감할 수 있을 듯한 그 때, 우리는 입맞춤을 나눈다……. 온 영혼을 다해서! 입맞춤은 먼 옛날부터 성스런 것이었다. 먼 옛날부터, 입맞춤은 교회에서 의식의 한 부분이었고 이교도까지도 기꺼이 수용했던 것이다. 입맞춤은 종교 의식에서 중요한 역할을 맡고 있다. 땅에의 입맞춤, 평화의 입맞춤, 결속의 입맞춤, 헌신의 입맞춤. 세계의 모든 종교에서 신성시하는 수많은 조각상과 유물들, 소원을 빌러 방방곡곡에서 찾아온 순례자들의 입술과 얼마나 오랜 세월을 만났던가! 어떤 시대에나 입맞춤은 평화와 사랑, 존경, 겸양과 순종의 상징이었다.

입맞춤이 세속화되어 버린 이 시대에도 그 흔적은 여전히 남아 있다. 입맞춤은 열정을 신성화해 준다. 입맞춤은 영혼들을 하나로 결합시켜 준다. 하나로 포개진 두 입술은 정신의 숨결까지 나눠 가지며 숭고한 희열을 만난다. 인간이란 존재를 근본부터 휘둘러 놓는 격렬한 입맞춤은 이브가 아담에게 주었던 첫 입맞춤처럼 순수하지만 위험천만한 것이다. 그 입맞춤에는 영원히 잊혀지지 않을 무엇이 담겨진다. 카톨릭 교회에서 당신은 그런 입맞춤을 보았을 것이다. 테레사 성녀, 혹은 루도비카 알베르토니를 빚어 놓은 조각상의 살포시 열린 입술에서 그런 입맞춤을 보지 않았던가. 베르니니는 그들이 신비로운 혼례식을 치르던 바로 그 순간을 포착해서 대리석으로 실신할 듯한 환희의 경련을 빚어 놓지 않았던가. 클레르보의 베르나르 성자께서 '성령의 입맞춤'이라 칭했던 그런 입맞춤이었다.

육체와 영혼의 하나됨

가슴으로 나누는 입맞춤, 정신 때로는 깊은 영혼까지 쏟아 내는 입맞춤이

114

있다. 입술은 가볍게 마찰하면서 영혼을 나눠 갖는다. 지복, 혹은 법열이 온 몸에 스며든다. 그래서 생 폴 루는 『향내를 지닌 마들렌』에서 "그대의 입술에 천사가 숨어 있다"고 토로하지 않았던가. 영원히 기억될 순간적인 입맞춤의 시간, 마르그리트 뒤라스에 따르면 "서로를 영원히 알게 되는 시간"이다. 하지만 폴 발레리가 있었다. 육체와 영혼이 하나가 되는 찬란한 순간을 향해 살며시 내미는 입술을 『매혹』에서 얼마나 멋들어지게 노래했던가. 종교적으로 해석하면, 그 입술은 사랑하는 남자에게 '입맞춤이란 양식'을 주는 의식이었다.

내 영혼에서 꿈틀대던 모든 것이 사랑의 입맞춤으로 그대의 영혼에 스며들었다.

— 에페소스의 크세노폰, 『아브라콤과 안티아』

어느 날, 상쾌한 아침은 눈부신 빛을 던지며
여전히 별들로 가득한 여명과 하나가 되리라.
미래가 신의 품에 안식하고 있을 듯한 그 시간,
옅은 어둠에 편력하는 그 시간에, 한 영혼이
입맞춤에서 이 땅에 태어나려 하리라.
새벽빛이 서로 주고받는 입맞춤에서.
오, 다정한 숲 속의 새들이여, 네 둥지에서
살랑대는 잎새 사이로 끝 없이 지저귀는구나.
맑은 봄 노래를 불러 대는구나.
오, 깨새야! 오, 찌꼬리야! 오, 하얀 멧비둘기야!
나뭇가지를 날아다니는 나래 편 꿈에서 깨어나라.
향내로 가득한 들판에 흩날리는 감미로운 속삭임,

내 귀를 자극하는 그 속삭임에, 나는 꿈으로 가득하리라.

— 빅토르 위고, 『할아버지가 되는 기술』

그 목소리가 갑자기 멈추고, 껴안는 소리, 숨을 헐떡이는
소리.
그 숨결에서 영혼들이 조용히 순화되어 간다.
영혼들이 진실로 서로를 찾아갈 때,
그 입맞춤은 눈동자가 되고, 그 입은 견자 見者 가 된다.

— 크사비에 포르네레트, 『그녀』

이슬처럼 소리 없이 내리는 비에 태양 빛마저 부드러워진다.
아름다운 꽃잎이 찢겨지지 않도록
가만히 내려앉는 비.
꽃을 꺾지 않는 이슬비처럼, 우리 입술이 가까워진다.
그 아름다움에 입맞춤할 때, 우리 가슴은
한없는 즐거움과 한없는 신비로움으로 가득 채워진다.
뜨겁게, 환희와 희열에 싸인 입맞춤, 흙으로 빚어진
입술에 입맞춤한다.

— 에밀 베르에렌, 「화려함의 다양함」, 『시집』

시작은 미약하였으나 끝은 창대하리라

클로에의 입맞춤은 내게 어떤 결과를 안겨 주었던가? 그녀

의 입술은 장미꽃보다 부드러웠고, 그녀의 입은 꿀보다 달콤
했다. 하지만 그녀의 입맞춤은 꿀벌의 침보다 따끔했다. 때때
로, 나는 어린 염소들과 갓 태어난 강아지들, 클로에의 어린
송아지에게 입맞춤했었다. 그러나 그녀와의 입맞춤은 전혀 다
른 것이었다. 나는 숨을 헐떡였고, 심장이 터질 것만 같았고
정신까지 나른해졌다. 하지만 그 입맞춤을 잊을 수 없다. 재
앙의 승리이고 이름조차 불러 볼 수 없는 사악함이지만, 그
입맞춤을 다시 한 번 나누고 싶다!

— 론구스, 『다프니와 클로에의 목가적 사랑』

우리의 진정한 힘이 어디에서 오는지 그대는 아는가? 바로
입맞춤이다. 오직 입맞춤만이 우리에게 진정한 힘을 줄 수 있
다! 우리가 입술을 내밀며 우리 육신을 내던질 때, 우리는 여
왕이 될 수 있다. 그러나 입맞춤은 서곡일 뿐이다. 그러나 본
작품보다 훨씬 매력적이고 감미로운 서곡이다. 본 작품을 항
상 다시 읽을 수는 없겠지만, 그 서곡만은 끊임없이 다시 읽
게 되리라! 그렇다, 두 입술의 만남은 인간에게 주어진 가장
신성한, 가장 완벽한 감동이다. 또한 행복이 다다를 수 있는
최종의 종착역이다. 입맞춤에서, 오직 입맞춤에서만, 우리는
불가능하리라 생각했던 영혼의 결합을 느낄 수 있다. 좌절한
영혼이 혼돈감에서도 그토록 갈구하던 하나됨을 입맞춤에서
일구어 낼 수 있다.

— 기 드 모파상, 「입맞춤」, 『솔직한 이야기』

3미터 떨어진 곳, 그들은 서로에게 미친 듯이 달려들었다. 사랑에 빠진 두 연인처럼, 그들은 입맞춤을 나누었다. 형제, 아니 자매처럼 다정히 껴안고 엄숙하게, 신에게 감사하며 깊은 입맞춤을 나누었다. 그런 애정의 확인이 끝나자 견딜 수 없는 육욕이 그들을 휩쓸아쳤다.

— 로트레아몽, 『말도로르의 노래』

신비로운 혼례식

우리 둘은 하나가 되었다. 하나의 발로 세상을 걷고, 같은 생각으로 살아간다. 언제나 우리는 서로의 가슴속에 깃들고, 서로를 이해하며, 서로의 숨소리를 듣는다. 메아리가 공간을 뛰어넘어 소리를 받아들여 응답하듯이! 이처럼 서로의 삶을 포용하면서 영원히 살 수 없는 것일까? 첫 입맞춤으로 모든 것을 끝내고 죽어 버릴 수는 없는 것일까? 우리에게서 모든 힘을 앗아가 버린 그 감미로운 저녁의 입맞춤에서 우리 영혼은 하나가 되었지만, 내 욕망의 종말이나 다름없던 그 짧은 순간의 입맞춤은 그녀와 떨어져 있는 동안 내 영혼이 갈구하고, 회한처럼 내 가슴 깊숙이 숨겨진 수많은 기도의 무력함을 증명하는 것이 아닐까?

— 오노레 드 발자크, 『루이 랑베르』

그 젊은이는 벌떡 일어섰다. 격정적인 환희에 휩싸여 그녀를 가슴에 꼭 끌어안았다.

"아, 내 사랑 에델, 날 당신만의 오르드네라 불러 주오 날 그렇게 불러 주오!"

그는 불타는 눈동자를 눈물에 젖은 그녀의 눈동자와 맞추며 물었다.

"말해 보시오, 나를 사랑하오?"

에델이 무엇이라 중얼댔다. 그러나 아무 소리도 들리지 않았다. 오르드네가 미친 듯이 그녀의 입술을 덮었기 때문이었다. 무엇인가 중얼대던 입술을 허락의 표시라 생각한 것이었다. 그 성스런 입맞춤, 신의 눈에는 두 연인을 부부로 인정하기에 충분한 입맞춤이었다.

둘은 말 없이 한참의 시간을 보냈다. 결코 흔하지 않는 그 시간, 인간의 영혼에게 하늘의 행복을 순간적으로나마 맛보게 해주는 엄숙한 시간이었다. 그들의 두 영혼이 도저히 이해할 수 없는 언어 속에서 한 덩이가 되어 뒤엉키는 불가해한 시간이기도 했다. 그 때 인간적 체취를 지닌 모든 것이 침묵에 빠져 들었고, 형체를 벗어난 두 존재는 신비롭게도 하나가 되어 이 세상의 삶과 내세의 영원함을 약속하고 있었다.

— 빅토르 위고, 『앙 딜랑드』

그녀는 그에게 말했다.

"하늘에서, 이 땅에서 내 남편이 되어 주세요 이 입맞춤으로 당신과 영원히 한 몸인 것을 허락해 주세요!"

그리고 그들의 입술은 하나가 되었다. 진심에서 우러난 사

랑, 그 사랑은 순간적으로 끓어오르는 욕망보다 훨씬 갑작스
럽게 찾아오는 것이 틀림없다. 또 다른 삶의 세계로 인도하는
입맞춤이 그 증거가 아니던가. 그 입맞춤은 그들에게 한없는
기쁨을 안겨 주며 또 다른 세계를 꿈꾸게 해주었다.

  랄프는 약혼녀를 끌어당겼다. 그녀와 한 몸이 되어 격랑의
파도 속으로 뛰어들었다.

— 조르쥬 상드, 『인디아나』

  나는 베아트리스를 사랑했다. 그녀도 나를 사랑했다. 우리
는 단조로운 운율로 끝나는 론구스의 애가 哀歌 를 읽으면서
때때로 서로의 사랑을 확인하기도 했다. 하지만 다프니와 클
로에가 육체적 사랑을 몰랐던 만큼이나 우리는 영혼의 사랑
을 모르고 있었다. 위대한 플라톤의 시구는 사랑하는 영혼을
완전히 소유할 수 있는 불변의 비밀을 우리에게 알려 주었다.
그 때부터, 베아트리스와 나는 서로에게 매몰되어 하나가 되
기만을 생각했다. 그러나 무엇이라 형언할 수 없는 두려움도
아울러 닥쳐왔다. 우리 둘 중의 하나가 희생되어야만 했다.
영혼의 여행은 서로 주고받는 이동일 수 없었기 때문이었다.
  ……
  마지막 밤, 그녀는 깨끗한 밀랍으로 빚어낸 조각상처럼 하
얀 천으로 몸을 감싸고 나에게 나타났다. 천천히 내 얼굴을
향하며 조용히 말했다.
  "내가 죽음을 맞는 때, 내 입술에 입맞춤해 주세요. 내 마
지막 숨결까지 당신께 드리고 싶어요!"

그 때 그녀의 목소리가 열정에 떨리고 있던 것을 나는 알지 못했다. 하지만 그녀의 말은 따뜻한 온기를 지닌 물결처럼 내 심장을 파고들었다. 그녀의 눈은 내 눈동자를 애절히 찾고 있었다. 그 순간, 나는 깨달을 수 있었다. 그리고 내 입술을 그녀의 입술에 포개며 그녀의 영혼을 마시기 시작했다.

두려움! 악마처럼 끔찍한 두려움! 내 가슴에 파고든 것은 베아트리스의 영혼이 아니었다. 그녀의 목소리였다! 나는 비명을 질렀다. 온 몸이 비틀렸고, 낯빛은 백짓장처럼 새하얗게 변했다. 죽은 그녀의 입술이 내질렀어야 했을 비명이 내 목청을 타고 솟구쳐 나왔던 까닭이었다.

― 마르셀 슈보브, 「베아트리스」, 『두 마음』

내 여인이여, 당신은 아직 모르고 있소 입맞춤을 어떻게 하는 것인지.

뼈가 부딪치도록, 숨이 막히도록, 가슴을 맞대고 하나가 되려는 것이오 내 가슴이 어디까지이고, 당신의 가슴은 어디까지인지 그 한계가 없어질 정도로.

입술과 입술이 포개지면서 자줏빛 불꽃을 활활 태울 것이요 그렇게 하나가 된 내 입술과 당신의 입술은 젊음을 마실 것이요

물질과 육체는 사라지고 침묵이 있을 것이오

오직 숨결과 영혼만이 남게 될 것이오

인간의 말소리도 자취를 감출 것이요 오직 눈동자가 속삭이는 소리만이 남을 것이오

벽의 한계도 무너질 것이요 지하의 세계도 사라질 것이오

우주가 입맞춤에 지탱되고, 이 세상의 미래가 입맞춤에 좌

우되리니,

침묵, 침묵! 그 어느 것도 입맞춤을 방해하지 못하리다!

이 세상을 멈춰 버릴까 두려워, 우주에 입맞춤할까 두려

워……

— 잘만 슈네우르, 『입맞춤』

문둥이에게의 입맞춤

신이 내린 최상의 선물이며, 정신적 순교를 상징하는 모습이기도 하다.
불결하고 불길한 입맞춤이고, 상식을 벗어난 오만이며, 죽음에의 공개적인 도전
일 수 있다. 플로베르에서, 문둥병자와의 입맞춤은 쥘리앙이 성자로 변해 가는
것을 상징한 전주곡이었고, 시복 諡福 이란 해피엔딩으로 끝맺음을 가졌다. 마
찬가지로 클로델의 『마리아에의 고지 告知 』에서도, 처녀 비올렌은 문둥병자
와 입맞춤한 후에 문둥병에 걸리고 말았다. 모리악도 사랑보다는 신분과 재산
의 균형을 고려한 신체 장애자와의 추잡한 결혼에 몸을 던져야 했던 어여쁜
처녀의 몸이 겪어야 할 두려움을 절실하게 표현해 주었다. 독자는 이처럼 있
을 법하지 않은 입맞춤을 묘사한 소설에서 음란한 관계를 기대해 보지만 작
가들은 독자의 그런 기대를 철저히 배신한다.

그러나 문둥이는 얼굴을 돌려버렸다.

"옷을 벗어라! 네 몸의 따뜻한 온기를 즐기고 싶구나!"

쥘리앙은 옷을 한 꺼풀씩 벗었다. 그리고 갓 태어났을 때처

럼 벌거숭이가 되어 침대에 반듯이 누웠다. 그는 엉덩이에서
문둥 병자의 거친 살을 느낄 수 있었다. 뱀처럼 차갑고, 줄처
럼 깔깔한 느낌이었다. 쥘리앙은 문둥이에게 용기를 북돋워
주려 했다. 문둥이가 숨을 헐떡이며 소리쳤다.

"아, 죽을 것만 같아! 가까이 와! 내 몸을 덮여 줘! 손으로
말고! 아니, 네 온 몸으로!"

쥘리앙은 그의 위에 몸을 반듯이 뉘었다. 입술을 맞대고,
가슴을 맞대었다. 그러자 문둥이가 쥘리앙을 바싹 껴안았다.
그의 눈동자가 갑자기 별처럼 반짝거렸고, 머리칼은 햇살처럼
사방으로 뻗쳤다. 콧구멍에서 새어 나오는 숨결은 장미향처럼
감미로웠다. 벽난로에서는 용연향의 연기가 피어올랐고, 저
멀리 파도가 노래하는 소리가 들려 왔다.

— 귀스타브 플로베르 『수도자 성 쥘리앙의 전설』

입맞춤의 전설

마법의 잠에 빠진 숲 속의 공주에게 잘 생긴 왕자가 주었던 입맞춤은 월트
디즈니가 창작해 낸 이야기일까? 샤를 페로의 이야기에서도, 멋진 왕자가 마
법의 잠에 빠진 성을 찾는다. 왕자는 두렵지만 기대 어린 마음으로 공주에게 다
가서서, 살며시 입맞춤하려 한다. 그 때 마법의 시간이 끝나면서 공주가 잠에서
깨어난다. 둘의 시선이 하나가 되고, 공주는 수줍은 표정으로 더듬대며 말한다.

"당신이 내 왕자님이신가요? 당신을 애타게 기다렸습니다."

공주의 속삭임에, 아니 공주의 다소곳한 모습에 왕자는 취해 버린다. 가

123

슴 벅찬 기쁨과 행운을 표현해 보일 길이 없다. 다만 공주에게 "내 몸보다 그대를 사랑하오!"라고 말해 줄 뿐이다.

그리고 사랑이 깃든 시선을 벼락처럼 강렬하게 던진다. 그러나 입맞춤은 없다. 전설 속에서 매력적인 왕자의 진정한 첫 입맞춤은 오비드가 『변신』에서 이야기한 것이리라! 죽도록 사랑했던 소녀, 너무도 완벽했던 소녀의 아름다운 조각상에 생명의 기운을 주었던 피그말리온의 입맞춤이리라! 성서의 창세기에서도 똑같은 이야기를 해주었다. 진흙으로 빚어진 형상에 하나님이 입맞춤으로 인간에게 생명을 넣어 주지 않았던가. 입맞춤에 대한 모든 전설이 그렇다. 입맞춤은 무생물에 생명을 안겨 주는 경이로운 힘을 보여준다. 입맞춤을 주고받는 것에 철저한 변화를 안겨 주는 기적 같은 입맞춤이다. 샤를 페로에게는 실례가 되겠지만, 숲 속의 공주를 입맞춤으로 마법에서 깨어나게 해주었던 왕자의 모습은 우리 상상 속에 영원히 지워지지 않을 듯하다. 그러나 안데르센은 『얼음 나라 공주』에서 입맞춤으로 젊은이에게 죽음을 안겨주며, 입맞춤의 전혀 다른 힘을 보여 주었다. 입맞춤의 신화는 나르시스 이야기에서도 색다른 모습을 보여준다. 잔잔한 연못에 비친 자신의 얼굴에 입맞춤하고 싶었던 나르시스, 그 헛된 욕망에 죽음이란 징벌을 받아야 했다. 발레리 라르보는 『연인들, 행복한 연인들』에서 "결국 그들은 서로의 입술을 탐하는 입맞춤만을 사랑하는 것이 아닐까?"라는 깊은 의혹을 던졌다. 그렇다면 우리는 타인과의 입맞춤에서 우리 자화상을 찾는 것일까?

신화

여호와 하나님이 진흙으로 사람을 빚어 만드시고 코에 입김을 불어넣으시니, 사람이 되어 숨을 쉬었다.

— 창세기 2장 7절

그가 주저할 때, 여신은
뱃살처럼 하얀 팔로 그를 껴안고
감미로운 포옹으로 그에게 온기를 전하리라.
그에게 낯설지 않은 열기,
그가 잘 알고 있는 불길이
그의 골수까지 파고들며, 그의 몸뚱이를
흐느적대게 만들리라.
그 때 하늘을 쪼갤 듯한 천둥과 함께
강렬한 번개가 번쩍이며
벌거벗은 몸뚱이를 환희 비춰 주리라.
마침내 그는 사랑의 갈증에 허덕이던 그녀를
세차게 껴안고, 그녀의 몸과 하나가 되어
신부의 품에 안겨
안락한 잠을 찾게 되리라.

— 비르길리우스, 『에네이드』

하지만 당신이 우리 사랑의 첫 시작을 진정으로 알고 싶다면, 내가 답해 주겠어요 눈물을 쏟아 내며 말해 주겠오 언젠가 우리는 사랑의 포로가 되어 버린 랑스로가 애절하게 울부짖던 글을 읽었습니다. 그 때 세상에는 우리 둘뿐이었지만 서로를 조금도 의심하지 않았습니다. 그 글을 읽으면서 우리는 여러 번 눈을 들고, 창백히 변해 가는 우리 얼굴을 확인해야 했습니다. 우리는 잘 참았지만 결국에는 욕망을 이겨 낼 수 없었습니다. 웃음진 입술에 한 여인이 입맞춤하는 글을 읽게

되었을 때, 나에게서 결코 멀리 떨어져 있지 않던 사람이 몹
시도 떨면서 내게 입맞춤해 주었습니다. 예, 갈르오가 그 책
이었고 그 남자였습니다. 그날, 우리는 더 이상 책을 읽어 갈
수 없었습니다.

— 단테 알리기에리, 『신성한 희극』

고대의 황금 시절, 음탕한 사티로스들,
동물의 무리들이 그립다.
사랑으로 잔가지의 껍질을 물어뜯던 신들,
수련에 몸을 감춘 금발의 요정에 입맞춤하던 신들!
세상의 정기 精氣, 굽이치는 강의 물,
푸른 나무의 장밋빛 피,
우주가 판의 혈관에서 약동하던 때가 그립다!
푸른 땅이 염소의 발굽 아래 숨을 쉬던 그 때.
판이 피리를 살며시 입술에 대고
하늘 아래에서 사랑의 송가를 빚어내던 그 때,

— 아르튀르 랭보, 「태양과 육신」, 『시집』

거울아, 내 아름다운 거울아

사투르누스 시대의 옛 사랑을 사랑하라,
매혹적인 신을 사랑하라, 밤나비처럼,
보이지 않는 입맞춤을 프쉬케의 입술에 던지는

보이지 않는 신을 사랑하라.

— 제르맹 누보, 『사랑의 기법』

그 곳, 제비가 맑고 잔잔한
물결을 스치듯이 나는 곳,
제비는 가냘픈 울음을 수없이 날리며
그 곳에서 어린 시절의 모습에 입맞춤한다.

— 쟝 라신, 『포르 르와이알 데 샹의 산책』

누군가에게 입맞춤하는 것은 그 자신도 입맞춤 받고 싶은
욕망 때문이다.

— 사샤 기트리

내 왕자님이 찾아오는 날

나는 어둠이다. 홀몸, 비탄에 잠긴 남자,
폐허가 된 탑에 갇힌 아키타니아의 왕자.
오직 하나이던 내 별은 죽었다. 별이 총총하던 내 류트도
깊은 우수에 검은 태양을 노래한다.

무덤 같은 밤에, 나를 위로했던 그대여,
내게 포실리프와 이태리의 바다를,
슬픔에 젖은 내 가슴에 한 가닥의 기쁨이던 꽃을,

포도 가지와 장미가 하나로 뒤엉킨 포도나무를 돌려주오

나는 사랑의 신인가 태양의 신인가? 루시냥[8])인가 비롱인가?
내 이마는 왕비의 입맞춤에 여전히 홍조를 지우지 못한 채,
세이렌[9])이 헤엄치는 동굴에서 몽상에 잠겼다.

나는 오르페우스의 칠현금과 성녀의 한숨 소리
그리고 요정의 고함을 차례로 조율하며
승자로서 삼도내를 두 번이나 건넜다.

– 제라르 드 네르발, 「엘 데스디차도」, 『몽상』

자연이 독신 獨身 에 주었던 해악들, 그 해악들에 순응했고
때로는 거부했던 범죄적 존재의 증거물이었다. 그랬던지 어떤
여인도 그와 잠자리를 함께 하지 않았다. 그러나 놀라운 솜씨
를 지녔던 까닭에, 그는 눈처럼 새하얀 상아로 여인의 형상을
조각해 낼 수 있었다. 자연조차 흉내낼 수 없을 만큼 아름다
운 형상이었기에, 그 자신도 그만 그 조각상을 깊이 사랑하게
되었다. 마치 살아서 움직이는 듯한 성녀의 모습 그대로였다.
그랬다, 살아 있는 조각상이었다. 남 몰래 간직한 수줍음이
없었더라면 금방이라도 움직일 것만 같았다. 예술 앞에서 예
술이 위축되는 모습이었다. 피그말리온은 자신이 빚어낸 조각
상에 스스로 경탄하며 사랑에 빠져 들었다.
　때로는 손으로 살며시 그 조각상을 만져 보며, 사람의 살인
지 그저 상아일 뿐인지 확인하기도 했다. 결코 상아로 빚어낸

형상처럼 보이지 않았다. 그는 그 조각상에 입맞춤하며, 그 조각상이 그에게 안겨 줄 입맞춤을 상상해 보기도 했다. 때로는 그 조각상에게 넌지시 말을 건네며 두 팔로 살며시 껴안았다. 그의 손가락에 닿을 때마다 흠칫 놀라는 살이 느껴지는 듯했다. 그의 손가락이 조각상의 팔다리에 창백한 흔적을 남길까 두려웠다.

이제 그 조각상은 그에게 사랑하는 여인이 되었다. 때로는 그 여인을 다정스레 애무했고, 때로는 처녀들이 좋아할 조가비, 반들대는 조약돌, 조그만 새, 화려한 색상의 꽃, 백합, 색칠한 공, 헬리아데스[10]의 나무들이 흘리는 눈물을 선물로 안기기도 했다. 그녀에게 아름다운 옷을 입혀 주기도 했다. 손가락마다 반짝이는 보석을 끼워 주었고, 목에는 긴 목걸이를 걸어 주었다. 그녀의 양 귓불에는 조그만 진주가 영롱하게 빛났고, 가슴에는 보석들이 사슬처럼 치렁댔다. 그녀에게는 어떤 것이라도 잘 어울렸다. 비록 벌거벗은 몸이었지만, 그 때문에 아름다움이 퇴색되어 보이지는 않았다. 그는 시돈[11]의 주홍빛을 색칠한 양탄자 위에 그녀를 반듯이 눕혔다. 그녀를 잠자리 친구라 부르며, 돌덩이인 그녀에게도 감각이 있는 듯 보드라운 깃털 베개를 목 아래에 받쳐 주었다.

키프로스 전체가 비너스의 축제로 떠들썩한 잔치를 벌이던 날이었다. 굽은 뿔을 황금으로 장식한 처녀 암소들이 백설 같은 목덜미에 칼을 맞으면서 쓰러졌고, 곳곳에 용연향이 진동했다. 피그말리온도 제물을 바친 후, 제단 앞에 서서 수줍은 목소리로 이렇게 중얼댔다. "오, 신이시여! 전지전능하신 신이시여, 내게 신부를 주소서! 상아로 빚은 처녀와 닮은 여인을 신부로 주소서!(감히 '상아로 조각한 처녀'라 말할 수는 없었다)" 하지만 황금으로 치장한 비너스는 그 기도가 뜻하는 바를 잘 알고 있었다. 여신의 허락을 예고라도 하듯이, 불꽃이 세 번씩이나 크게 요동을 치면서 하늘 높이 타올랐다.

집으로 돌아온 예술가, 피그말리온은 처녀의 조각상을 향해 다가갔다. 침대에 누운 그녀에게 얼굴을 숙여 입맞춤해 주었다. 대리석에서 따뜻한 온기가 느껴지는 듯했다. 그는 다시 한 번 조각상의 입술을 찾으며, 두 손으로는 젖가슴을 더듬었다. 상아가 유난히 부드럽게 느껴졌다. 단단한 기운을 잃고, 손가락이 닿는 곳마다 인간의 살덩이처럼 물컹한 느낌이 들었다. 마치 이메트의 밀랍 상이 햇살에 녹아 흐르듯이! 엄지에서 빚어진 온갖 형상의 밀랍 상처럼! 그는 숨이 막혀 왔다. 마냥 즐거워할 수만은 없었다. 착각하고 있는 것은 아닐지 두려웠다. 그의 욕망을 자극하는 그 조각상을 가만히 만져 보았다. 또 만져 보았다. 분명히 살아 있는 육체였다. 약동하는 핏줄을 엄지로 느낄 수 있었다.

파포스의 영웅은 비너스에게 감사하지 않을 수 없었다. 마침내 그의 입술이 살아 있는 입술을 만나게 된 까닭이었다. 그가 살며시 안기는 입맞춤을 그녀도 느꼈던지 얼굴이 붉어졌다. 그녀는 수줍은 시선을 태양에 던지며, 하늘과 그녀의 연인을 바라보았다. 비너스 여신은 그들의 혼례에 참석해 주었다. 자신의 작품이 아니었던가! 그리고 달이 아홉 번 만월이 되었을 때, 젊은 신부는 딸을 낳았다. 그 딸에게는 고향인

130

섬의 이름대로 파포스란 이름이 붙여졌다.

— 오비드, 『변신』

얼음 공주는 맑고 투명한 제단 위에 앉아 있었다. 루디에게
로 기어가 그의 발에 입을 맞추었다. 루디는 죽음처럼 차가운
한기에 온 몸이 으스스 떨렸다. 전기 충격이라도 받은 느낌이
었다. 얼음과 불! 사실, 순간적인 접촉에서 그 둘을 완벽하게
구분하기란 쉬운 일이 아니다.

그의 귀에 쟁쟁히 울리는 소리가 있었다.

"내게! 내게! 당신이 어렸을 때, 얼마나 입맞춤을 나눴던가
요! 입술까지 맞추었는데! 이제 당신 발가락에, 당신 발꿈치
에 입맞춤하고 있소. 당신은 내게 모든 것이요!"

그리고 그는 맑고 푸른 물 속으로 사라졌다.

— 안데르센, 『얼음 공주』

걸어서 건널 수 있는 곳에서 그 강을 건너자, 우리 눈앞에
아주 이상하게 생긴 포도나무 같은 것들이 나타났다. 땅에 딛
고 있는 것, 즉 포도 그루의 발은 초록빛이었고 털북숭이었고
무척이나 높았다. 포도 그루 모두가 여인의 몸뚱이로 변해 갔
다. 허리를 중심으로 거의 완벽한 균형을 보였다. 우리가 가
까이 다가서자, 여자로 변한 포도 그루들이 우리에게 인사를
건넸다. 우리는 발걸음을 멈출 수밖에 없었다. 그들은 우리
입술에 사랑으로 가득한 입맞춤을 퍼부었다. 그들의 입맞춤에
우리는 정신이 혼미해졌고 술에 취한 사람처럼 비틀대기 시

작했다. 그러자 우리에게 더욱 강렬한 애무를 퍼부어 대는 나무들도 있었다.

두 동료가 그들의 유혹에 넘어가, 그에 대한 징벌을 받아야 했다. 살 내음을 풍기는 육체의 유혹에 굴복한 그들은 포도 그루를 얼싸안고 떨어지려 하지 않았던 것이다. 결국 그들은 포도 그루와 한 줄기가 되면서 뿌리까지 뒤엉키는 징벌을 받아야 했다. 우리는 그들의 손가락이 나뭇가지로 변해 가고, 잔가지로 굽어지는 것을 지켜보아야 했다. 열매는 그런 결합에서만 맺히는 것 같았다.

— 뤼시앙 드 사모사트, 『실화』

불그스레한 빛이 빠끔히 열린 청동 문의 틈새로 새어 나왔다. 나는 청동 문을 밀었다. 흰 대리석과 검은 대리석이 조화롭게 깔리고, 돌로 된 둥근 천장의 연회장이 눈에 들어왔다. 보랏빛 벽감의 받침돌에 놓인 고색 창연한 호롱불이 저쪽에 누워 있는 한 형체를 흐릿하게 비추고 있었다. 고딕풍의 성당에 엎드려 두 손을 다소곳이 모은 여인의 조각상처럼, 나는 그 형체를 처음에는 조각상으로 착각했지만, 그 형체가 실제 여자인 것을 깨닫는 데 오랜 시간이 걸리지는 않았다.

그녀는 핏기 없는 창백한 얼굴이었다. 아니, 한 번도 사용한 적이 없는 노란 밀랍에 비유할 수 있었을까? 게다가 제단에 놓인 제물처럼 윤기라곤 없는 하얀 손은 가슴 위에 포개져 있었다. 그리고 꼭 감은 두 눈, 뺨을 절반쯤은 덮을 듯한 긴 속눈썹, 그녀의 모든 것이 죽은 듯이 보였다. 활짝 핀 석류처럼

132

선명한 입술만이 진홍빛을 띠면서 살아 있는 흔적이었고, 살
며시 머금은 미소는 행복한 꿈을 꾸는 듯한 모습이었다.

나는 그녀에게 살며시 다가갔다. 그리고 그녀의 입술에 내
입술을 포갰다. 내 입맞춤으로 그녀를 되살리려는 듯! 촉촉한
입술에서 따뜻한 온기가 느껴졌다. 마지막 숨결이 조금 전에
야 끊어진 듯, 내 입술 아래로 꿈틀대는 입술은 믿어지지 않
을 정도로 뜨겁고 열정적으로 내 입맞춤을 맞아 주었다.

— 테오필 고티에, 『사랑하는 여인의 죽음』

어둠이 잔잔히 깔리고 내 주인님은 잠이 든다.
원추형 비단 모자를 쓰고,
기다린 노란 코와 하얀 턱수염.
하지만 나는 잠들지 못하고
창 밖에서 들려 오는
피리 소리에 귀를 세운다.
슬픔과 기쁨을
사랑의 번민과 사랑의 변덕을
노래하는 내 소중한 님의 피리 소리.
내가 창살에 가까이 다가설 때,
아련한 음색은
내 피리에서 내 뺨으로 날아든다,
신비로운 입맞춤처럼.

— 트리스탄 클링소르, 「쉐에라자데」, 『마법의 피리』,
모리스 라벨의 『여름밤』을 위한 시

4

입맞춤의 선물

입맞춤의 선물

　『시네마 천국』에서 이태리의 한 조그만 마을의 영화관에서 영사기를 돌리던 사내는, 영화를 보고 싶은 욕심에 몰래 영화관에 숨어드는 소년과 친구가 된다. 어느 날, 영사 기사는 소년에게 이상한 선물을 한다. 검열로 상영하지 못했던 입맞춤 장면을 오랫동안 모아 놓은 것이었다. 말하자면, 소년은 입맞춤에 대한 이 책과 거의 비슷한 영상 사화집 詞華集 을 선물 받은 셈이었다.

　우리가 진정으로 관심을 갖는 단 하나의 입맞춤, 단 하나의 진실된 입맞춤, 사랑의 입맞춤, 즉 입술을 서로에게 기꺼이 내주려는 입맞춤, 그런 입맞춤을 그려보려 한다.

　키에르케고르가 설파했던 입맞춤론을 그냥 넘어갈 수 없다. 입맞춤은 무엇인가 다를 때에만 우리의 흥미를 끌어당긴다. 싫든 좋든 간에 세상 곳곳에서 입맞춤이 범람하고 있지만, 역사에 기록되는 입맞춤은 소수에 불과하다. 파비엥 바르테스12)의 훤히 벗겨진 머리에 입을 맞추는 로랑 블랑을 보았나! 그 입맞춤은 완전한 미스터리지만, 그것이 행운을 기원하는 의례적 행위라 짐작하지 못할 사람은 거의 없을 것이다. 그러나 축구 경기에서는 그런 입맞춤을 흔히 볼 수 있지만, 럭비 경기에는 전혀 없다는 사실! 그 이유는 아마도 정교한 발길질로 공을 그물 안에 넣어야 하는 일정한 행위에 변덕스런 여성성이 있기 때문인지도 모른다. 말하자면, 둥근 공이 신을 향해 갖는 불손함이 깃들여진 운동이 축구이다. 반면에 럭비에는 남성성이 폭발적으로 드러난다. 특히 트라이를 성공시키면, 그 선수의 등에 주먹질까지 해대면서 자축한다. 사이클 경주에서의 승자는 귀빈석으로 달려가 아리따운 아가씨에게 입맞춤한다. 그 밖의 운동 경기에서 승리한 선수들은 메달에 두 번 살며시 입맞춤하는 것으로 만족한다. 또한 테니스 선수는 누구에게도 입맞춤하지 않지만, 거의 종교적인 의식처럼 우승컵에 입맞춤한 후에야 우승컵을 하늘로 치켜들어 보인다. 정치인들은 특별한 이익이 없으면 거의 입맞춤하지 않는다. 그들은 주로 어린이나 처녀의 뺨에 살짝 입맞춤하지만, 그런 입맞춤은 무색무취로 아무런 맛도 없는 입맞춤일 뿐이다.

입맞춤을 하는 이유는 특별한 맛이 있기 때문이다. 그 맛을 제대로 표현하려면 우리 상상력을 극대화시켜야 할 정도이다. 입맞춤하는 두 주인공 이외에 더 많은 대중의 관심까지 끌려면, 유황 냄새를 풍기는 입맞춤이어야 한다. 옛날에는 소설 속의 현인賢人을 상상의 세계로 인도하며 가볍게라도 성적인 자극을 주었던 입맞춤은, 사진이 등장하면서 일종의 산업이 되었다. 입맞춤이 절정에 도달한 순간을 포착하려는 스냅 사진술까지 개발되었다. 파리의 특급 호텔을 드나드는 연인들의 모습을 찍었던 로베르 드와노의 사진이 유명했던 이유도 바로 순간적인 장면을 포착한 때문이었다. 사진 속의 인물들이 그 입맞춤을 위해 일부러 포즈를 취한 것일지도 모른다고? 그들이 사진사에게 사진 찍는 것을 미리 허락했을지도 모른다고? 그런 것은 전혀 중요하지 않다. 사진사가 사진에 담고 싶었던 것은 그들이 아니라, 그들의 입맞춤이었다. 게다가 우리 기억에 강렬한 인상을 남겨 주는 것도 바로 입맞춤이다.

오늘날 영상의 위력은 입맞춤을 뉴스거리로 만들었다. 1997년 초여름 다이애나 왕세자비가 도디 알 파예드에게 입맞춤하는 모습을 몰래 찍었던 파파라치들! 그 입맞춤은 저주받은 두 연인을 같은 해 8월 말에 죽음으로 몰아가는 비극의 첫 장이 되었다. 평론가들이 떠벌리는 분석에 따르면, 그들은 운명과 여왕 그리고 도로교통법규를 비롯한 상식적인 제도에 도전했던 것이다. 총체적 위반이었다. 따라서 운명의 샤코는 신의 형벌처럼 여겨졌다. 또한 그 입맞춤은 고대 그리스 비극에서 시작된 전통대로 죽음의 입맞춤이 되었다.

입맞춤이 스캔들로 비화되는 사건은 깊은 역사를 갖는다. 드니 디드로는 『철부지 여인』에서 우스우면서도 매서운 우화 하나를 전해 준다. 대충 이런 이야기이다. 어느 날 갑자기 여주인공에서 이상한 일이 생겼다. 갑작스레 말하는 재주를 갖게 된 그녀의 성기가, 허리 아래로 보이는 세상에 대해 아주 독특한 관점을 악의적이고 지독한 독설로 퍼부어 대기 시작한 것이다. 세상을 뒤집어 볼 때, 인간의 상상력에서 입은 감추어진 또 하나의 입, 즉 여성의 성기가 세상에 드러난 부분이었다. 왜냐 하면 입맞춤의 이야기에서 죄인으로 지목되는 사람은 언제나 여성이기 때문이었다. 입을 열어 낙원을 찬양하고 혼자서는 생각해 낼 능력조차 없었던 불쌍한 아담을 유혹했던 이브 이후로 입맞춤은 죄인이었다. 또한 어린아이가 젖으로 탱탱 부은 젖가슴을 빨면서 어머니와 나누던 달콤한 시간을 빼앗은 원흉도 바로 입맞춤이다. 따라서 입맞춤은 원죄 原罪와 몹시도 닮은꼴이 아닌가!

수치심에서 근거한 종교적 차원 혹은 민간 차원의 비난은 끊임없이 입맞춤을 규제해 왔다. 입맞춤의 시간, 그 깊이, 그 양태를 면밀히 감시하면서 금지의 이유를 정당화하려 했다. 달리 말하면, 실제의 입맞춤이나 상상의 입맞춤이나, 그 외설적 본질은 입맞춤 자체를 거부하는 사람들을 오히려 자극시켰던 셈이다. 손에 입맞추는 인사법은 오늘날 그 흔적조차 찾아보기 어렵게 되어, 고리타분한 청교도 사회에서 입맞춤이 얼마나 비난의 대상이었나를 짐작하게 해준다. 당시에는 입맞춤하는 방법을 가르쳐 주는 시간이 입맞춤에 대해 공개적으로 말할 수 있는 유일한 기회이기도 했다. 그래서 편지의 끝 부분에 입술로 서명하는 애틋한 입맞춤이 유행하기도 했다. 선의는 결국에 보상받으리란 확신으로, 모든 위험을 감수한 입맞춤이었다.

입맞춤의 물리학

입맞춤을 연구한 역사학자들은 "발정기를 맞은 새들이 서로 부리로 쪼아 대는 습성의 인간적인 표현이 입맞춤"이라 생각한다. 그래서 피렌체 사람들은 입맞춤을 '비둘기식 입맞추기'라 말했다. 그 밖에도 입맞춤에 대한 생각은 전반적으로 둘로 나뉜다. 서양에서는 촉촉한 입맞추기가 몸과 몸이 하나로 되는 과정의 서곡이라 생각했지만, 동양에서는 그런 생각을 단호히 거부한다. 그들에게 입맞춤은 사랑하는 연인의 뺨에 긴 호흡을 느끼게 해주는 행위였다. 그 호흡은 입김인가 콧김인가? 뺨에 입술을 댔던가, 아니면 향기만을 맡았던가? 침이었던가, 다른 분비물이었던가? 깨물기도 했던가, 냄새만으로 만족했던가? 입술로 볼을 빨기도 했던가, 코로만 킁킁댔던가? 글쎄, 아직도 논란 중이다. 결론은 향내나는 정원을 연구하는 에로티즘 연구가들에게 맡기자. 그들은 "허둥대는 성교보다 촉촉한 입맞춤이 훨씬 낫다!"며 언제나 솔직하게 말하지 않던가.

고상한 뜻풀이들

인간의 사랑과 동물의 발정기는 두 가지 성스런 부분, 애무와 입맞춤으로 구분될 뿐이다.

피에르 루이스 『아프로디테』

인간과 호도애[13] 그리고 비둘기는 입맞춤을 할 줄 아는 유일한 동물이다. 검은머리방울새가 거울에서 날아와 그녀의 어깨에 살며시 내려앉는다. 그녀는 방울새를 손으로 유혹하며

140

말했다.

"새 친구예요. 내 친구가 되도록 운명 지워진 새라구요. 보세요, 눈부시게 예쁘잖아요! 녀석과 눈을 맞추면서 빵 조각을 주면, 녀석이 날갯짓을 하면서 살그머니 쪼아 먹는다구요. 그런 식으로 내게 입맞춤을 하는 거지요. 자, 보세요!"

그녀가 입술을 그 조그만 동물에게 가져가자, 방울새는 그녀의 보드라운 입술을 쪼아댔다. 입맞춤의 행복함을 느끼기라도 하는 듯, 부리를 입술에 더욱 가까이 붙였다.

"당신에게도 틀림없이 입맞춤해 줄 거예요."

그녀는 이렇게 말하며, 방울새를 내게 내밀어 보였다. 조그만 부리가 샤로테의 입술에서 내 입술로 향했다. 살짝 쪼아대는 부리가 사랑의 환희를 미리 맛보고 느껴 보려는 숨결처럼 느껴졌다.

내가 말했다.

"차가운 입맞춤만은 아니로군요. 뭔가 먹을 것을 찾고 있어요. 그저 쓰다듬어만 준다면 금새 날아갈 것만 같아요."

"내 입술에 묻은 것을 먹었어요."

그리고 그녀는 빵 부스러기가 묻은 입술을 방울새에게 내밀었다. 나는 그녀의 입술에서 기쁨에 찬 순수한 미소를 볼 수 있었다. 진실로 주고받는 사랑의 정열과 환희로 가득한 미소였다.

— 괴테, 『젊은 베르테르의 슬픔』

애무, 애정과 따사로움이 깃든 매혹적인 행위, 우리가 애무에 열중하는 것은 인간이기 때문이 아니라 동물이기 때문이다. 애무의 목적은 감성을 뜨겁게 불태워서 육신에 지극한 환희를 안겨 주는 데 있다. 모든 생명체가 애무에 허우적대며 회열을 느끼는 것은 모든 생명체에게 애무가 그만큼 필요한 행위라는 뜻이 아니겠는가. 따라서 인간보다 동물이 애무를 더욱 갈구하는 것은 당연한 일이다. 동물의 세계에서 애무는 일정한 형식을 띠고, 그중 입맞춤은 분명한 의미를 갖는다. 따라서 애무는 사랑의 행위에서 결코 빠질 수 없는 부분이다. 말하자면 전주곡, 그러나 비극의 씨앗을 낳을 수밖에 없는 전주곡이다.

— 레미 드 구르몽, 『사랑의 물리학』

　여자가 깊은 잠에 빠진 연인의 얼굴을 물끄러미 바라보며 입맞춤으로 그 생각과 욕망을 표현하려 할 때, 그 입맞춤은 '사랑의 불길을 부채질하는 입맞춤'이 된다.
　…… 연회장이나 무도장 등의 모임에서는 남자가 여자를 찾아가 입맞춤하는 법이다. 여자가 서 있을 때는 손등에 입맞춤하고, 여자가 앉아 있을 때는 발가락에 입맞춤한다. 한편 여자가 연인을 마사지해 주면서 잠들기 전에 사랑의 열정을 자극하려는 듯 연인의 엉덩이 아래에 얼굴을 묻고 엉덩이나 엄지발가락에 입맞춤해 줄 때, 그 입맞춤은 '감정을 고스란히 드러낸 입맞춤'이 된다.

— 카마수트라

입맞춤할 때, 입술이란 활로 당겨진 혀라는 화살은 걷잡을 수 없는 흥분감을 안겨 준다. 혀가 연인의 입술을 헤집고 들어가 상아, 즉 연인의 치아와 부딪치게 될 때, 피와 감각이 거꾸로 솟는 듯하면서 안겨 주는 욕정이 어떤 것인지 경험해 보는 것도 괜찮다.

— 그레스웰, 『매춘부의 첫걸음』

그들의 행위는 연속된 세 동작으로 이루어진다. 사랑하는 연인의 뺨에 코를 대는 동작. 눈꺼풀을 살며시 내리면서 뿜어 내는 긴 콧김, 그리고 입술의 가벼운 접촉! 탐스런 뺨과 입술의 만남은 아니다.

— 폴 당주아, 『유럽과 중국의 입맞춤』

늙은 철학자는 이렇게 말했다. "우리가 살면서 겪게 될 일을 정확히 기록할 수 있다면, 누구나 철학자가 될 수 있다!" 꽤 오래 전부터, 나는 약혼한 남자들의 모임에 참석하고 있다. 어쨌거나 쓸데없는 시간 낭비는 아니었다. 그 덕분에, 사랑에 빠진 남녀들에게 헌정하고픈 『입맞춤론』이란 책을 쓰기에 충분한 자료를 얻을 수 있었기 때문이다. 그런데 지금까지 입맞춤을 전격적으로 다룬 책이 한 권도 없었다는 사실이 신기할 따름이다. 따라서 내가 그 책을 쓰게 된다면, 오래 전부터 수많은 사람들이 원하던 것을 만들어 내는 셈이다. 철학계에서 지금까지 입맞춤을 등한시했던 이유가 무엇일까? 철학자들이 그런 문제에 관심을 가지지 않았기 때문일까, 아니면 입맞춤이 무엇인지조차 몰랐기 때문일까? 어쩌면 나도 그런 낌새를 은연중에 드러내는 나이가 되었을지 모르겠다.

사실, 완벽한 입맞춤은 젊은 청춘 남녀의 몫이 아니던가! 남자들끼리의 입맞춤은 달갑지가 않다. 솔직히 불쾌한 기분까지 불러일으킨다. 어쨌거나 입맞춤은 여자보다 남자가 주도적일 때 진실에 더 가까운 모습이다. 하지만 세월의 무게로 입맞춤에 무관심해지는 나이가 되면, 입맞춤도 그 의미를 상실해 버린다. 하지만 내연 관계의 두 남녀가 나눌 입맞춤을 상상해 보자. 그들은 수건이 없더라도 서로의 입술을 닦아 주며, "정말 멋진 입맞춤이었어요!"라며 말하지 않겠는가. 연령 차이가 지나치게 크다면, 입맞춤의 이유를 변명할 필요조차 없어진다.

…… 입맞춤은 열정을 정확히 담아 낼 수 있어야만 한다. 오빠가 여동생에게 하는 입맞춤은 진정한 입맞춤이 아니다. 크리스마스에 행운을 빌어 주는 입맞춤이나 도둑맞은 입맞춤은 더더욱 아니다. 입맞춤은 상징적 행위다. 아무런 감정도 담기지 않은 입맞춤에서 어떤 의미를 찾을 수 있겠는가. 주변 상황을 정확히 담아 낼 때에만 애틋한 감정이 가슴을 울리는 법이다!

— 키에르케고르, 『유혹자의 일기』

입맞춤은 심각한 질병을 전염시키는 매개체이다. 따라서 입맞춤이란 습관은 하루라도 빨리 버리는 편이 낫다.

— 닥터 나로데츠키, 『식물성 약재』

사랑의 생리학

알베르 코앵은 『영주의 여자』에서 빈정대는 어투로 이렇게 소리쳤다.

"음식을 먹도록 만들어진 구멍을 그렇게 미친 듯이 하나로 합하다니, 대체 무슨 짓인가!"

프로이트의 논조도 비슷했다. 사랑하는 연인들이 혀를 서로 나누는 것은 윤리적으로 허락되지만, 생식기에 입맞춤하는 것은 퇴폐적 행위가 아닐 수 없다! 따라서 입맞춤은 그 강도에 따라서 정의가 달라진다. 그래서 세필 베다의 연애 소설을 읽었던 르 비외는 "입맞춤, 뜨거운 입맞춤이 있었다. 그런데 어떻게 그처럼 할 수 있었을까?"라며 고개를 갸우뚱했다.

입맞춤, 전혀 피곤치 않은 움직임!
수치심을 잊게 해주는 입맞춤,
입맞춤은 입맞춤을 낳고
영원히 마르지 않는 환희를 낳고
언제나 새롭게 시작되는 입맞춤!

— 페트론, 『난초』

우리가 줄 지어 모였을 때, 모두 열 쌍은 되어 보였다. 물론 축제에 참석하려 시골에서 달려온 무리들은 제외한 수였다. 나는 곧바로 코델리아를 찾았다. 열정에 들떠 허둥대고 어수룩한 사랑의 몸짓에 그녀는 불만스런 표정으로 나를 외면해 버렸다. 그날 밤 내내, 나는 파리채를 휘두르는 듯한 소리에 시달려야 했다. 사랑에 빠진 연인들이 나누는 입맞춤의 소리였다.

— 키에르케고르, 『유혹자의 일기』

입맞춤. 명사, '도취시키다 griser'와 운율을 맞추려 시인들
이 만들어 낸 단어. 넓은 의미에서, 상호 이해를 확인하는 의
식儀式 과 관계 있는 것으로 보인다. 하지만 입맞춤하는 방법
에 대해서는 어휘학자들 사이에도 의견이 분분하다.

— 암브로즈 비어스, 『악마 사전』

입맞춤, 사랑의 타액, 저열한 행복감,
아, 사랑에 취한 연인들이 허우적대는 바다.

— 폴 발레리, 「세미라미스의 노래」, 『고대시 모음』

입맞춤의 윤리

『바람과 함께 사라지다』의 레트와 스카렛 오하라처럼 멋들어진 배
경과 열정에 사로잡힌 모습까지 모두가 한결같아 보이지만, 자세히 들여다보
면 그들의 입술 사이에 낼름대는 조그만 혀 끝은 포르노에 가깝다. 저 유명한
『프렌치 키스』도 실제로는 이태리가 원조이다. 먼 옛날, 1세기경부터 주베
날이 그런 입맞춤을 이야기하고 있었다. 그로부터 스무 번의 세기가 지난 지금,
프렌치 키스는 입술로 상징되는 성기와 혀의 접촉을 상징하게 되면서, 엄격한
도덕적 규범이 여지없이 무너지고 있는 지금 세상에서도 추잡하고 외설적인
것으로 여겨진다.

146

때때로 깊은 입맞춤이 살인만큼이나 공공연히 텔레비전에 방영되는 서양의 일부 나라에서는 금지된 것이 되살아나기도 한다. 사실, 영화에서는 이미 오래 전부터 지루한 입맞춤을 시도해 왔다. 특히 알프레드 히치콕 감독은 입맞춤을 관객에서 긴장감을 도발하는 장면으로 사용한 선구자 역할을 해냈다. 아마도 개리 그란트와 잉그리드 버그만이 『오명』에서 보여준 입맞춤은 영화 역사상 가장 긴 입맞춤일 것이다. 또한 입맞춤이 영화에서 갖는 도발성을 '3박자를 갖춘 일종의 거짓말'이라고 멋들어지게 정의해 주었던 사람도 바로 히치콕 감독이었다. 입맞춤하는 두 배우는 관객을 위해서 그런 연기를 해 보일 따름이다. 따라서 감독은 배우의 인기, 영화를 관람할 관객층의 연령 따위로 이루어진 복잡한 방정식을 풀어야만 한다. 로제 바딤의 『신이 여자를 창조했다』에서 브리지트 바르도가 "내게 입맞춤해 준다면 나를 절대 잊지 못할 거예요!"라고 말했을 때, 그녀는 상대 배우이던 쟝 루이 트랭티냥보다는 관객에게 입맞춤을 원했던 것이다.

연극이나 오페라에서 입맞춤은 연기이며 대사이다. 행동의 연속성과 감정 표출을 위해서 당연히 필요한 연기의 한 부분이다. 반면에, 영화에서의 입맞춤은 순전히 선정적 자극을 위한 것이다. 따라서 영화에서 입맞춤은 약간 몽상적인 기운을 띠면서, 관객에서 상상의 날개를 펼 수 있도록 해주어야 한다. 입술을 빠는 소리, 무엇인가를 입안에 깊숙이 넣고 씹는 소리 등은 눈 깜빡할 사이에 주인공의 낭만적 이미지를 여지없이 훼손시켜 버린다. 입맞춤이 무작정 길어지면, 배우들이 불쌍하게 보일 따름이다. 그 때 사실주의를 표방하던 예술마저도 저속한 포르노로 전락해 버린다.

길거리에서의 입맞춤, 영화에서 클로즈업된 입맞춤, 이런 입맞춤은 문자 그대로 외설적이다. 따라서 검열이란 철퇴가 가해진다. 엄격한 검열 때문에 입맞춤 장면이 마냥 계속될 수는 없다. 조르쥬 뒤아멜도 『미래에 살아가는 모습들』에서, "필름이 2미터 20센티를 넘지 않게! 그것도 굉장한 거야. 잘 생각해 보라구!"라고 익살스레 표현하지 않았던가! 물론 할리우드의 입맞춤도 지나치게 순정적이거나 지나치게 육감적이지는 않다. 말하자면 환희를 가볍게 표현한 정도이다. 욕정에 몸서리치면서도 행위까지 발전하지는 않는다. 에드가 모랭이 『스타』에서 분명히 밝히고 있듯이, 입맞춤은 이제 신화가 되어 이상적인 정체성을 가져야 할 시점이다. "매일 수백만의 입들이 입맞춤, 즉 현대 사회에서 사랑의 첫 열매를 반복하고 있다." 동양의 많은 나라에서는 종교적 금기 때문인지 입맞춤을 여전히 타락한 서양의 산물이라 비난한다. 하지만 자칭 자유 국가라 부르짖는 나라에서도 입맞춤은 도덕이란 이름으로 위협받고 있다. 하지만 현재의 도덕이란 것이 어떤 모습인가? 점점 궤변적인 탈을 쓰고 있지 않은가!

입맞춤이란 결국 타인과의 접촉이다. 앵글로색슨의 세계는 애정 없는 접촉을 혐오한다. 게다가 입맞춤은 점점 법정의 피고가 되어 가는 운명이다. 이제 대서양 저편의 땅도 풋풋한 사랑이 키워지던 초록빛 낙원이 아니다. 난잡한 성 생활을 공공연히 비난하며 매질하듯이, 위험하기 짝이 없는 도덕이란 이름으로 입맞춤을 매질하는 소리가 그 땅을 가득 채운다. 영국에는 최근까지도, 플랫폼에서 뜨거운 입맞춤으로 기차의 출발 시간을 습관적으로 지연시키는 연인들에게 회초리를 휘둘러 대는 직책의 관리가 있었다. 아, 입맞춤이 프랑스에만 있는 희귀한 행위가 되는 날이 조만간 닥치는 것은 아닐까?

법규

끝으로, 미묘한 문제이기는 하지만 결코 간과해서는 안 될 중요한 것은 '입술에의 입맞춤'이다. 기독교의 도덕 군자들은 혼외 관계의 입맞춤을 비난받아 마땅한 행위로 생각하는 경향이 있었다. 하지만 오늘날에는 약간 누그러진 것이 사실이다. 물론, 성적 욕구만을 해소하려는 입맞춤은 여전히 해악한 것으로 취급된다. 따라서 영화를 검열할 때 이런 식의 입맞춤이 지나치게 길어지거나, 지나치게 밀착되지 않도록 권장해야 하겠지만, 그 자체를 엄격하게 규제해서는 안 될 것이다.

— 카톨릭 백과사전, 어제, 오늘, 내일

19세기에, 어린 아가씨들에게 가르친 입맞춤 교육은 단순 명쾌했다.

어떤 경우에도 여자가 먼저 입맞춤해서는 안 된다!

길에서나 공공 장소에서 입맞춤해서는 안 된다!

언제나 밀폐된 공간에서만 입맞춤하도록 하라!

— 드 장세 백작 부인, 『처세법, 새로운 관습』

지나치게 외설적인 입맞춤이나 포옹은 자제하도록 하라. 그런 암시를 주는 포즈나 행동도 자제하도록 하라. 특히 관중에게 야비하고 천박하다는 느낌을 안겨 주지 않도록 조심스레 접근해야만 한다. 또한 감정이 들뜬 장면을 지루하게 늘여서는 안 된다. 왜냐 하면 젊은이와 범죄자는 쉽게 흥분해서 위험천만하게도 그런 장면을 흉내내려 할 것이기 때문이다.

— 코드 헤이즈, 혹은 '헐리우드 코드'
(1934년부터 1960년까지 영화의 기법으로 통용되었던 원칙)

내 생각에, 입맞춤의 힘과 효과는 얼마나 오래 하느냐에 달려 있다.

— 바이런, 『돈 후안』

입맞춤은 다음과 같은 부위에 주어진다. 이마, 눈, 볼, 목, 가슴, 젖꼭지, 입술, 그리고 입안.

…… 젊은 처녀는 주로 세 가지 방법으로 입맞춤한다. 명목상의 입맞춤, 지긋한 입맞춤, 애틋한 입맞춤이다.

1. 젊은 처녀가 사랑하는 남자의 입술만을 살짝 접촉할 때, 그런 입맞춤을 명목상의 입맞춤이라 한다.
2. 젊은 처녀가 수줍음을 떨쳐 버리고 입술로 남자의 입술을 지긋이 눌러 올 때, 정확히 말해서는 아랫입술만을 움직여서 남자의 입술을 접촉할 때, 그런 입맞춤을 지긋한 입맞춤이라 한다.
3. 젊은 처녀가 눈을 살며시 감은 채로, 남자의 두 손을 꼭 잡고 혀로 남자의 입술을 적셔 줄 때, 그런 입맞춤을 애틋한 입맞춤이라 한다.

— 카마수트라

귀여운 범죄

여인이여, 날 안아 주오, 내게 그대 입술을 주고, 뜨겁게 안아 주오

그대 숨결로 내 생명의 기운을 뜨겁게 해주오

천 번, 또 천 번의 입맞춤을 내게 주오

무한의 사랑을 원합니다, 사랑에는 법칙이 없으니까요

— 피에르 드 롱사르, 『엘렌의 사랑』

로미오

내 더러운 손으로 당신의 성결한 입술을 더럽혔다면, 어떤 벌이라도 달갑게 받겠습니다. 발그레한 두 순례자와 같은 내 입술로, 내 여린 입맞춤으로 그 흔적을 지우게 해주오

줄리엣

오, 순례자님. 그런 생각이랑 마세요. 당신의 손은 내게 더할 수 없는 경의를 보여 주었습니다. 성녀님들에게도 손이 있어 순례자의 손을 잡지 않았던가요 당신과의 포옹은 경건한 순례자들의 입맞춤이었습니다.

로미오

성녀님들에게도 입술이 있었을까요? 순례자들에게도 입술이 있었을까요?

줄리엣

그랬을 겁니다. 기도를 위한 입술이 있었을 겁니다.

로미오

오, 내 성녀여! 그렇다면 손이 하는 일을 입술이 못 하리까. 내 입술이 당신에게 간절히 바라고 있습니다. 믿음이 절망으로 바뀔까 두려워, 당신의 입맞춤을 애타게 기다리고 있습니다.

줄리엣

성녀님들은 조용히 순례자들의 기도를 들어 주셨습니다.

로미오

그럼 내 기도의 열매를 따는 동안 가만히 계십시오 (그리고
로미오는 줄리엣에게 입맞춤한다.) 이제 당신의 입술로 내 입술
이 저지른 죄를 씻었습니다.

줄리엣

하지만 내 입술이 그 죄를 떠 안게 되었습니다.

로미오

내 입술의 죄가 당신에게 넘어갔단 말입니까? 그럴 수는
없습니다. 내 죄를 돌려주십시오!

— 셰익스피어, 『로미오와 줄리엣』

무지하게도 엄격한 규율에 얽매여 지내면서, 입맞춤을 신성
모독처럼 생각하는 순박한 소녀들이 있다. 하지만 입맞춤의
맛을 보게 되면, 모든 것을 빼앗겨서 고이 간직할 것이 전혀
남지 않았다는 생각으로 모든 것을 내맡기기도 한다.

— 에티엔 피베르 드 세낭쿠르, 『인간의 원시적 본성에 대한 몽상』

거룩한 분노로 활활 타오르던 눈빛에, 은빛 머리칼이 왕관
처럼 빛나는 엄숙한 얼굴에, 나는 화석이 되어 굳어 버렸다.
사랑의 애절한 이면이었을까. 갑작스레 닥친 부끄러움에 자줏
빛 여운이 그녀의 얼굴에 스쳤다. 하지만 사랑의 열정을 이해
한 여인의 용서를 느낄 수 있는 얼굴이었다. 사랑의 열정이

무엇인지 아는 여인이기에, 회한의 눈물에서 무한한 경애를 보았던 것일까.

그녀는 여왕처럼 화려한 차림이었다. 사보야르의 원숭이처럼 우스꽝스런 옷차림이던 내 모습이 부끄러웠다. 완전히 얼빠진 모습으로, 조금 전에 훔친 사과를 씹어 대고 있었다. 하지만 내가 그토록 열망했던 그 피의 따뜻한 온기는 여전히 내 입술에서 지워지지 않았다. 아무런 후회도 없었다. 하늘에서 내려온 그녀를 눈길로 쫓을 뿐이었다.

내 가슴에 뜨거운 불을 지펴 주었던 첫 접촉의 여운에 휩싸인 채, 나는 사막으로 변해 버린 무도장을 헤매고 다녔다. 하지만 어디에서도 내 여인을 찾을 수 없었다.

나는 어제와 완전히 다른 사람이 되어 잠자리에 누웠다.

— 오노레 드 발자크, 『골짜기의 백합』

입맞춤, 죄의 씨앗

앙증스레 볼록한 입술, 그녀의 입술에서만은 갈 곳을 몰라 헤맸다. 그렇다고 행복의 열정에 겨운 미망도 아니었고, 조만간 그런 행복이 있을 것 같지도 않다. 한순간에 닥쳐온 너무도 암담한 미망이었기에, 나는 그 아름다운 입술, 무엇인가를 갈구하는 새빨간 입술에 열화처럼 뜨겁고 강렬한 입맞춤을 퍼부었다! 왕처럼 당당한 입맞춤이고 싶었다. 그녀의 입술이 살며시 열렸지만, 심연의 짙은 어둠만큼이나 검은 눈동자는 긴 속눈썹이 내 속눈썹과 마주치며 좀처럼 닫혀지지 않았다.
…… 그녀는 불 같은 입맞춤의 포로가 되었다. 그녀의 입술
을 파고드는 내 입술에 온 몸을 맡겼다. 그녀는 내 숨결을 갈
구하며 내 목을 바싹 끌어안았다. 나는 그녀를 안고 푸른빛이
나는 긴 가죽 의자에 눕혔다.

슬픈 입술……, 아무 소리도 들리지 않았다. 입맞추는 소리
이외에!

— 바르베 도르빌리, 『악마들』

어느 날 저녁, 저명한 화가들의 정부 情婦 에 대해 오랫동안
담소를 나눈 후, 그녀는 그의 품안에 슬며시 안겼다. 이번에
는 그에게서 달아나지 않았다. 다소곳이 그에게 안겨 입맞춤
까지 받아 주었다.

— 기 드 모파상, 『죽음처럼 강하게』

그 잔혹한 시간을 사랑이라 착각하며, 그는 입술을 내 입술
에 붙여 오며 고통에서 새어 나오는 내 한숨을 마시려 했다.
…… 눈물이 내 뺨을 적셨다. 그는 그 눈물을 혀로 핥았다.
그러나 입맞춤 후에는 끔찍한 매질, 예상대로 그는 나를 때리
기 시작했다.

— 드 사드 후작, 『쥐스틴, 혹은 정숙한 여인의 불행』

손에 입맞추기

여러 형태의 입맞춤이 지금은 사라졌지만, 손에 입맞추던 행위는 지금
도 그 전통이 여전히 살아 있기 때문에, 잠깐이라도 언급해 둘 필요가 있겠
다. 간혹, 프랑스 대통령이 그렇게 입맞춤하는 것을 텔레비전에서 볼 수 있
다. 손을 내밀어 주는 외국 대통령 부인들의 손등에 우아하게 입맞춤하는 대통
령을 볼 때마다, 아스라이 사라진 옛 전통의 멋이 아쉽지 않았던가! 손에
입맞추던 행위가 진정한 프렌치 키스가 아닐까? 그런 식의 입맞춤에도 전
혀 어색해 보이지 않는 사교계 인사가 되려면 부단한 연습이 필요할 것이
다. 또한 그 입맞춤을 하는 방식에서는 모두가 나름대로의 특색을 보인다. 현
대통령은 제2제정 시대에 건축된 호화로운 연회장에서 곧바로 달려온 식으로
깔끔한 모습이다. 물론 약간의 자유분방한 모습을 보여 주거나, 손등에 입술을
살짝 대고 마는 인사들도 있다. 하여간 그 입맞춤에는 언제라도 둘만의 시간
을 갖고 싶다는 열망의 표현이 담겨 있다. 따라서 손에의 입맞춤은 공공연한
간통일 수 있다. 관습이란 미명하에 익명으로 저질러지기에 더욱 실감나는
간통이다. 왜? 손등에의 입맞춤은 언제나 기혼 여성이 대상이기 때문이다.

사교계에서나 문학에서나, 손등에의 입맞춤은 귀족만의 전유물이었다.
물론 그 본질이 많이 퇴색되었지만, 혹시라도 당신이 전통적 예법에 조금이라
도 어긋날 경우 당신은 천하의 웃음거리가 될 수도 있었다. 그저 실수로 용서받
을 수 없었다. 아름다운 여인을 보고서도 그냥 지나칠 경우, 그녀의 남편이 당
신을 세상의 오지로 내쫓을 수도 있었다는 사실을 잊어서는 안 된다. 그래서
퓌르티에르의 사전에는 "일종의 속담인 양, '당신의 손에 입맞춤한다'는 말은
'당신께 나를 소개하겠습니다' 혹은 '당신께 감사드립니다'는 뜻으로 쓰인다.
반어적으로 '당신 말을 눈곱만치도 믿지 않는다'는 뜻으로 쓰일 수도 있다"고 풀
이되어 있다. 몰리에르는 성가신 손님을 쫓아내려고 이런 식의 입맞춤을 남발

했던 것으로 알려진다.

결론적으로, 손에 하는 입맞춤은 결코 간과해서는 안 될 반어적 의도가 담겨 있었다. 손끝에서 그 뜻을 헤아리기 힘든 입맞춤이었고, 입술과 입술의 입맞춤을 은밀히 갈구했던 17세기의 멋쟁이 부인들이 입술로 전했던 입맞춤만큼이나 미묘한 언어였다. 은밀하게 말해지지만, 결국에는 어떤 난관을 이겨내서라도 무대의 전면에 나서겠다는 의지의 표현이다. 돈 후앙의 교활함, 탕자의 뻔뻔함, 음유 시인의 온유함 등이 복합된 모습이다. 결국 손에의 입맞춤은 입술에의 입맞춤을 위한 전초병이다. 더 심하게 말하면, 둘은 자매지간이다!

암호

당신이 장갑과 옷소매 사이, 즉 내 손목에 입맞춤해 주었던 그날 저녁, 나는 깨달았습니다.

"맞아, 이 남자가 날 사랑하는 거야. 이 남자가 날 사랑하는 거라고!"

— 귀스타브 플로베르, 『감정 교육』

그래, 나는 열혈 청년이었다! 그녀가 오직 손등에만 허락했던 입맞춤을 마침내 손바닥에 입맞춤하도록 허락했던 그 때, 나는 그 입맞춤에 내 젊음을 온통 쏟아 부을 수 있었다. 그녀에게 성적 희열을 안겨 주었을 그 경계가 아니었던가!

— 오노레 드 발자크, 『골짜기의 백합』

내 생각에, 남자가 여자를 처음 만났을 때, 남자가 여자의 손에 입맞춤하는 관습은 바람직한 것이다. 남녀의 사랑은 어차피 어떤 곳에서부터 시작되어야 하는 것이 아니겠는가.

— 사샤 기트리, 『여인들과 너』

상냥한 여인들

그 동안 내내, 나는 그녀의 손을 꼭 잡고 놓아 주지 않았다. 꽤 오랜 시간이었던 까닭에, 그녀의 손에 내 입술을 맞추지 않고는 놓아 주기가 쑥스런 기분이었다. 용기를 내어 그녀의 손에 입맞춤하자, 냉정하고 차갑기만 하던 그녀가 뜨겁게 달궈지는 것을 느낄 수 있었다.

— 로랑스 스테른, 『감정 여행』

그녀가 오래 전에 잊었을 부드러운 손길이 효과 있으리란 기대감에, 나는 다시 불평을 쏟아 내며 그녀의 손을 쥐려 했다. 물론 처음에는 내 손을 밀어냈다. 하지만 내 애절한 간청에 그녀는 결국 굴복하고 말았다. 물론 내 손길과 내 속삭임에 적극적으로 응답한 것은 아니었다.

그녀의 집 앞에 도착했을 때, 나는 그녀의 가녀린 손에 입맞춤해 주고 싶었다. 적어도 헤어지기 전의 인사라 생각했다. 말 없는 저항이 시작되었다. 하지만 너무도 다정히 다가가는 내 손길에 그녀의 저항도 슬며시 물러섰다. 입맞춤이 끝나자, 그녀는 재빨리 손을 허리 뒤로 감추었다. 그리고 하녀가 기다리는 집안으로 뛰어 들어갔다. 여기에서 내 이야기는 끝난다.

- 숄데르로스 드 라클로, 『위험한 관계』

교황이 그의 실내화에 입맞춤하도록 허락하듯이, 뭇 남자들에게 손에 입맞춤하도록 기꺼이 허락하는 아름다운 여인들이 있다.

- 알프레드 드 뮈세

내가 뭐라 했던가? 그녀가 마침내 복수심에 불끈 쥔 주먹으로
내 가슴을 세차게 때려 올 때, 나 역시도 짐짓 분을 참지 못한 듯
그녀를 때리는 척하리라. 아주 살짝!
그리고 분노로 무력해진 그녀의 손에 입맞춤해 주리라.
사랑이 함께 할 때에만 강해지는 여자의 팔이 아니던가.

- 앙드레 쉐니에, 「카미유」, 『시집』

"신이 정말로 당신만큼이나 아름답다면, 언제까지라도 영생을 기다리겠소 하지만 당신의 아름다움을 이처럼 찬양하는 것은 괜한 공치사가 아니오 사실, 당신은 무엇과도 비길 수 없을 정도로 아름답소 아, 당신의 숄에라도 입맞춤할 수 있도록 허락해 주오"

그녀는 오만한 표정을 지으며 대답했다.

"좋아요! 당신이니까 특별히 입맞춤을 허락하겠어요."

그녀는 손을 그에게 내밀어 주었다. 아직도 축축이 젖어 있었다. 향료를 탄 욕조에서 갓 나온 여인의 손, 그 손에는 무엇이라 표현할 수 없는 솜털 같은 향긋함이 있었다. 또한 입술에서 영혼까지 전해지는 보드라운 느낌이 있었다. 가슴을 가득 채운 사랑의 환희로 온 감각을 상실해 버린 남자에게, 그 입맞춤, 적어도 겉으로는 순결하게 보였던 그 입맞춤은 가슴을 또다시 불지르기에 충분했다. 장군은 그 위험한 손에 정중히 입맞춤하며 나지막이 말했다.

"앞으로도 당신의 손에 입맞춤하도록 허락해 주겠소?"

그녀가 미소를 지으며 대답했다.

"좋아요, 하지만 이 선을 넘어서는 안 돼요."

— 오노레 드 발자크, 『드 랑제 공작 부인』

때때로 그녀에게 다가와 포즈를 고쳐 주면서, 그는 그녀의 손을 살며시 잡고 입맞춤하려 했다. 하지만 그녀는 기겁하며 입술에서 손을 떼어 내면서 눈살을 살짝 찌푸렸다.

— 기 드 모파상, 『죽음보다 강하게』

여자의 손에는 절대 입맞춤하지 말라. 반지까지 삼킬지도 모르니까!

— 쥘 르나르, 『일기』

항복하다

발빌은 내게 말했다.

"당신은 아무런 대답도 않는군요. 내게 한 마디 말도 없이 떠날 건가요? 내 행동이 그처럼 불편했던가요? 내 행동이 그처럼 당신을 화나게 만들었던 가요?"

발빌은 이렇게 말하면서 내 손을 다시 잡으려 손을 내밀었다. 나는 그의 손을 허락했다. 그는 내 손에 입맞춤한 것에 용서를 바라면서 또 다시 입맞춤했다. 우습게도 두 번째 입맞춤은 너무도 따뜻하게 느껴졌다. 세상에서 가장 진실한 마음이 담긴 입맞춤이란 느낌이었다. 실수의 반복이란 생각은 조금도 들지 않았다.

— 마리보, 『마리안의 일생』

그녀는 손에 뺨을 대고 조심스레 귀를 기울였다. 그가 떨리는 목소리로 전해 주는 사랑의 속삭임에 온 정신을 집중했다. 그녀는 모슬린 치마를 입고 있었다. 그가 아지시오에서 그녀를 마지막으로 만났던 그날도 똑같은 치마를 입고 있었다. 주름진 치마 아래로, 검은 새틴 실내화를 신은 조그만 발이 언뜻 보였다. 저 발에 입을 맞출 수 있다면! 오르소는 순간적으로 떠오른 그런 생각 때문에 옅은 행복감에 젖었다. 리다아는 장갑을 벗은 손에 데이지꽃을 들고 있었다. 오르소가 그 데이지를 살며시 빼앗자, 그녀는 오르소의 손을 꼭 쥐어 주었다. 그는 데이지꽃에, 그리고 그녀의 손에 입을 맞추었다. 그녀는 아무런 저항도 하지 않았다.

…… 온갖 잡념이 머리를 어지럽혀 정처 없이 길을 헤맸지만, 두 발은 쉴 새 없이 땅을 내딛고 있었다.

— 프로스페르 메리메, 『콜롱바』

그녀는 은은한 우수에 잠긴 눈빛을 던지며 그에게 손을 내밀었다. 우리 골수까지 파고드는 은근한 눈빛이었다.

…… 그는 그녀의 손을 잡았다. 입맞춤하고픈 격렬한 욕망을 억누르며 그녀의 손을 힘 있게 쥐었다. 그는 솟구치는 욕망을 이길 수 없었다. 천천히 그녀의 손을 입술로 가져갔다. 그 가녀린 손, 그러나 따뜻한 온기와 향내가 배인 그 손을 입술에 맞추고 한참을 그렇게 있었다. 그러나 그 애정의 몸짓이 지나치게 길어진다는 자책감에, 그는 그 조그만 손을 살며시 내려놓았다.

— 기 드 모파상, 『벨라미』

그는 그녀 앞에 무릎을 꿇고, 그녀의 두 손을 잡았다. 그 손에 입맞춤하고는 두려움과 자존심이 어우러진 눈길로 그녀를 지긋이 바라보았다. 그리고 얼굴을 바닥까지 가져가며 그녀의 편상화 끝에 입술을 맞추었다.

"뭘 하시는 건가요?"

"당신의 발에 입맞춤하는 겁니다."

그는 몸을 일으켰다. 그녀를 가볍게 끌어안으며 입술을 찾았다. 그녀의 입술에 긴 입맞춤을 주었다. 그녀는 온 몸이 나

161

른해지는 기분이었다. 눈을 꼭 감고 얼굴을 뒤로 젖혔다. 모자가 슬그머니 흘러내려 머리칼이 쏟아져 내렸다. 그리고 그 입술에 그녀의 모든 것을 내맡겼다.

— 아나톨 프랑스 『붉은 백합』

아, 입맞춤

입맞춤도 자유롭게 쓰여지려면 꼭꼭 감추어질 필요가 있다. 우편엽서에 쓰인 입맞춤은 가족 간의 우애나 빈정대는 야유일 수 있다. 그래서 우편엽서는 '방방곡곡에 보내는 입맞춤'이라 불린다. 팩스나 인터넷에서의 입맞춤은 어떤 것일까? 아직은 정확히 알 수 없지만, 차가운 입맞춤일까? 아니면 생글대는 입맞춤? 하여간 어떤 추측이나 가능하지만 불안감도 적지 않다.

연애 편지는 어떤 시대에나 물리적으로 떨어진 두 연인을 이어주는 역할을 해왔다. 한 줄마다 '날 잊지 말아요!'라고 쓰지 않았던가. 재회를 고대하는 애틋한 마음을 하얀 종이에 채워 줄 검은 글씨를 생각해 내려 고심하는 틈틈이, 입맞춤의 소리가 편지를 가득 채웠을 것이다. 상상으로 주고받은 입맞춤은 상대의 마음을 불지르기에 충분한 것이었다. 뜨거운 입맞춤으로 불태워진 종이에서, 사랑하는 연인의 입맞춤 흔적에서 그 입술의 향내를 찾았을 것이다.

연인에게 감동을 안겨 줄 글재주가 없는 사람은 편지 끝에 조그만 십자가를 끝 없이 그려 넣으며 입맞춤의 갈증을 전하려 했다. 대개의 경우, 연애 편지는 끈끈한 소박함과 교활한 유혹을 수시로 넘나드는 편지이다. "당신은 즐거운 편지를 쓰는 기분이 어떤 것인지 아직 모릅니다. 사랑하는 연인에게 편지를 쓰는 여인은 한 줄을 쓰면서 한 꺼풀씩 옷을 벗어 갑니다. 그에게 '당신이 내 첫사랑이에요'라고 고백하면서 핀을 벗겨 내고, 다음에는 리본을 차례로 떼어 냅니다. 둘째 장을 쓸 때쯤에는 사랑하는 연인의 체취를 기억하면서 속옷을 벗어 내립니다." 이처럼 보마르셰는 편지 속의 여인을 아름답게 벗겨 내면서 급기야는 속치마까지 물레방아에 던져 버리도록 유혹했다.

옛 시대의 편지를 보라. 추신에는 수천 번의 입맞춤 냄새가 풍기지 않는가. 휴대폰이 보편화된 이 시대, 아직도 글로써 입맞춤을 보내는 사람이 있을까? 지나간 옛 사랑이 되었지만 뜨거운 입맞춤의 기억이 생생히 살아 있은 추억의 편지들을 예쁘게 포장한 상자에 간직했던 옛 선조들처럼, 우리 입맞춤의 기록을 인터넷에 저장하는 것이 가능할 수 있을까? 이제 연애 편지는 아스라이 사라진 유물이 되어 버린 것일까? 연애 편지를 쓰는 즐거움을 되살려 내야 하는 것은 아닐까?

종이 위에 남긴 입맞춤

당신이 제게 보낸 종이 입맞춤,
제 마음엔 아무런 감동도 없었답니다.
우체부가 전해 준 입맞춤으로
내 입술을 간질일 수 있을까요?
당신이 허공으로 던져 보낸 사랑에
내 마음은 대리석처럼 차가울 따름입니다.
나무에서 따지 않은 열매,
그 열매에서 어떤 맛을 느끼란 말입니까?

― 드 부플레 부인, 『서간집』

당신이 나를 지켜보며 던졌던 그물은 나를 사로잡으려던 것이었겠죠? 내가 그 그물을 피했더라도, 며칠 후 당신이 내게 보냈던 편지를 아롱지게 수놓은 글자 하나하나에 걸어 두었던 낚싯바늘까지도 벗어날 수 있었을까요? 매구절마다 나를 매혹시켰던 그 편지를 말입니다.

비록 당신이 아닌 다른 누구를 사랑했더라도 그랬겠지만, 나는 당신의 편지를 경건한 마음으로 뜯어 보았습니다. 그리고 그 편지에 입을 맞추었습니다. 적어도 따사롭고 감미로운 입맞춤이었습니다. 당신의 편지에 내 입술을 대고, 그처럼 아름다운 편지를 빚어 낼 수 있던 당신의 영혼에 입맞춤하는 꿈을 꾸었습니다. 당신의 펜으로 채워진 글씨를 몇 번이고 다시 읽었습니다.

— 시라노 드 베르즈락, 『사랑의 편지』

나는 허공에 입맞춤하리라,
그대가 그 곳에 있으리라 생각하며!

— 카사노바

하지만 다섯 달 동안, 매일, 매시간, 입맞춤을 기다리는 고통이 어떤 것인지 아십니까? 삶이 당신을 버렸다는 느낌일 때 어떤 심정이겠습니까? 무덤의 냉기가 천천히 내려와 고독감을 안겨 주고, 죽음과 망각이 눈송이처럼 방울져 내릴 때, 금새 시들어 버릴 꽃잎처럼 심장마저 멈출 듯이 메어지는 가슴에 한순간이라도 웃음과 생기를 맛보고 한 방울의 맑은 이술을 마신다는 것이 무엇을 의미하는지 아십니까?

― 알프레드 드 뮈세가 조르쥬 상드에게, 『서간집』

흡혈귀에게 물린 것처럼, 그녀는 갑자기 칼리스트의 품을
벗어나 긴 의자에 풀썩 쓰러지며 정신을 잃었다. 불처럼 뜨겁
게 타오르던 심장에 던져진 얼음처럼 차가운 반응은 그녀에
게 견딜 수 없는 충격이었다. 칼리스트의 품에 안겼을 때, 코
를 그의 넥타이에 묻었을 때, 희열에 몸서리치며 온 몸을 던
졌을 때, 그녀는 편지지의 냄새를 맡았던 것이다!
　다른 여인의 얼굴이 뒹굴었던 그 곳, 그 여자의 머리칼과
얼굴이 음욕의 체취를 남겨 놓았던 그 곳, 경쟁자의 입맞춤이
남겨 놓은 온기가 완전히 사라지지 않은 그 곳, 바로 그 곳에
그녀가 입맞춤했던 것이다!

― 오노레 드 발자크, 『베아트리체』

부인께,
　늑대에 대해 말할 때에는 꼬리를 보는 법이고, 오페라에 대
해 말할 때에는 귀빈석을 보는 법이 아니겠습니까? 이번에
아담이 준비한 『요정』의 첫 공연이 있습니다. 부인께 입장권
을 보내 드립니다. 부인이 특별히 입맞춤을 보낼 다른 약속이
없다면, 보잘것없는 오페라지만 부디 산에서 내려와 자리를
빛내 주시기 바랍니다. 부인께서 거절하신다면, 제가 욕조까
지 쫓아가 부인의 손을 잡아끌럽니다.

부인의 처분만을 기다리겠습니다.

······ 혹시라도 응석받이 아델이 엄살을 부리지 않는다면, 저를 대신해서 그 앙증맞은 혀를 꼬집어 주십시오 항상 향긋한 내음을 풍기는 에르네스타의 입술에도 제 안부를 전해 주십시오

안녕히 계십시오

— 테오필 고티에,『한 부인에게 보내는 편지』

추신

당신의 지난 두 편지에 입맞춤을 보냅니다. 당신이 써 내렸던 반듯한 글씨들! 그 글씨들을 써 갈 때, 당신의 애틋한 생각으로 가득 채운 공간을 당신의 자그만 손도 함께 하였겠지요 내 사랑하는 여인이여, 안녕. 이 편지의 끝에 입맞춤해 주구려. 나도 그 곳에 입맞춤을 하려니까.

여기에, 여기에! 잘 있어요

— 드니 디드로,『소피 볼랑에게 보내는 편지』

이 편지에 내 영혼까지 담아 보내고, 그래도 남은 것은 다음 번에 당신께 보내렵니다.

여기에 당신의 입술을 맞춰요

내 입술을 맞춘 곳이니까. 당신을 죽도록 보고 싶소! V.

— 빅토르 위고,『쥘리에트 드루에게 보내는 편지』

레이몽이 인디아나에게 보내는 편지.

…… 인디아나, 내게 언제라도 명령을 내리시오 나는 이제 당신의 노예요 당신도 그것을 잘 알고 있지 않습니까! 당신의 품에 안길 한 시간을 위해서 내 삶을 전부 당신에게 주리다. 당신의 미소를 한 번이라도 얻을 수 있다면, 내 생명까지 드리리다. 당신의 친구, 당신의 형제, 그것으로 만족하리다. 당신과 함께 있고 싶은 내 욕망, 당신을 짐작조차 못 하리다. 당신 곁에 있을 때 내 피에 불이 붙더라도, 내 가슴이 뜨겁게 달궈지더라도, 당신의 손길로 구름이 내 눈을 가리더라도, 당신의 보드라운 입술이 안겨 준 입맞춤이 내 이마를 불태우더라도, 내 끓는 피에 잔잔해지라고, 내 머리에 냉정하라고, 내 입술에 경솔치 말라고 명령하리다. 그 때 나는 온유한 양이 되어 당신 앞에 무릎을 꿇으리다. 내 가슴은 찢어지더라도…….

— 조르쥬 상드, 『인디아나』

끝맺는 인사말

당신께 진정으로 감사하며 내 입맞춤을 보내오 내가 모든 것을 잃고 있는 동안, 시골의 안락한 삶을 위해 그럴듯한 구실거리를 찾는 당신의 솜씨에 찬사를 보내오

— 드 사드 후작, 『바스티유에서 보내는 편지』

당신에게 천 번의 입맞춤을 보내리다. 이 고약한 전쟁이 하루라도 빨리 끝나기를 학수고대할 따름이요

......

내 사랑의 여인이여, 우선은 내 백만 번의 입맞춤으로 만족해 주오 하지만 내게 입맞춤을 보내려 하지 마오 내 피를 불질러 버릴까 두렵기 때문이요

— 나폴레옹, 「조세핀에게 보내는 편지」

5

입맞춤과 미각의 세계

입맞춤과 미각의 세계

입맞춤, 그것은 분별력을 상실케 하는 사랑의 몸짓이다. 입술과 입술을 마주치려는 내면의 결심에서 비롯되는 입맞춤, 그것은 우리 호기심을 당겼던 모든 것을 입으로 맛보았던 선사시대로의 회귀이기도 하다. 우리에게 적합한 것인지 위험한 것인지를 확인하려던 본능적 몸짓, 어린아이도 똑같다. 어린아이도 모든 것을 입으로 가져가며 세상을 깨달아가지 않는가! 어머니는 아기의 목덜미에서 개암 열매처럼 그윽한 맛을 느끼면서 아기에게 그 맛을 되돌려 준다. 입맞춤은 입술 끝으로 나누는 것이지만, 온 감각이 동원되는 접촉이다. 눈에 가득 들어오는 얼굴, 숨소리, 입맞춤에 적셔지는 자그만 소리, 살갗의 냄새, 입술의 맛, 그리고 상대의 입술에 느껴지는 감각…… 우리는 감각의 성에 갇혀, 우리를 찾아 그 성에서 뛰쳐나올 입맞춤을 기다린다. 감각의 판단은 둘 중의 하나이다. 사랑하느냐 않느냐! 입맞춤에는 속임수가 없다. 입맞춤은 육체의 본성, 진실된 감정, 표피의 일체감을 솔직히 드러낸다. 게다가 그 반응도 즉각적이다. 입맞춤이 있을 때, 나도 모르는 사이에 내 육체가 말을 한다. 따라서 입맞춤은 유혹적이고 매력적인 만큼, 크나큰 충격으로 반감이나 혐오감을 안겨 줄 수 있다. 즉각적으로 나타나는 알레르기적 반응이다. 어쨌든 상관없다! 입맞춤이 뺨을 떠나 입술에 안착되는 날, 그날부터 우리는 타인의 입술에서 세상을 껴안으려 할 것이기 때문이다.

사랑은 입맞춤을 재촉하고 감각을 자극한다. 가족과 평소의 음식을 나눈

후, 우리는 입맞춤의 색다른 멋과 맛, 결국 전혀 새로운 입맞춤을 경험하기도 한다. 언제나 새로운 모습으로 탈바꿈하는 감각의 세계가 우리 입술에서 열린다. 이런 점에서, 입맞춤은 하나의 모험이다. 하지만 요즘 우리는 아무런 생각도 없이 기계적인 입맞춤에 물들어, 입맞춤의 진실된 의미를 잊고 말았다. 이제부터라도 입맞춤에 주의를 기울여 보라! 그럼, 어떤 입맞춤도 엄격히 같은 맛, 같은 색이 아닌 것을 쉽게 확인할 수 있을 것이다.

기습적으로 당신을 훔쳐 버린 입맞춤, 욕망을 철저히 억누르고 있던 순간에도 단숨에 당신의 발끝까지 휘둘러 버린 입맞춤! 입맞춤은 추억과 감동을 한 덩이로 합성해서, 일정한 감정으로 구체화시켜 간다. 전격적인 입맞춤! 그런 입맞춤이 안겨 주는 순간적인 감정이 가라앉으면, 우리는 음미 혹은 판단의 시간을 갖는다. 그 때부터 입맞춤은 영혼의 합주곡처럼 한치의 빈틈도 없이 나누어진다. 온 우주를 가슴에 끌어안아, 감각의 팔레트를 더욱 풍요롭게 가꾸려 한다. 내 생각에, 에로티즘은 바로 이 때부터 시작된다.

입맞춤의 맛

꽃, 과육果肉, 꿀! 입맞춤은 주로 부드러운 음식, 후식에 비유된다. 어머니의 품에 안기면 설탕처럼 달콤함을 느낀다는 점에서 이런 비유는 전혀 놀라운 것이 아니다. 오히려 당연한 비유이다. 입맞춤의 보드라움을 찬양하는 것, 그것은 어머니의 살결에 비벼 대던 입술에 얻었던 원초적 희열을 되찾는 것이며, 감미로운 옛 기억에서 새로운 맛을 찾으려 미지의 세계에 다가서는 것이기도 하다. 때로는 쓸쓸레한 맛이 가슴을 아프게도 한다. 세상을 살면서 경험했던 가슴아픈 추억들, 가령 고향에 대한 그리움, 회한, 잃어버린 입술, 배신과 실망 등……

입맞춤의 말초 신경들은 무척이나 민감하다. 콜레트는 "짝을 맺은 두 입술의 소곤거림"이라 말하지 않았던가? 당신이 사랑하는 연인이 시인이라면, 사랑의 풍미가 안겨 주는 가슴 설레는 맛을 끊임없이 노래하려 할 것이다. 세인트 존 퍼스는 사랑하는 여인의 품에 안겨, "내 입 속에서 그대의 혀는 거친 바다를 향해하듯 하고, 구리를 혀에 댄 듯 알싸한 맛이 나를 자극한다"고 낭송했다. 현대판 아가 雅歌라 할 수 있는 『쓰라림』은 읽을수록 감칠맛이 난다. 절묘하게 선택한 기막힌 낱말들로 끓어오르는 욕망, 몸 속으로 파고드는 욕망을 노래하고 있다. 포도주나 향수의 향이 그렇듯이, 입맞춤에서 풍기는 향도 영원한 논란거리이다.

어색하고 투박한 입맞춤이 때로는 결코 잊을 수 없는 추억거리로 남는 수가 있다. 또한 눈을 감게 만드는 그윽한 입맞춤이 있고, 나보코프의 로리타가 안겨 주는 입맞춤처럼 노골적인 입맞춤이 있다. 입술 밖으로 살며시 내밀어진 혀끝에, '타액과 뒤범벅된 페퍼민트 향이 남겨진 입맞춤이다! 입맞춤은 사랑의 진실이 드러나는 순간이다. 모두가 서둘러 입맞춤을 욕심내지만, 타인의 입술은 때때로 우리에게 심한 불쾌감을 안겨 준다. 그러나 사랑이란 이름으로 그런 불쾌감을 감춘다. 따라서 입맞춤에서 본능적 반응을 찾아야 한다! 그 반응에서 사랑의 완성도를 어렴풋이 짐작할 수 있을 것이기 때문이다.

꿀과 장미

나의 신부야 그대 입술에선 꿀이 흐르고 혓바닥 밑에는 꿀과 젖이 피었구나.

— 아가 4장 11절

꽃으로 에워싸인 오솔길처럼
살포시 열린 당신의 입술,

173

당신의 숨결에서 풍겨 오는 장미향에
입맞춤의 전위인 내 입술은
슬며시 다가오는 기쁨에 붉은 빛을 띠어 가고
열정에 휩싸인 채 그대의 입술에
입맞춤할 때 나는 한없는 환희에 젖어 든다.
입맞춤의 체액이 내 가슴을
조금씩 적셔 갈 때,
내 눈동자로 불붙여진
뜨거운 사랑의 잉걸불이 식어 간다.

— 피에르 드 롱사르

　당신의 입술을 주오! 내 입맞춤은 달콤한 열매가 되어 당신 가슴에서 녹아 버리리라! 아, 내 머리칼에 당신의 얼굴을 문으소서, 내 가슴의 내음을 즐기소서, 내 몸을 뜨겁게 달궈 주소서, 내 포옹과 내 눈길에 그대의 몸을 태워 버리소서.

— 귀스타브 플로베르, 『성 안트완느의 유혹』

　한결같은 마음, 아편, 밤보다
사랑이 으스대는 그대 입술의 묘약을 원합니다.

— 샤를 보들레르, 「채워지지 않는 유혹」, 『악의 꽃』

　미지의 장밋빛 열매가 지닌 향내, 그 맛을 조만간 알게 되었다. 그 얼굴을 만질 수는 없었지만, 그래도 내 눈에 가득 담을 수 있었다. 그녀에게 풍기는 옅은 향내가 내 코를 간질

174

였다. 하지만 — 입맞춤하기엔 우리 코와 눈이 잘못 놓였던 것일까? 야릇한 모습으로 빚어진 입술처럼! — 갑자기 내 눈에 아무 것도 보이지 않았다. 내 코는 짓눌리면서 어떤 냄새도 맡을 수 없었다. 그토록 바랬던 장미의 향취를 맛볼 수 없었다. 이 고약스런 징조! 나는 알베르틴의 뺨에 입을 맞추고 있었던 것이다.

— 마르셀 프루스트, 『게르만트의 저편』

오늘 아침, 난 아무 것도 먹지 않으리라, 저녁에도
내 입술에 연지는 물론 분도 칠하지 않으리라,
그의 입맞춤 흔적이 지워지지 않도록.

— 피에르 루이스, 『빌리티스의 노래』

나, 이제 여기 왔노라,
달콤한 금빛으로 채워진, 불그스레한
대추 열매와도 같은
이 조그만 오아시스에.
성결한 둥근 입술을
처녀처럼, 얼음처럼, 새하얗게 빛나는
그러나 날카롭게 깨물어 오는 치아를 꿈꾸리라.
뜨겁게 불붙은 두 대추 열매가 진실로 갈망하는 것도
바로 그것이리라.

— 프리드리히 니체, 『디오니소스의 찬사』

쓴 입맞춤

아니오, 그대의 입맞춤을 거두어 주오 내가 어찌 그대의 입맞춤을 견디어 낼 수 있으리까. 그대의 입맞춤은 너무도 날카롭게 내 가슴을 찔러 오기 때문이요 그대의 입맞춤은 송곳처럼 내 골수까지 불태워 버리기 때문이요 정체를 알 수 없는 광기가 나를 덮쳐 오기 때문이요

한 번의 입맞춤, 단 한 번의 입맞춤이 나를 다시는 돌아올 수 없는 미망의 구렁으로 던져 버렸소!

— 쟝-자크 루소, 『다시 태어난 헬로이즈』

그녀의 입맞춤은 그에게 옛 추억을 떠올려 주었다. 그 옛날 주고받던 입맞춤의 은근한 맛이 그의 입술에 추억처럼 남겨 준 웃음과 부드러움 그리고 은은한 마찰이었다.

— 기 드 모파상, 『죽음처럼 강하게』

무슨 상관이 있으랴!
사랑의 열망에 흠뻑 빠진 연인의 눈물로
그대 입술이 소금기에 젖는다고

— 로베르 드노, 『행운』

어떤 입술이라도

몽테를랑은 그의 수첩에, "입맞춤의 맛, 그것은 내게 일종의 양식이었다"고 기록해 두었다. 입맞춤에서, 우리는 서로에 대한 감정을 키워 나간다. 이런 뜻에서, 세인트 존 퍼스도 "그대의 입술을 따먹고 싶다"고 노래했을 것이다. 입맞춤으로 서로에게 양식이 된다는 것은 결코 헛된 표현이 아니다. 이제 우리는 어린 시절의 두려움에 허우적댈 나이가 아니다. 또한 입맞춤은 그 정당성을 인정받지만, 우리는 그런 성적 욕구의 표현을 태어나면서 직관적으로 어렴풋이 알고 있을 따름이다. 따라서 애정 표현으로 주어진 입맞춤에 어색해 하는 표정을 수없이 만날 수 있으며, 우리는 입맞춤이 결코 적절한 행위가 아니라고 막연히 추측하게 된다. 실제로 기꺼이 입맞춤을 나누는 사람이 있지만, 입맞춤을 애써 피하려는 사람도 있지 않은가. 그러나 대부분의 성 표현은 가족 간의 강요된 입맞춤에 말 없이 순종하는 것에서 시작되고 있다는 사실을 기억해야 한다.

근친 상간이란 위협에도 불구하고 성적 욕구를 결국 표출하고야 말았던 오이디푸스는 깊은 만족감을 얻었다. 그는 갑작스레 입맞춤을 갈구하며, 성찬을 즐길 수 있었다. 사랑의 갈증에 허덕이는 연인들은 식인귀와도 같은 거대한 식욕을 보인다. 하나의 입술이 된 순간부터는 어떤 변화라도 가능하다. 적당한 맛의 입맞춤! 무엇이나 먹어 대는 식충이나 예쁜 것만 골라 먹는 미식가, 그러나 결코 서두르지 않는 입맞춤이어야 한다. 시식의 대상이 되는 모든 음식처럼, 입맞춤에도 시간이 필요하고 평가가 뒤따르게 마련이다. 말하자면, 식도락인 셈이다.

어머니가 어린 시절에 귀에 딱지가 앉도록 하던 말씀, "먹을 것을 입에 넣고는 말하지 말거라!" 그렇다, 말은 언제나 나중이다. 하지만 당신에게 주어진 입맞춤은 그 자체로 말해진 것이라 착각한다. 그 때문에, 입맞춤

177

에 대한 평가는 장광설로 이어진다. 프랑스 요리만큼이나 문학적 비평이다. 당신을 황홀하게 만들었던 순간적인 감동의 흔적을 영원히 간직하고 싶은 듯이 끊임없이 무언가에 비교하고 물어 보고 아쉬워하면서, 한시라도 빨리 성찬의 자리를 다시 한 번 마련하고 싶어한다.

성찬의 자리여, 다시 한 번

나는 그녀의 뒤를 따라 올라갔다. 그녀의 새하얀 종아리는
내 뜨거운 눈길에 이렇게 말했다.
"쉿!"
그리고 노래를 했다. 때로는 가지런한 치아를 내보이며
수줍어하는 다이아나처럼, 살짝 깨문 버찌를
내게 내밀어 주었다.
내 입술은 함박 웃음을 짓고, 그녀의 입술을 찾았다.
버찌가 떨어지고, 우리 입술은 하나가 되었다.

— 빅토르 위고, 『명상』

봉긋한 가슴을 가진 요염한 여인에게서 눈길을 뗄 수 없을 때, 멋진 저녁 식사를 한층 멋들어지게 마무리짓는 디저트를 보는 기분이 아닌가! 하지만 졸음으로 구겨진 옷자락 사이로 훔쳐 드는 눈길은 은밀한 구석을 샅샅이 훑으면서, 과수원의 무성한 잎새 사이로 발그스레 익어 가는 과일을 몰래 훔쳐 한 입에 깨물듯이 은근한 즐거움에 젖어 든다.

— 오노레 드 발, 『여성의 우월함』

디저트는 멋졌다. 그 신사들은 멋진 음식에 무척이나 즐거워했다. 하지만 배를 깎아야 했던 사탱은 나중에야 배를 먹기 시작했다. 그 때 사랑하는 여인이 그의 어깨에 살며시 기대오며 목에 대고 무엇이라 속삭였다. 그녀는 사탱이 들고 있던 배의 마지막 조각을 함께 나누고 싶었다. 그녀는 하나 남은 배 조각을 이에 물고 그에게로 내밀었다. 두 입술이 하나가 되어 배를 조금씩 깨물었다. 그런 입맞춤에서 배는 점점 줄어들었다. 그 신사들이 수군대며 비아냥거렸다. 필립은 체면을 차리라고 소리쳤고, 방되브르는 집에 돌아가야겠다고 엉거주춤 일어섰다.

— 에밀 졸라, 『나나』

굶주림

입맞춤은 입에 닿은 것을 한 입에 삼키려는 욕망의 표현에 다름 아니다.

— 카사노바, 『내 삶의 이야기』

옥타브

제발, 마리안, 두 마디만 하겠소! 내 대답은 간단하오 우리 앞에 놓인 저 포도주, 저 포도주에 취하려고 당신이 얼마나 갈구했던가를 생각해 보시오! 당신이 말했듯이, 이 포도주는 하늘의 정령으로 빚어진 것일지도 모르오 그런데 인간이 빚

어낸 포도주가 그녀를 닮았다구요? 농부와 영주의 관계만큼
이나 천양지차일 거요 그녀가 얼마나 제 멋대로인지 생각해
보시오 내 생각이지만, 그녀는 어떤 교육도 받지 않았을 거
요 어떤 원칙에도 얽매이지 않는 여자란 말이요! 단 한 마디
로, 그녀를 수녀원에서 데려 나올 수 있었소 지금도 마찬가
지이지만, 먼지투성이인 채로 수도원을 도망쳐 나와 내게 망
각의 15분을 안겨 주었던 여자였소 죽음과도 같은 망각을
말이요 그 때, 향긋한 다홍색의 밀랍으로 빚어졌던 그녀의
처녀성까지도 먼지로 변하고 말았소 당신에게는 아무 것도
감추지 않으리다. 그녀의 첫 입맞춤은 커다란 횃불처럼 내 입
술을 완전히 태워 버리고 말았소

마리안

그녀가 정말로 그렇게 대단한 여자라고 확신하나요? 당신
이 그녀의 진실된 연인이라면, 그 활화산 같은 입에서 마지막
한 방울까지 핥으려 달려가지 않는 이유가 뭔가요?

옥타브

아니오, 그녀는 그 이상도 그 이하도 아니오 그녀도 자신
에 대해 잘 알고 있을 거요 남자의 갈증을 풀어 주려 이 세
상에 태어난 존재라는 것을!

— 알프레드 드 뮈세, 『마리안의 변덕』

그는 여자에 굶주린 듯 그녀를 껴안았다. 그리고 입술로 그녀의 얼굴과 턱 주변에 정신 없이 입맞춤을 퍼부었다. 광기 어린 입맞춤, 무엇이라도 삼킬 것만 같은 입맞춤이었다. 그녀는 정신을 차릴 수 없었다. 두 손을 늘어뜨린 채, 그의 입맞춤에 무력해질 수밖에 없었다. 어떤 생각도 할 수 없었다. 깊은 혼돈에 휩싸이며 아무 것도 이해할 수 없었다.

그리고 어떻게 되었을까? 정신을 잃었던 까닭인지 그녀는 아무 것도 기억할 수 없었다. 오직 그가 그녀의 입술에 달려들어 우박처럼 입맞춤을 퍼부어 댔다는 기억밖에 없었다.

— 기 드 모파상, 『여자의 일생』

무엇이라도 삼킬 듯한 탐욕스런 입술이 그녀를 욕망의 숨결로 뒤덮었다.

— 에밀 졸라, 『나나』

내 입맞춤은 부드럽고 연약한 살을 찾아다녔다.

— 쥘 로맹, 『육체의 신』

갈증

고독한 삶의 과정에서 입맞춤은 오아시스이다. 세인트 존 퍼스가 "나는 그대 입술에 머무는 여인이요, 갈증보다 새로운 여인이요!"라고 노래했던 것도 같은 맥락이다. 입맞춤은 심장의 박동을 더해 주며, 갑작스레 밀려온 감동의 물결에 전율하는 미지의 구석까지 피로 적셔 준다. 그런 유혹을 이겨 내려면 성 안트완이 되어야 한다. 입맞춤은 영혼의 갈증을 풀어 주고, 천박한 타액의 축축한 교환을 청춘의 샘에서의 고결한 목욕으로 승화시켜 준다. 이 때 시인은 천상의 낙원, 그리고 사랑의 개울이 살랑대며 흘러가는 정원을 아름답게 꾸며 주는 정원사가 된다.

오아시스

  그런데 완전한 사랑은 즐기는 데 있고, 그 즐거움은 육체의 접촉 없이는 있을 수 없으므로, 육체의 접촉은 맛깔스런 면이 있어야 한다. 배가 고프면 먹어야 하고 목이 마르면 마셔야 하듯이, 사랑은 듣고 보는 것으로 만족할 수 없다. 결국 사랑의 갈증은 입맞춤을 비롯한 육체의 접촉으로 해소되는 것이다. 말하자면 비너스의 개입이 있어야 한다.

— 브랑톰, 『바람둥이 여인』

화염에 싸인 도시처럼
불꽃을 옮기는 바람을 타고
내 가슴도 까맣게 타 들어가리라.
참을 수 없는 갈증! 입맞춤에 목말라 한다.

입술에의 입맞춤, 우리 사랑의
보금자리인 입술에의 입맞춤,
환희와 열정으로 채워지리라.

참을 수 없는 갈증! 입맞춤에 목말라 한다.

헤아릴 수 없는 입맞춤, 하지만
누가 입맞춤에 싫증을 내리요
아, 그대! 내 모든 것인 당신!
참을 수 없는 갈증! 입맞춤에 목말라 한다.

입술이 안락을 찾는 감미로운 열매
웃음으로 껍질을 여는 아름다운 열매
그 열매를 내게 주오, 외면치 마시고
난 그 입맞춤을 위해 살리라.

꿈과 소리가 있는 사랑의 입맞춤
부서질 듯 두근대는 내 심장
외면치 마시고 그 입맞춤을 내게 주오
난 그 입맞춤을 위해 죽으리라.

입술에의 입맞춤, 우리 사랑의
보금자리인 입술에의 입맞춤,
환희와 열정으로 채워지리라.
참을 수 없는 갈증! 입맞춤에 목말라 한다.

— 제르맹 누보, 『발렌타인』

오, 입맞춤!
목마른 술잔처럼 입술이 적셔 주는 신비로운 음료!

— 알프레드 드 뮈세

하늘을 쪼개며 녹아 가는 빙하로
거친 파랑이 넘실대듯,
그대 입의 분비물은
잇몸까지 흥건히 적시리라.
나는 보헤미아산 포도주를 마시는 꿈을 꾸리라
쌉쓰레한 승리감.
하늘의 눈물은 내 가슴에
별을 흩뿌려 주리라!

— 샤를 보들레르, 「춤추는 뱀」, 『악의 꽃』

입맞춤 소리

몇 년 전, 현대 음악가 니콜라 프리즈는 팔레 — 르와이알에서 입맞춤을 주제로 음악회 공연을 기획했다. 유행가에서도 노래하고 있듯이, 아주 먼 옛날부터 젊은 여자들이 결혼을 꿈꾸었던 바로 그 왕궁에서! 그 장면을 머릿속으로 상상해 보라. 입맞춤에는 필연적으로 입맞춤 소리가 있게 마련이다. 단번에 열 번의 입맞춤은 단순한 즐거움이거나 변태로 손가락질 받을 수도 있지만, 백 번의 입맞춤이 멋들어지게 조율된다면 하나의 음악이 된다. 입맞춤이 창조해 낸 음악! 그것에는 악보도 있었고, 합창 단원도 있었다. 물론 대중 앞에서의 공연을 위한 리허설까지도 있었다. 콜레트의 망혼들도 그 기회를 놓치지 않고 찾아와서 마음껏 즐거움을 누리지 않았을까? 어쨌든 공연은 대대적인 성공으로 막을 내렸다.

우리가 상상할 수 있는 어떤 형식의 입맞춤에나 소리가 있다. 가족 간의 가벼운 입맞춤도 예외는 아니다. 또한 사랑이 없는 입맞춤이 갖는 특징이 무엇이겠나? 그것도 입술에서 새어 나오는 소리일 것이다. 입술이 마주치는 소리를 표현하려 뭇 작가들이 써먹는 수법, 바로 감격에 겨운 듯한 '으음'이 아니던가. 입맞춤 소리를 작가들이 어떻게 표현했던지 알고 싶은가? 그럼, 앙리 모리에가 쓴 『시학과 수사학 사전』 273쪽을 꼼꼼히 읽어 보라. 모리에는 입맞춤에 대한 사전을 하나의 소설처럼 꾸며 놓았다. 그는 "학수고대하며 기다리던 그 환희의 순간에, 호흡마저 중단된다"고 쓰면서, 우리에게 입맞춤으로 하나가 된 입술이 빚어내는 부드러운 양순음과 미묘한 마찰음을 들려준다. 이쯤에서, 우리는 생각지도 못한 시적 영감이 사전들에 담겨 있다는 사실을 재발견하게 된다.

어쨌든 언어학자 모리에가 입맞춤의 절묘한 소리에 대해 써 둔 것을 읽고 나서, 무한히 다양한 소리를 빚어 내는 입맞춤을 확인하기 위한 실습이 필요한 것이 아닐까! 입술을 뾰족이 내밀고 안겨 주는 입맞춤, 입술을 으깨 버릴 듯한 입맞춤, 사랑을 만인에게 알리고 싶은 듯이 쓰르라미처럼 요란스레 폭포수처럼 퍼붓는 입맞춤…… 사랑하는 연인 간의 입맞춤은 촉촉이 젖은 조그만 소리를 낸다. 혀를 빨아들이는 조용한 속삭임이다. 청각을 곤두세우게 만드는 내밀한 소리이다. 둘만이 알고 있는 비밀처럼, 상대의 입술을 산들바람처럼 간질이는 입맞춤이다. 전화로 사랑을 속삭이는 연인의 입맞춤도 마찬가지이다. 전화로 주고 받는 입맞춤의 달콤한 연극, 사샤 기트리의 『꿈을 꿉시다』는 실제 상황이나 다름없었다. 눈을 감고 귀만 열어 두었다면 깜빡 속았을 것이다. 이제 휴대폰을 이용한 사랑의 입맞춤으로 개작한 현대판 연극을 기대해 볼 차례이다.

이론에서는 어떨까

입맞춤을 분류하자면, 몇 가지 기준을 생각해 볼 수 있다. 먼저 입맞춤이 빚어 내는 소리에 따라서 분류할 수 있을 것이다. 아쉬운 일이지만, 언어는 이런 기준에서 내가 면밀히 관찰한 결과를 표현해 낼 수가 없다. 세상의 모든 언어를 동원하더라도, 내 삼촌의 집에서만 들었던 그 오묘한 차이도 정확하게 분별해 낼 재간이 없다.

기계 장치처럼 요란스런 입맞춤, 휘파람 소리처럼 들리 입맞춤, 파도가 바위를 때리는 듯한 입맞춤, 천둥소리 같은 입맞춤, 금방이라도 숨이 넘어갈 듯한 입맞춤, 동굴 속처럼 쟁쟁대는 입맞춤, 옷자락이 스치는 듯한 입맞춤…… 그 밖에도 접촉의 정도에 따라 입맞춤을 분류할 수 있다. 가령, 살짝 스치는 입맞춤이나 하나로 완전히 포개져 버린 입맞춤이 있을 것이다.

또한 입맞춤의 시간 정도에 따라서도 분류될 수 있다. 하지만 시간에 따른 분류는 또 다른 분류를 가능하게 해준다. 솔직히 말해서, 나에게는 이 분류가 가장 마음에 든다. 말하자면 첫 입맞춤을 다른 입맞춤과 특별히 구분하는 것이다. 이 분류는 다른 분류들과 어떤 상관성도 갖지 않는다. 말하자면, 이 분류는 소리, 접촉, 시간 등에 무관하다. 사실, 첫 입맞춤은 다른 입맞춤들과 질적으로 다르지 않은가. 그런데도 첫 입맞춤을 두고두고 생각하는 사람이 거의 없는 것이 애석할 따름이다.

— 키에르케고르, 『유혹자의 일기』

가사와 선율

그는 그녀의 두 손을 가슴에 꼭 끌어안았다. 그녀의 눈동자를 뚫어지듯 바라보았다. 자이드는 무릎을 기대 오며 불꽃처럼 뜨거운 눈길을 주엘이만에게 던졌다. 그들은 한동안 그런 모습으로 꼼짝하지 않았다. 하지만 누가 먼저랄 것도 없이 욕망의 포로가 되어 서로를 부둥켜안았다. 가슴이 터지도록 부둥켜안았다. 어둠 같은 침묵이 그들만의 세계에 내려앉았다. 그들이 내쉬는 깊은 숨소리, 입맞춤 소리, 그리고 그들의 입술에서 새어 나오는 몽롱한 단어만이 침묵을 휘저을 뿐이었다.

"날 사랑해 주세요!"

"당신을 죽도록 사랑하오!"

"날 영원히 사랑하겠지요"

"아! 내 삶의 마지막 숨결까지 당신, 자이드를 위해 살겠소!"

— 드니 디드로, 『철부지 여인』

살며시 얼굴을 숙이며 그녀는 그와 이마를 맞대었다. 그리고 눈을, 그리고 그의 뺨에 살며시 조심스레 입을 맞추었다. 입술 끝으로 살짝 맞추었다. 그들의 어린 자식이 그렇듯이, 새근대는 숨소리와 함께.

— 기 드 모파상, 『죽음처럼 강하게』

열매, 꽃, 잎새, 그리고 잔가지,
그리고 당신만을 위해 뛰고 있는 내 심장.
당신의 새하얀 두 손으로 내 심장을 상심케 마오
숨막히게 아름다운 당신의 눈에 지금 같은 온유함을 언제까지나 간직하소서.
　이슬에 흠뻑 젖은 채로 당신을 찾아왔소
　아침 바람이여, 내 뜨거운 이마를 식혀 주소서.
　안락을 찾은 당신의 발 아래에서, 내 피로감을
　씻어 낼 소중한 시간을 꿈꾸도록 허락하소서.

　당신의 탐스런 가슴에 내 얼굴을 묻게 해 주소서.
　당신의 마지막 입맞춤 소리를 즐기며
　뜨거운 가슴을 달래게 해주소서.
　안락을 가진 당신 곁에 내가 잠들게 해주소서.

ー 폴 베를렌, 「초록빛」, 『말이 없는 사랑 이야기』

6

달콤한, 너무도 달콤한 입맞춤

달콤한, 너무도 달콤한 입맞춤

입맞춤은 경배를 위한 연습이다. '경배하다 adorer'의 어원이 '입술을 탐하다 ad os portare'이지 않은가. 요즘은 '뼈'를 뜻하는 'os'가 라틴어에서는 입술을 뜻했다. 어원을 찾아 거슬러 올라가 보면, '입 oral'도 같은 뿌리에서 파생되었음이 확인된다.

신이 분노해서 하늘을 이 땅에 떨어뜨리지 않도록 신을 찬양하며 분노를 사지 않으려 애썼던 옛 시절, 신에게 먹을 것을 제물로 바치던 것이 관례였다. 성직자는 갓 준비한 성찬의 음식으로 입을 가득 채우고 신과 교감을 나누었고, 성전에 모인 군중에게 입맞춤하도록 손을 내밀어 주며, 신을 향한 경외심을 더불어 나누었다. 그 때부터, 경배의 입맞춤은 사랑받는 사람을 신격화하는 행위로 해석되었다. 신의 다음 차례는 왕이었다. 왕은 신하와 백성에게 손과 발을 비롯한 신체의 일부, 때로는 화려한 옷자락에 입맞춤하도록 하면서, 그를 향한 경외심을 표현하도록 해주었다. 이런 역사적 관습을 통해서 입맞춤은 조금씩 신성한 모습을 띠어 갔다.

외투의 아랫자락에 입맞춤하는 관습을 아시아의 정복지에서 들여온 사람은 알렉산더 대왕이었다. 당시의 유럽인들은 그런 관습을 달갑게 여기지 않았지만, 대왕의 명령이었기에 싫든 좋든 그 관습을 따를 수밖에 없었다. 이런 관습에서, 입맞춤하는 사람의 사회적 지위에 따라서 환영의 입맞춤이 신체의 아랫부분에서 위쪽으로 올라가는 입맞춤의 리히터 계수가 창안되었다. 또한 발이나 옷단에서 시작하지만, 입맞춤의 대상과 맺고 있는 친밀한 정도에 따라서 무릎, 손, 뺨, 그리고 입술까지 올라가기도 했다. 입술에의 입맞춤이 항상 사랑을 전제로 한 입맞춤은 아니었다. 16세기까지는 일반적으로 모두가 입술에 입맞춤했다. 그런 관습이 엄청난 파국의 한 원인이 아니었더라면, 그 밖의 다른 인사법은 필요치 않았을 것이다. 그러나 흑사병이 1665년 런던을 쑥밭으로 만들어 버리고, 엄격한 도덕성을 강요한 종교 개혁이나 얀세니즘[4]이 세상을 지배하면서, 러시아에서는 최근까지도 꿋꿋하게 지켜 왔던 입술을 맞대는 관습은 사라지고 말았다.

중세 시대의 입맞춤은 강력한 상징성을 띤 행위적 표현이었다. 눈에 하는 입맞춤은 영성을 찬양한다는 뜻이었고, 이마에 하는 입맞춤은 순결과 지성을 염원하는 뜻이었다. 또한 입술에 하는 입맞춤은 마음의 평화를 안겨 주려는 애틋한 몸짓이었다. 물론 심장이 뛰는 가슴에 입맞춤할 수도 있었고, 상대에게 짜릿한 전율감을 안겨 주는 목에 하는 입맞춤은 가장 남성적인 용기를 과시해 보이는 행위의 하나였다. 일찍부터, 인간은 입맞춤을 위해서 신체를 적절히 구분하는 현명함을 보여 주었다. 왕의 입맞춤에서 자상한 왕비의 입맞춤까지, 어떤 차이가 있었을까? 그러나 입맞춤은 왕권의 전유물이 아니었다.

16세기의 시인들은 사랑하는 사람들을 위해서 나름대로 입맞춤할 육체의 부분들을 세심하게 구분하는 열성을 보여 주었다. 그들이 시에 담아 낸 낱말들은 입맞춤을 상징해 주기에 넉넉했다. 얼굴이나 육체에서 입맞춤의 황홀감을 안겨 주는 부분을 정확하게 포착해 내는 주도면밀함을 보였다. 여자의 입, 입술, 이, 혀 등이 매혹적인 시의 주제가 되었다. 수사학자들은 이처럼 전체를 말하려고 부분을 묘사하는 수법에 제유법이란 이름까지 붙여 주었다.

한편 여인들은 입맞춤의 자극을 더해 주는 남성의 콧수염에 맞설 수단을 찾아 나섰고, 입술을 장밋빛으로 때로는 자줏빛으로 칠하기 시작했다. 사랑하는 남자가 엉뚱한 곳에 입맞춤하지 않도록……

봉주르, 봉스와르[15)]

손끝으로 허공에 띄워 보내는 입맞춤은 아주 옛날부터 있었다. 고대 그리스·로마 사람들은 얼굴을 까딱하는 것으로 인사를 대신하는 사람들을 지독히도 경멸했다. 말하자면 이런 식의 인사법은 가장 평범한 인사법이었던 셈이다. 그러나 아침이나 저녁 인사를 대신해서 입맞춤하는 것은 거리감을 없애고, 상대를 내 품에 끌어안으려는 적극적인 의지의 표현일 수 있다. 젊은 층에서, 가벼운 입맞춤은 결코 생략할 수 없는 거의 의무적인 관례처럼 생각된다.

적절한 인사를 위해 허공에 띄워 보내야 하는 입맞춤의 수는 지역이나 가문에 따라 다르다. 한 번, 두 번, 네 번…… 따라서 친밀함이 깊지 않을 때 세 번째나 네 번째 입맞춤이 허공에서 헤매지 않도록 하려면 수수께끼라도 풀어야 한다. 왜냐 하면 상대의 얼굴이 어느새 뒤로 돌아서 있을 것이기 때문이다. 그것만이 아니다. 뺨을 댈 듯 말 듯한 입맞춤의 아련한 흔적도 암호문을 푸는 것만큼이나 난해하다. 이런 입맞춤들은 대부분 허공을 맴돌면서, 상대의 귀를 청아한 소리로 간질여 준다. 그런데 어찌 환영받고 있다고 생각지 않을 수 있겠는가! 하지만 입맞춤을 인사법의 하나일 뿐이라 생각할 때에도, 입맞춤은 두 당사자의 관계를 짐작할 수 있는 척도가 된다.

사랑이 함께 할 때, 입맞춤은 다시 존중의 대상이 된다. 말하자면, 그 상징적 의미를 완전히 되찾게 된다는 뜻이다. 숙면의 밤과 상쾌한 아침을 위한 필수 조건처럼 생각되기 때문에, 입맞춤은 마법사의 주문과도 비슷하다. 밤이면 사랑하는 연인을 모르페우스[16)]의 품에 넘기지만, 아침이면 연인을 가장 먼저 맞이하는 존재가 되려는 입맞춤이다.

마법의 잠에 빠진 여신이여

오, 이 행복! 오, 황홀한 밤이여! 저 침대, 내 몸을 휘감는 환
희의 증거물! 호롱불 빛 아래에서 나누었던 사랑의 어휘들! 그
불빛이 사그라지고, 우리가 치렀던 몸부림! 새하얀 목을 드러
내며 나와 뒤엉켰던 생티, 속옷을 여미며 나를 희롱했던 생티!
밀려오는 졸음이 무거워진 내 눈꺼풀을 한 번의 입맞춤으로
다시 열어 주었던 그녀.

"게으름뱅이, 그냥 잘 거예요?"라고 나에게 속삭였던 그녀.
우리는 서로를 부둥켜안고 얼마나 뒹굴었던가! 우리 입술은
얼마나 오랫동안 하나가 되었던가!

— 프로페르티우스, 『애가 哀歌』

당신을 아침까지 나에게 떼어놓은 귀찮은 인간들에게 저주
가 있으라! 당신을 사모하는 마음으로 내 심장이 터질 것만
같았던 시간, 내 영혼을 쏟아 낼 당신의 가슴, 내 눈길을 받
아 줄 당신의 눈동자, 그리고 내 입술의 갈증을 풀어 줄 당신
의 입술이 너무도 간절했던 시간이었소!

……

당신을 사랑하오. 당신의 발에 입맞춤하고, 당신의 품에 안
겨 잠들고 싶소. 당신의 입술 가까이에서 말하고 싶소. 당신
을 위해서 무엇이라도 할 것이고, 당신에게는 아무 것도 숨
기지 않을 것이요! 내 사랑하는 천사여, 포근히 잠드시오. 내
일을 기약하면서. 내일 아침, 당신을 내 입맞춤으로 깨워 주

리다! V.

— 빅토르 위고, 『쥘리에트 드루에에게 보내는 편지』

잠을 잃은 아름다운 밤, 헐떡임, 흥분에 겨운 오열,
탄식의 한숨,
부드러운 애무, 정열적인 입맞춤, 광기 어린 욕망이
질식시키는 알 수 없는 어휘들!

— 테오필 고티에, 『알베르투스, 혹은 영혼과 죄악』

저녁이면 맑은 호수를 애무하는
하루살이처럼 가벼운 내 입맞춤,
그러나 전차 바퀴나 보습의 날처럼
짙은 흔적을 남기는 당신 연인의 입맞춤.

잔인하게 굽을 씌운 말과 소의
무거운 멍에처럼 당신을 짓누를 그 입맞춤……
이포리트,[17] 내 누이여! 당신의 얼굴을 돌려주오,
당신은 내 영혼이며 내 심장, 내 모두이며 내 절반이요!

하늘과 별로 가득한 당신의 눈동자를 내게 돌려주오!
신비로운 향내, 매력적인 그 시선을 한 번이라도 준다면
어렴풋한 희열로 나는 장막을 걷어 내리다.
끝 없는 꿈속에서 당신을 잠들게 하리다!

— 샤를 보들레르, 「저주받은 여인들」, 『악의 꽃』

사랑하는 여인의 품에서 힘을 잃었을 때,

검은 물결처럼 살랑대며 향기로운 그녀의 머리칼에 묻혀
잠들었을 때,

커다란 그림자를 던지며 자줏빛으로 물든 하늘이

하늘에 흩뿌려진 하얀 별들을 감쌌을 때,

그의 흐릿한 눈빛에서 잠을 쫓은 것은

이슬을 머금고 노래하는 새도 아니었고,

붉게 물든 파도를 때리는 바람도 아니었고,

입맞춤도, 성결한 찬송도 아니었다.

수도승의 해골을 굴리면서, 포효를 터뜨리며

곡예하듯 황금을 물어뜯던 호랑이였다.

— 스테판 말라르메

그녀의 잠든 모습은 내게 말할 수 없는 희열을 안겨 주었
다. 나는 그 희열감을 십 분 이상 억누르고 있을 수 없었다.

마르트의 어깨에 입술을 맞추었다. 그러나 그녀는 깨어나지
않았다. 두 번째 입맞춤, 처음 같은 신중함을 버리고 자명종
처럼 뜨거운 입맞춤이었다. 그녀는 소스라쳐 놀랐다. 눈을 비
비면서, 내게 입맞춤을 퍼부었다. 마치 죽도록 사랑하는 남자
에게 입맞춤하듯 꿈에서 죽었던 남자를 그녀의 침대에서 다
시 찾은 것처럼.

— 레이몽 라디게, 『육체의 악마』

열정으로 내 피가 까맣게 타 버리고,
그대는 사랑으로 내 영혼에 상처를 남겼소
그대의 입술을 내게 주오
그대의 입맞춤은 내게 몰약이며 포도주라오
그대의 얼굴을 내게 기대어 주오
그대가 곤히 잠든 모습에서
밤의 어둠을 쫓아내는 대낮의 즐거운 숨결까지
찾아보리다.

— 푸쉬킨

잠에서 깨어날 때

내 사랑의 여인이여, 일어나시오! 그대는 게으름뱅이,
저 하늘에선 종달새가 상쾌하게 노래하고,
그리고 저기에선 나이팅게일이, 가시나무 위에 앉아,
사랑의 애가를 절규하고 있잖소

어서 일어나시오, 진주처럼 영롱한 이슬이 맺힌 잔디를
새싹이 보석처럼 빛나는 그대의 아름다운 장미나무를
빗물에 젖었던 어제 저녁, 그대가 꿈결 같은 손길을 주었던
그대가 사랑하는 패랭이꽃을 보러 갑시다.

어제 그대는 잠들면서 내게 약속하지 않았던가요,
오늘 아침 나보다 먼저 일어나겠다고

하지만 잠의 신은 아직도 그대를 꿈속에 잡아 두고 있군요

이안! 그대의 게으름을 내가 어찌 벌해야겠소?
그대의 눈에, 그대의 젖꼭지에 백 번의 입맞춤을 하리다.
그대를 아침 일찍 깨울 수 있다면.

— 피에르 드 롱사르, 『마리의 사랑』

  그녀는 잠들어 있었다. 동그랗게 오므린 입술, 꼭 붙인 두
다리, 그러나 바람결에 힐끗 보이는 젖가슴! 그는 곰곰이 생
각에 잠겼다. 다른 여자들처럼 이 여자도 버릴 수 있을까? 그
는 마르트의 머리를 괴고 있던 손을 가만히 빼냈다. 그녀가
눈을 방긋이 뜨며 달콤한 미소를 지어 보였다. 그는 그녀에게
입맞춤해 주며, 충분히 잤냐고 물었다. 대답 대신에, 그녀는
두 팔로 그를 껴안으며 입술에 입맞춤을 해주었다. 뱀의 혀가
되어 그의 입술을 핥기 시작했다. 그는 조금씩 망각의 늪으로
빠져 들었다.

— 조리스 카를 위스망스, 『마르트, 한 여인의 이야기』

입맞춤과 콧수염

  콧수염 없는 남자와의 입맞춤은 치즈가 빠진 성찬에 비유된다. 유행과
시대의 문제이기 때문에 콧수염을 두고 왈가왈부할 필요는 없지만, 때때로 콧
수염은 입맞춤에 새로운 자극제가 되어 그 불편함을 잊게 해주며, 작가들에

게 참신한 소재가 되었다. 입맞춤의 감칠맛을 더해 주는 콧수염, 한 번의 입
맞춤으로 상대의 진심을 당신에게 드러내 주는 콧수염, 이런 콧수염에 대한
글을 읽어 보자. 입술과 얼굴을 간질이는 콧수염으로 입맞춤은 더욱 에로틱한 맛
을 갖게 되지 않겠나.

콧수염이 있을 때

그 냄새가 어떠하던, 내 코밑에 자라고 있는 수염이 자랑스
럽다. 수염으로 덥수룩해질 피부를 가졌기에 더욱 자랑스럽
다. 콧수염이 남자에게 쓸데없이 코끝을 자극하는 냄새를 풍
길 뿐이라고 불평해 대는 사람은 몹시 잘못 생각하고 있는
것이다. 콧수염도 나름대로의 역할을 해내고 있기 때문이다.
특히, 나는 코밑을 덥수룩이 덮은 콧수염을 무척이나 멋들어
지게 이용하고 있다. 장갑이나 손수건으로 콧수염을 비벼 두
면, 하루종일 그 냄새가 내 코끝을 은은히 자극해 준다. 때때
로 콧수염은 내가 다녀온 곳을 은근히 증거해 주기도 한다.
풋풋한 여인과 뜨겁고 끈끈하게 나누었던 달콤한 입맞춤의
흔적이 콧수염에 남으면서, 몇 시간이 지나도록 지워지지 않
기 때문이다.

— 몽테뉴, 「향기」, 『수상록』

기차는 생 제르맹 숲을 지나고 있었다. 놀란 노루 한 마리
가 숲길을 부리나케 뛰어 나는 것이 보였다. 그녀가 창 밖에
눈길을 던지고 있던 동안, 뒤루아는 그녀에게 기대오며 긴 입

맞춤을 해주었다. 목을 살짝 덮은 머리칼에의 입맞춤, 사랑이 듬뿍 담은 입맞춤이었다. 그녀는 한동안 꼼짝 않고 있었다. 마침내 얼굴을 돌리며 조용히 말했다.

"그만하세요, 간지러워요"

그러나 그는 멈추지 않았다. 부드럽게, 떨리는 손길로 그녀를 더듬었고, 그의 콧수염은 그녀의 하얀 살을 간질였다.

— 기 드 모파상, 『벨라미』

젖꼭지가 옷을 뚫고 나올 듯이 봉긋이 드러났다. 그들은 무희들의 치마 속으로 발을 밀어 넣었다. 갑작스레 밀려온 희열에 얼굴을 떨궈야 했을 때, 콧수염도 멀어질 수밖에 없었다. 입맞춤까지도 잃어야 했다.

— 에밀 졸라, 『사냥한 고기』

콧수염이 없을 때

정말, 콧수염이 없는 남자는 진정한 남자가 아닐 겁니다. 나는 턱수염을 그다지 좋아하지 않습니다. 턱수염은 거의 언제나 산만한 느낌을 주지만, 콧수염은 남성다운 용모를 과시하는데 없어서는 안 될 필수 조건이라 생각합니다. 아니, 털솔처럼 입술 위를 덮은 콧수염이 눈을 얼마나 자극하는지, 부부 관계에서 얼마나 필요한 것인지 당신을 상상조차 할 수 없을 겁니다. 나는 콧수염에 대해 많은 생각을 해보았지만,

당신께 감히 내 생각을 전할 수가 없습니다. 하지만 그래도 당신께 말해 보려 합니다. 아주 나지막한 소리로 내 머리에 맴도는 생각을 어떻게 표현해야 할지 모르겠습니다. 너무도 어렵습니다. 때로는 입에 담기 어려운 천박한 낱말이기에, 이 하얀 종이를 더럽힐까 두려울 뿐입니다. 어렵고, 미묘하고, 외설스럽기까지 한 주제인 까닭에, 그 주제에 무리 없이 접근하자면 정교한 연구가 필요할 겁니다.

혹시라도 당신이 내 글을 오해할까 두렵습니다. 부탁컨대, 행간의 뜻을 찾아내도록 애써 주십시오.

어느 날 남편이 콧수염을 밀어 버리고 내 앞에 섰을 때, 나는 어떤 남자라도 이겨 낼 것만 같은 기분이었습니다. 세상에서 가장 매력 있는 남자라는 디동 신부 앞에서도 떳떳할 수 있을 것만 같았습니다! 그리고 남편과 단 둘만의 시간을 갖게 되었을 때, 그 시간은 끔찍한 악몽이었습니다. 오, 뤼시! 콧수염 없는 남자와는 입맞춤하지 마세요! 아무런 맛도 느낄 수 없을 테니까요! 어떤 느낌도 없을 테니까요! 황홀감이나 부드러움조차도…… 후추처럼 매콤한 맛은 더더욱 기대할 수 없답니다. 콧수염은 입맞춤의 맛을 더해 주는 양념과도 같은 것이랍니다.

바싹 마른 입술이 당신 입술을 부벼 댄다고 상상해 보십시오. 촉촉이 젖은 입술이라면 어떻겠습니까? 콧수염을 밀어 버린 남자의 입맞춤, 그런 입맞춤은 당신에게 고통만을 안겨 줄 것입니다.

당신은 내게 이렇게 묻겠지요. 대체 콧수염의 매력은 어디에서 오는 것이냐고? 내가 어찌 알겠습니까? 하지만 대답해 보렵니다. 첫째, 콧수염은 너무도 감미롭게 간질여 줍니다. 입술 앞에서 살랑대는 콧수염 냄새가 온 몸으로 퍼져 나아갑니다. 발끝까지 전해지면서 견디기 힘든 전율감을 안겨 줍니다. 당신 얼굴을 간질이는 콧수염에 당신은 살까지 떨고 말 것입니다. 그 야릇한 자극이 신경에 전해지면서 당신도 모르게 '아!'라고 나지막이 신음하게 될 것입니다. 갑자기 차가운 얼음덩이라도 만진 듯이 말입니다.

그리고 목! 당신 목을 자극하는 콧수염을 느껴 본 적이 있습니까? 콧수염의 애무가 등줄기를 타고 내려와 손가락 끝까지 닿을 때, 당신은 정신이 혼미해지면서 두 주먹을 불끈 쥐게 될 겁니다. 온 몸을 뒤틀고, 얼굴을 절레절레 흔들면서 어깨를 움츠려야 할 겁니다. 그 곳을 당장이라도 벗어나고 싶겠지만, 몸이 말을 듣지 않을 겁니다. 분노까지 느껴질 정도로 음욕에 휩싸이게 될 겁니다. 하지만 당신에게 평생 잊지 못할 쾌락을 안겨 줄 겁니다!

또…… 아, 계속해야 할까요? 당신을 사랑하는 남편이라면, 입맞춤을 묻어야 할 곳을 속속들이 찾아낼 수 있을 겁니다. 여자 혼자서는 짐작조차 할 수 없는 조그만 구석까지 찾아낼 수 있을 겁니다. 하지만 콧수염이 없다면, 그런 입맞춤도 제 맛을 잃고 말 것입니다. 오히려 짜증스런 입맞춤이 되고 말 것입니다! 당신 나름대로 그 이유를 찾아보세요. 내가 아무런 근거도 없이 이렇게 말하는 것은 아닙니다. 콧수염이 없는 입술은 옷을 입지 않는 몸뚱이에 비유됩니다. 옷이 날개라고,

언제나 옷을 입어야 되는 것이 아니겠습니까! 콧수염이 필요
한 이유도 똑같습니다.

창조주(콧수염과 입맞춤을 이야기하면서 달리 어떤 말로 표현하
겠습니까), 창조주께서는 당신 살로 빚어진 사랑의 은신처에
세심하게도 장막을 드리워 놓았습니다. 나는 콧수염이 없는
입을 이렇게 비유하렵니다. 한 그루의 나무도 없이 연못만 외
로이 있는 숲이라고! 그런 연못에서 갈증 난 목을 적시고, 평
온한 꿈나라를 찾을 수 있을까요?

— 기 드 모파상, 「콧수염」, 『비계 덩어리』

장밋빛 입맞춤

『화장 예찬』에서, 보들레르는 이렇게 쓰고 있다. "뒤바리 부인은 왕을
알현하고 싶을 때마다 입술을 붉게 칠했다. 그녀의 뜻을 전하기에 충분한 신
호였다. 그리고 그녀는 문을 닫았다. 그녀가 화장하는 모습에서 왕권의 후계자
는 조금씩 혼돈의 세계로 빠져 들었다." 입술이 붉게 칠해질 때, 그 입술에
서 멀어지고 싶은 사람도 있겠지만 그 입술을 꿈에서도 기억하려는 사람이 있
게 마련이다. 에드가 모랭은 『스타』에서, 조안 크로포드의 진홍빛 입술을 떠올
리며 "끊임 없이 다시 칠해지면서 지나가는 행인까지도 머릿속으로 입맞춤을
꿈꾸게 해주는 입술"이라고 말했다.

입술은 입맞춤을 유혹한다. 입술에 칠해지는 붉은 루즈는 유혹의 색이다.
입맞춤이 있을 때까지, 유혹적인 입술 화장이 지워지지 않도록 만들어진 화장
품, '붉은 입맞춤'을 기억하는 사람이 많을 것이다. 수줍은 여성이나 뜨거운 여
성이나, 입술을 장밋빛이나 붉은빛으로 똑같이 색칠한다. '신성 모독'이라 생

각될 정도로 지나치게 붉은 입술도 없지 않다. 여기에서, 화장은 쾌락의 증거처럼 근본적의 회의를 낳으며 도덕 군자나 자연예찬론자에게 손가락질 받게 된다. 따라서 유행은 언제나 양 극단 사이에서 끊임없이 변해 왔다. 연극 분장에 가까울 정도의 화장에서, 자연보다 더 자연스런 색조의 흐릿한 화장에 이르기까지 아주 다양한 변화를 겪어 왔다. 하지만 무슨 상관인가! 도덕 군자의 고리타분한 말씀은 뒤로 돌리고, 시인들의 목소리에 귀를 기울여 보자. 입맞춤은 원래부터 장밋빛을 띠는 것이라 노래하지 않았던가. 세인트 존 퍼스는 "석류처럼 붉은 살과 선인장 같은 심장"을 강렬하게 꿈꾸지 않았던가. 게다가 아폴리네르를 읽어 가면서, 장밋빛에서 주홍빛까지 입맞춤에 대한 모든 의혹을 걷어 낼 수 있지 않았던가.

화장

여성에게 우아함을 안겨 주는 유일한 색, 그 색은 순수한 붉은 색, 즉 수줍음을 상징하는 색이다. 또한 화가들이 우리에게 안겨 주는 색이기도 하다. 따라서 처녀와 신부를 위한 화장품이 붉은 색인 것은 당연한 귀결이다.

― 그레고리 드 나지안젠

틀림없이 꾸몄을 것이라 착각할 만큼이나 너무도 자연스러울 때, 상큼한 혈색을 한순간에 잃게 될 때, 그림 속의 인물처럼 얼굴빛이 지나치게 붉거나 검푸른 빛일 때, 그런 여인은 결코 남자의 품에 안길 수 없을 것이다.

― 쟝 드 라 브뤼에르

네 입술은 새빨간 실오리, 입은 예쁘기만 하고…….

— 아가 4장 3절

당신의 목을 수정 구슬처럼 돋보이게 해주고,
당신의 두 팔을 매혹적으로 드러내며
당신을 너무도 아름답게 벗겨 낸
그 옷, 내 마음을 온통 사로잡았습니다!

꿀벌의 날개처럼 가냘프고
홍차 색의 장미처럼 산뜻한
그 옷감, 진홍빛 애무를 안겨 주며
당신의 아름다운 몸을 휘감습니다.

은빛 잔물결이
당신의 표피에 미끄러질 때,
옷감은 당신의 살결에
분홍빛 반사광을 안겨 줍니다.

당신의 피부에 맑은 장미 이슬을
섞어 놓은 살아 있는 실,
당신의 살로 빚어낸 듯한
그 이상한 옷이 어디에서 당신에게 왔을까요?

새벽녘의 붉은 빛에서,
비너스의 조개에서,

곧 껍질을 터뜨릴 듯한 젖꼭지에서,
그 미지의 소리가 태어난 것일까요?

수줍은 당신의 붉은 얼굴에서
그 옷감이 물들여진 것일까요?
아닙니다, 몇 번이고 재단되고 물들여진 것입니다.
그 화려함을 당신도 잘 알지 않습니까.

당신을 짓누르는 장막,
예술이 꿈꾸는 현실을 던져 버리고,
보르게즈 공주처럼
당신도 카노바를 위해 포즈를 취하소서.

그 장밋빛 주름은 억누를 수 없는
내 열정이 꿈꾸는 입술입니다.
당신이 입술을 빼앗은 육신에
입맞춤으로 빚어낸 속옷을 입혀 주소서.

— 테오필 고티에, 「장밋빛 치마」, 『에나멜과 카메오』

살로메
 이오카난, 내가 사랑하는 것은 당신 입술이에요. 당신 입술
은 상아탑을 두른 주홍빛 띠와도 같습니다. 상아 칼로 잘라
낸 석류 열매와도 같습니다. 투로스[18]의 정원에 활짝 핀 석
류꽃은 장미보다 붉지만, 당신의 입술보다 붉지는 않을 것입
니다. 아니, 당신의 입술은 압착기 속에서 포도를 밟아 대는

사람들의 발보다 붉을 것입니다. 성전에 둥지를 튼 비둘기의 발보다 붉은 색입니다. 또한 숲에서 사자를 죽이고 황금빛 호랑이를 보고 돌아온 사냥꾼의 발보다 붉은 색입니다. 당신의 입술은 어부들이 석양의 바다에서 찾아내어 왕을 위해 간직하던 산호 가지처럼 붉은 빛을 띠고 있습니다! 아, 당신의 입술은 모아브 사람들이 광산에서 찾아냈지만 왕에게 빼앗긴 주사 朱砂 19)와도 같습니다. 그 주사와 산호의 뿔로 그려진 페르시아 왕의 활과도 같습니다. 이 세상에 당신의 입술만큼 붉은 것은 없을 것입니다. 내게 당신의 입술에 입맞춤하도록 허락해 주세요

이오카난
안 되오! 바비론의 여인이여! 소돔의 딸에게는 절대 허락할 수 없소!

살로메
이오카난, 그래도 난 당신의 입술에 입맞춤하겠어요 죽더라도 당신의 입술에 입맞춤하겠어요!

— 리하르트 슈트라우스 『살로메』,
오스카 와일드의 동명 작품을 각색한 오페라

라이너는 입술에 바른 루즈에서 따뜻한 딸기 맛을 느낄 수 있었다.

— 클로드 클로츠, 「라이너」, 『섬광』

오묘한 농담濃淡 의 차이

그녀가 내게 말했다.
— 뭔가 나를 괴롭히고 있어.
그 때 나는 분명히 볼 수 있었다.
새하얀 그녀의 목을, 그리고 그 위로
붉은 벌레 한 마리를.
16살, 내성적인 소년,
그녀 목에서 벌레보다는
그녀 입술에서 입맞춤을 보았어야 했다.
그러나 조심스럽게 아니면 흥분에 겨워.
어쩌면 조가비였을지도 모른다.
붉은 등에 검은 반점.
꾀꼬리가 우리를 지켜보려
나뭇잎에 걸터앉았다.
그녀의 상큼한 입술이 내 앞에 있었다.
나는 그녀에게 가만히 다가섰다.
그리고 무당벌레를 잡았다.
그렇게 입맞춤을 잃었다.
— 아들아, 내 이름에서 배우거라!
동물은 선하신 하나님의 것이지만,
어리석음은 인간의 몫이다.
푸른 하늘의 벌레는 이렇게 말했다.

— 빅토르 위고, 『명상』

입맞춤! 애무의 정원을 수놓는 접시꽃!
건반처럼 가지런한 이에서 영혼의 뜨거운 만남
음악처럼 울리는 감미로운 입맞춤, 성결한 입맞춤
비길 데 없는 환희, 필설로 다할 수 없는 황홀함
안녕! 사랑스런 육체에 묻힌 남자
결코 고갈되지 않을 행복에 취해 가리라

— 폴 베를렌, 「일 바치오」, 『사투르누스의 시』

작은 미치광이, 나비가 날아간다.
푸른 벨벳처럼 보드라운 날개를 펴고,
사랑의 보금자리, 장미의
꽃부리에 입술을 맞춘다.

— 스테판 말라르메, 『시집』

뜨거운 입맞춤

블라종은 시인의 입맞춤이다.[20] 뜨겁고 떨리는 입맞춤이다. 그런 입맞춤을 찬양하려, 사랑하는 여인의 얼굴과 몸을 구분하는 수고를 마다하지 않았다. 입맞춤을 정신적 결합으로 승화시키려는 노력이었다. 이 때 입맞춤은 입술만이 아니라 육체의 모든 부분을 포괄하면서, 모든 열정을 쏟아 붓게 만든다. 그래서 폴 엘뤼아르는 '결합의 입맞춤'이라 말하지 않았던가. 이런 식으로 접근할 때, 입술은 그 어느 때보다도 육감적이고, 반항적이며, 뜨겁게 변한다. 한 마디로, 가장 탐스런 입술이 된다. 마치 혀를 함께 나누는 입맞춤 그리고 입맞춤의 제전을 유혹하듯이!

블라종

입술! 너로 인해, 야만적 정신이 아름다운 예술을 터득하며
문명의 정신을 얻을 수 있으리라.
너로 인해, 우리는 두려움에 몸서리치며 냉담한 영혼에
너그러운 열정의 불꽃을 당길 수 있으리라.
너로 인해, 우리는 눈가의 슬픔을 씻어 낼 수 있으리라.
……
너로 인해, 우리 정신은 하늘에서 새로운 시작을 가질 수
있으리라.
너로 인해, 우리는 신 중의 신의 분노를 잠재우고,
성실한 사람들의 탄식을 뜨거운 합창으로
이 땅에서 별들이 총총한 창공까지 보낼 수 있으리라.
너로 인해, 우리는 전능한 신을 찬양할 수 있으리라.
그 때 우리 언어는 활이 되고, 우리 정신은 나팔이 되리라.

　　　　　　　　　 — 기욤 드 살뤼스트 뒤 바르타스, 『일 주일』

아름다운 입술, 축복 받은 입술,
단정하고 해맑은 입술, 산호처럼 새빨간 입술,
부드러운 입술, 탐스런 얼굴.
모두가 동경하는 입술,
내가 당신의 입술을 처음 가졌을 때,
난 완전히 취해 버렸소, 조금도 거짓이 아니오
감미로운 희열에 젖게 하고, 커다란 안락감을 안겨 주는

당신과의 입맞춤.
그러나 당신의 목소리를 들었을 때,
나는 대기를 타고 들려 오는 주노의 명령을
미네르바의 수다를 들었소
내가 사랑하는 입술,
당신이 증오하고픈 입술,
생사를 주관하는 입술,
모든 이를 구원할 수 있는 입술,
언제나 변함 없고, 언제나 진중한 입술,
모든 고통을 씻겨 주려
입맞춤을 갈구하는 입술,
원하기에 앞서 기꺼이 주는
웃음진 입술, 매혹의 입술.
당신이 입맞추고 싶은 입술,
당신께 입맞춤하고픈 이가 누구겠소?
내 입술이 안식을 찾는 입술,
칭찬의 언어만이 숨쉬는 입술,
내 불꽃 같은 열정을 식혀 줄 수 있는
유일한 것을 안겨 주는 입술.
동그랗고 포동포동한 입술,
적절한 낱말로 위안을 주는 입술,
만남의 시간이 길어질수록 욕심나는 당신,
멀어질수록 그리워지는 당신,
당신의 아름다움에 내 모든 것을 바치리다.

하지만 행복한 입술, 성실한 입술이여
이제 내 청을 들어주오
......
하나의 반점도 없이 깨끗한 입술,
내게는 새하얀 상아처럼 보이는 입술,
사랑스럽고 아름다운 만큼
누구에게나 충실한 입술,
더 이상 나무랄 데가 없는 입술,
"나는 당신을 위한 입술이에요,
당신은 나를 위한 심장이니까요!"
오직 내게 이렇게만 말해 주는 입술.
당신의 고통을 달래고 싶은가요,
그럼 내게 입맞춤하소서.
아, 입술이여! 내게 입맞춤해 주오,
침묵으로 그대의 생각을 속삭여 주오
정신에서, 영혼에서, 육체에서
어떤 희망도 없이 내가 물려받은 악을
선이 이겨 낼 때, 그런 때가 아니더라도
적절한 낱말로 위안을 안겨 주며
또 다른 역할을 멋지게 해내는 입술이여,
죽어 가면서야 가질 수 있는
영원함을 안겨 주는 입술이여!

　　　　　　　　　　　　　　　－ 빅토르 브로도, 『시집』

감미로운 미소를 머금은 주홍빛 입술,
달콤히 속삭여 주는 입술,
어떤 언어로도 표현해 낼 수 없는 입술,
너무도 우아한 곡선을 그리는 입술.

세상 모두가 경탄하는 입술,
오직 신을 위해서만 존재하는 입술,
오직 말해야 하는 것만을 말하는 입술,
눈보다 더 말이 없는 입술.

달콤한 숨결을 내쉬는 입술,
진주로 가득히 영롱한 입술,
그렇기에 입맞춤을 외면하는 입술,

입술, 입술 중의 입술,
우리에게 영혼을 선물한 입술이여,
난 그대에게 말하리라, 입맞춤하라고!

― 이삭 드 벤스라드, 『시집』

우리에게 최고의 희열을 주는 것은 낯설고 새로운 것이 아니라, 정겨움이 있는 습관적 행위이다. 잠시 후, 나는 마르트의 입술에 익숙해질 수 있었다. 그 때부터 그녀의 입술이 없이는 이 세상을 살아갈 수 없을 것만 같았다.

― 레이몽 라디게, 『육체의 악마』

혀를 나누는 깊은 입맞춤

뜨거운 숨결, 네 혀로 내 혀를 밀어낼 때에도
내게는 감미로운 사랑의 몸부림일 뿐이구나.

— 클레망 마로

잠자리에서의 춤, 노래, 향락 어린 몸 장난,
그리고 입안에서 씨름하는 두 혀.

— 조아생 뒤 벨레, 『회한』

그대의 어여쁜 화덕을 마음껏 파헤치고 싶소
내게는 불꽃, 죽이면서 살려야 할 불꽃이 있기 때문이오
그대의 깊은 영혼까지 간질여 주고 싶소
달콤한 살덩이로 그대에게 죽음 같은 희열을 안겨 주고 싶소

내 여인이여, 새로운 소일거리를 함께 만들어 봅시다.
헛된 유희만을 노래하는 음유 시인은 멀리 날려 버리고
그대와 나는 영주와 귀부인이 되어,
입술을 포개고, 밀고, 넣고, 당기는 멋진 놀이를 해봅시다.

나는 뜨겁게 헤집고 다니리다.
우리 다리는 서로를 휘감고, 우리 입술은 하나가 되리다.
우리 혀는 몸서리치면서 서로를 적셔 주리라.

— 마르크 드 파피용 드 라스프리즈

사랑이 절정에 이를 때, 여자는 밀려오는 황홀감으로 바늘에 찔린 듯이 부르르 떤다. 노도처럼 퍼붓는 입맞춤에 여자는 입술을 살며시 열게 된다. 격정적인 흥분을 더 이상 이겨 낼 수 없다. 그 때 두 연인의 혀는 서로를 찾게 되고, 하나가 되기를 원하면서 뒤엉키게 마련이다. 이 때 입을 크게 벌리고 깊은 입맞춤을 하게 되면 희열의 정도를 더욱 증대시킬 수 있다. 끝이 다가오면, 여자는 밀려오는 쾌감에 숨을 헐떡인다. 사랑의 숨결과 뒤섞인 가쁜 숨을 몰아쉰다. 입술을 스치는 입맞춤에도 숨이 막힐 듯한 희열에 잠기며, 좀더 깊은 입맞춤을 갈구한다. 호흡과 입맞춤이 뒤섞이면서, 심장에서 시작되는 호흡이 된다. 한편 남자도 입맞춤의 포로가 된다. 깊은 입맞춤에 남자도 뜨거운 흥분감을 이겨 내지 못한다. 더구나 입술이 가슴을 더듬을 때, 셔츠까지 찢어 내며 입맞춤을 맞이할 것이다.

― 아쉴 타티우스, 『두 입맞춤』

입맞춤의 제전

　　빛과 향,
　　사랑의 원소들이 신비롭게
　　흘려 내리는 극치의 분비물에
　　우리 행복한 가슴을 적시리라.
　　당신을 짓누르는 걱정을 씻어 낼 때

내 고뇌가 잊혀질 때,
나는 당신을 위한 별이 되리라.
태양은 당신의 연인이 되리라.
우리는 꽃잎에 입술을 기대며
우리 뜨거운 열정을 전하리라.
그 때 우리 입술은
햇살의 입맞춤을 느끼게 되리라.

— 빅토르 위고, 『명상』

오! 진주 껍질을 깐 내 침대로 와주오,
내 두 팔이 파도처럼 그대를 감싸 주리다.
타액, 그 알싸한 맛을 씻어 내고
그대의 입술에 꿀물을 흘려 주리다.

좀처럼 달랠 수 없는 바다,
그 파랑波浪이 우리 얼굴을 때릴 때,
우리는 내 입술로 빚은 술잔으로
폭풍처럼 격렬한 망각을 마시리다.

촉촉한 목소리가 그 푸르스름한 시선을 두고
그렇게 말할 때,
내 가슴은 위험한 파도에
빠져 들며, 처녀막을 파괴하리다.

— 테오필 고티에, 「짙은 청색」, 『에나멜과 카메오』

216

횃불처럼 타오르는 그대의 눈동자에 이끌려,
나는 내려간다, 그래, 그대의 영혼을 찾아 내려간다……
펄럭이는 주름 사이로 살짝 열린 그대 치마 틈새로
그대의 살결은 때때로 강렬한 빛을 던지고,
욕망의 불길이 꿈틀대는 육감적 향내가
모닥불의 연기처럼 나를 향해 뭉실 대며 다가온다.
천천히 감기는 그대의 눈에 나는 조금씩 취해 가고,
그대의 하얀 이에서 입맞춤의 꽃을 꺾으리!

        — 알베르 사맹, 『황금 마차』

내 입술이 그녀의 입술을
만났기에, 입을 다물리라.
덧없는 말들이 침묵 속에 잠들고,
내 꿈을 배신하는 어떤 것도
보여 주지 않으리라.
……
내 이성마저 마비되어 버린
지극히 행복한 꿈에 젖어,
냉철한 생각은
아예 잊고 말리라.

그녀의 따뜻한 입술, 그녀의 흐릿한 눈동자가
내게 안겨 준 현기증에
격랑의 포로가 되리라.

내게 밀려오는 격렬한
감정의 물결은 어디에서 오는 것일까.
하지만 내가 아니면 그것을 누가 알리요…….
그것이 마법의 입맞춤이었던 것을!

— 샤를 크로, 『백단향 보석 상자』

입술 가에서

  셔츠 칼라나 욕실의 거울에 남겨진 입술 자국처럼, 입술은 종이 위에도
입맞춤의 흔적을 남긴다. 입맞춤을 향한 뜨거운 찬가는 사랑의 무기가 된다.
알베르 코엥은 『영주의 여인』에서 "하나가 된 입술과 혀, 그것은 젊음의 언
어!"라고 노래했다. 깔끔하고, 육감적이고, 수다스럽고, 맛깔스럽고, 웅변적이
며, 금새 녹아 버릴 듯한 여인의 입술, 그 입술은 남자에게 진실을 고백하게
만들고, 끝 없는 희열을 함께 나누게 만든다. 입맞춤의 환희로, 입술은 무상 無
上 의 행복을 찬양하는 것이다.

그 흔적

  잔가지 아래로, 새벽이 모든 것을 깨우는 아침,
  조용한 푸른 하늘에, 새들이 지저귀는 소리,
  봉긋이 열린 그대의 입술에 입맞춤할 수 있는 시간,
  나를 짓궂다 생각하겠지만, 쌍둥이 같은 내 두 팔로
  그대의 상아, 그대의 장미에 마음껏 입맞춤할 수 있는 시간,

그 시간이 다시 올 수 있을까요?

— 피에르 드 롱사르, 『엘렌을 위한 소네트』

시골의 장사꾼에게 파리에서의 2주일이 어떤 것인지 잘 알지 않습니까? 당신 피를 뜨겁게 끓게 만들고 말 겁니다. 저녁을 밝히는 화려한 조명, 옷자락을 스치는 여인들, 정신을 산란하게 만드는 유혹들……. 점점 미치광이가 되어 갑니다. 얇은 옷을 입은 무희들, 가슴을 드러낸 여배우들, 탐스런 다리, 풍만한 어깨 따위만이 눈에 들어올 뿐입니다. 손을 뻗으면 내 것으로 만들 수 있을 것 같지만, 감히 건드려 볼 엄두조차 낼 수가 없습니다. 또한 변변찮은 음식은 기껏해야 한 두 번, 언제나 진수성찬입니다. 언제나 두근대는 가슴으로 흥겨운 기분에 들떠서, 당신의 입술을 간질여 줄 입맞춤을 기대하면서 어딘가를 찾아가게 됩니다.

— 기 드 모파상, 『어리석은 여자에 대한 이야기』

그 느낌

장밋빛의 목깃이
내 입술에 주어질 때,
그대의 눈은 천천히 시들어 간다,
눈꺼풀을 반쯤 접으며.

내 영혼을 가득 채운 열정에
내 영혼은 녹아 가고,
해일처럼 밀려오는 환희에
힘 없이 무릎을 꿇는다.

내 입술이 그대의 입술을 찾아갈 때,
내가 그대의 바로 곁에 있게 될 때,
그대의 향기로운 숨결에서
나는 그대의 꽃을 꺾으리다.

두 혀가 즐거움을 찾아
촉촉한 유희로 하나가 되어
그 향긋한 신음 소리가
내 감미로운 열정을 달래 줄 때,

나는 크나큰 행복에 겨워,
신들과 식탁을 함께 하는 기분이리라.
신들이 빚어낸 달콤한 음료를
맛있게 천천히 마시리라.

최상의 행복에 버금가는 행복을
그대가 내게 허락하고서,
내 사랑의 여인이여, 더 큰 행복을
내게 안겨 주려는 이유가 무엇인가요?

감당할 수 없는 즐거움이

나를 신으로 만들까 두려운가요?
당신을 버려 두고 영원한
행복을 찾아갈까 두려운가요?

아름다운 여인이여, 두려워 마오
그대가 어디에 있더라도
내 하늘 같은 여인이여, 내가 죽는 날까지
내 낙원은 당신의 품이리다.

— 조아생 뒤 벨레, 『농촌의 풍경』

그대가 눈을 감을 때, 꿀처럼 달콤한 그대의 입술에서
그대와의 입맞춤에서, 그대를 더욱 잘 알게 되겠죠
그대의 애정 어린 애무에 응답 못 하는 것은
짙은 황홀감이 내 이성을 빼앗고 내 육신을 마비시키고,
내 피가 거꾸로 돌면서 심장을 빠져 나가
살이 떨리고 이가 마주치는 강렬한 한기 때문입니다.

— 쟝 리쉬팽, 『애무』

길고 곱슬대는, 때로는 검고 때로는 붉은
그대 칼을 위로, 아래로,
살며시 씹어 보리다. 그리고 긴 목을
여기 혹은 저기 — 너무도 멋진 향연!

가녀린 혹은 도톰한 그대의 입술에서

목을 축이리다, 입술에서!
환희를 찾아가리다,
악마에게로, 신에게로!

— 폴 베를렌, 『살』

입맞춤의 지극한 행복

신이시여, 내 여인의 아름다운 눈에
입맞춤하고 싶습니다. 내 입술로
그녀의 황금빛 머리칼을 고이 씹어 주고 싶습니다.
조그만 두 하늘 위로 흥겹게 휘날리는 머리칼을!

— 피에르 드 롱사르, 『사랑』

행복하겠죠, 그대 입술에서 새어 나오는 한숨은
(그대를 이처럼 한숨짓게 하는 것이 있단 말이죠!)
행복하겠죠, 그대가 호흡하는 맑은 공기는
행복하겠죠, 그대의 숨결이 뒤섞이는 바람은.

행복하겠죠, 동양의 진주로 빚어낸 화관을 쓴 채로
그대의 얼굴을 수놓은 미소는,
행복하겠죠, 그 발그스레한 루비 안에
하염없이 붙들려 있는 침묵마저도

행복하겠죠, 아름다운 장밋빛 입술, 그대를 보는 사람은,

행복하겠죠, 그대의 입술이 열릴 때 그 향을 함께 하는 사
람은,
더더욱 행복하겠죠, 당신의 품안에서 열정을 달랠 수 있는
사람은!

유난히 도드라져 보이는 입술,
하지만 그 때문에 나는 그 입술을 더욱 사랑합니다.
입맞춤하기에 더욱 쉬울 테니까요!

- 비오 달리브레

7

입맞춤의 유령

입맞춤의 유령

입맞춤은 로마신화에서 두 얼굴을 가진 신으로 유명한 야누스의 형제뻘이다. 입맞춤은 사랑하는 연인에게 생명의 기운을 불어넣어 부활시킬 수도 있지만, 연인에게 치명적인 상처를 안겨 줄 수도 있다. 때때로 사랑은 좀처럼 치유될 수 없는 상처를 남기기도 한다. 입맞춤은 사랑이 공개적으로 남기는 상처이며, 사랑의 가공할 무기이기도 하다. 사랑을 독점하려는 욕망이 커져 갈 때, 입맞춤은 의혹과 질투라는 독물을 한 방울씩 떨어뜨리며, 사랑하는 것을 집어삼키고 질식시키며 피를 빨아먹는 흡혈귀로 변해 간다. 따라서 모든 것이 입맞춤을 죽음이란 진실과 장미의 유령에게로 끌어간다. 입맞춤에서 벗어나려는 안간힘은 헛된 몸부림에 불과할 뿐이다. 삶이란 허울에서 쇠락은 피할 수 없는 것이다. 이처럼 입맞춤은 두려운 것, 죽음을 안겨 주는 것이다. 망나니가 되어 죽음의 춤을 춘다. 흡혈귀들이 벌이는 광란의 입맞춤, 불륜의 춤으로 늙은 헤롯왕에게 세례 요한의 목을 얻었던 살로메의 유혈 낭자한 입맞춤, 유다와 오델로의 사악한 입맞춤…… 이런 입맞춤으로 이별의 축제는 시작된다!

숙명의 입맞춤

입맞춤, 그것은 여자의 숙명이다. 입맞춤이 사랑의 시작인가 아니면 사랑의 끝인가에 따라서 사랑의 미약 媚藥 이거나 치명적인 독약이 된다. 한 번의 입맞춤으로 죽은 사람을 되살릴 수도 있고, 멀쩡한 사람을 죽음으로 몰아갈 수도 있다. 유리디케는 오르페우스의 뒤를 따라 죽음의 구렁텅이에서 빠져나온다. 그러나 오르페우스는 아내에게 입맞춤하려고 뒤돌아보아서는 절대 안 된다는 조건을 지켜야 했다. 그러나 그 입맞춤을 향한 욕망을 견디어 낼 수 없었다. 입맞춤, 단 한 번만! 사랑하는 여인의 품에 다시 한 번 안기고 싶다는 생각, 치명적인 실수였다! 결국 오르페우스는 한 번의 입맞춤 때문에 영혼을 잃고, 불행히도 맹수들에게 던져져 최후를 맞아야 했다. 시인은 그렇게 죽었다. 그의 육신이 세속의 욕망에 굴복하고 말았다. 유리디케를 찾지 말았어야 했다. 공동 묘지에서는 입맞춤하지 말라! 오르페우스의 전설이 우리에게 가르쳐 주는 교훈이다.

사랑의 상처

아아! 그녀는 내 가슴을 갈가리 찢어 버렸다.
칼이 아닌, 증오나 도덕심이 아닌,
주홍빛 입술의 입맞춤으로!

― 클레망 마로, 『롱도』[21]

죽음은 벼락처럼 갑작스레 닥쳤다. 마지막날 밤, 그의 여인은 깊은 희열에 온 몸을 던졌고 뜨거운 포옹에 정신을 잃어 갔다. 밀물처럼 밀려오는 환희에 그녀의 심장도 견딜 수 없었던 것일까. 그녀의 입술이 갑자기 촉촉이 젖으며 칙칙한 자줏빛으로 변했다. 그녀는 말할 기운도 없었던지 흐릿한 미소를 남편에게 던지며 작별의 입맞춤을 끝내자, 긴 속눈썹이 죽음의 장막처럼 그녀의 검은 눈동자를 덮었다.

— 오귀스트 빌리에 드 릴 아담, 「베라」, 『잔혹한 이야기』

엷은 황갈색 눈빛을 가진 천사처럼
난 그대의 침실로 돌아가리라.
그대를 향해 소리 없이 다가가리라.
밤의 그림자가 내릴 때.
그 때 그대에게 드리리라, 내 검은 여인이여
달빛처럼 차가운 입맞춤을,
묘혈 근처를 기어다니는
뱀의 애무를!

— 샤를 보들레르, 「유령」, 『악의 꽃』

입술! 입술!
죽음에 다가가는 입맞춤,
입술, 죽음처럼 깊은 사랑의 보금자리.

— 알베르 사맹, 『황금 마차』

맹독성의 입맞춤

줄리엣
당신 입술에 입맞춤하겠어요. 당신 입술에 묻어 있는 독,

그것이 내 목숨을 앗아가겠지만,
당신과의 입맞춤으로 나는 다시 살아날 거예요
(줄리엣이 로미오에게 입맞춤한다)
……

로미오
내 사랑을 위해서라면! (그는 독을 마신다)
그대는 정직한 약제사,
그대의 약은 정말 신속하군요, 한 번의 입맞춤으로 죽음이
나를 찾아왔소

— 윌리암 셰익스피어, 『로미오와 줄리엣』

달콤하면서도 잔혹한 입맞춤, 네가 평온을 구하는 꽃잎 아
래로 불에 그을린 흔적을 감춘 너! 부드러움 속에서 고통을 안
겨 주는 너! 나를 삼킬 듯한 열정을 네가 달래 주기를 바랐건
만, 너는 내 소망을 배신하고 내 뜨거운 열정에 오히려 불을
붙이는구나. 사랑의 감로 甘露 에 숨겨진 독기운이었을까? 열정
의 갈증에 목말라 하며 나는 네게서 상쾌한 이슬을 간구하고
생명의 기운을 마시려 하지만, 죽음이 내 혈관을 흐르는구나.

— 기사 마랭, 『모순되는 것들』

아, 쥘리! 대체 어떻게 한 거요? 대체 무슨 짓을 한 거요?
당신은 내게 상을 안겨 준다면서 지옥의 나락으로 던져 버렸
소. 무엇인가에 취한 기분, 아니 조금씩 미쳐 가는 기분이요

230

그 죽음의 입맞춤에 감각이 사라지고, 깊은 혼돈에 빠져 들고 말았소 내 고통을 달래 주겠다던 당신, 하지만 잔인한 여자! 당신은 고통만을 더해 주었소 당신 입술에서 독을 마셨을 뿐이요. 그 독이 불씨가 되어, 내 피를 태우고, 내게 죽음의 고통을 안겨 주고 있소 당신의 연민이 나를 죽음으로 내몰고 있소,

아, 꿈 같던 순간, 환희와 마법이 어우러졌던 시간, 결코 잊혀지지 않을 그 시간, 내 영혼에서 당신은 절대 지워지지 않을 거요! 쥘리, 당신의 마법이 내 영혼에 새겨지고, 혼돈에 휘말린 내 가슴이 감동과 탄식에 몸부림칠 때, 당신은 내 인생의 고문이며 행복일 것이요

— 쟝 자크 루소, 『쥘리, 혹은 다시 태어난 헬로이즈』

부드럽고 부드럽게,
눈부시게 아름다운
갓 피어난 그 입술로
네 독액을 내게 불어넣어라, 내 누이여!

— 샤를 보들레르, 「밝고 명랑한 여인에게」, 『악의 꽃』

아! 휘청대는 영혼에게
당신의 입맞춤은 그 영혼을
더욱 취하게 만드는 몰약이리라.

— 쥘 라포르그, 『애가 哀歌』

그녀와의 입맞춤에서 처음으로 야릇한 맛을 느꼈던 그날부터, 내 동물적 본능은 피와 석회로 뭉쳐진 무엇인가가 내 몸에 들어왔다고 알려 주었다. 나는 살아 있지만, 강렬하고 예민한 독극물과 같은 것에 중독된 채로 지내야 했다.

— 카미유 르모니에, 『사랑에 빠진 남자』

밤이면 하나의 입술이 되어
미친 듯한 입맞춤으로
잠자리를 구기는
두 연인처럼,
성합聖盒에 새겨진 얼굴이여,
내 가슴에 얼굴을 묻고
그대의 위험한 사랑을 고백하라.

— 알프레드 자리, 『기억의 사막에서의 순간들』

최후의 입맞춤

아, 쓰라린 절망감과 무력감! 하염없이 흘러가는 세월의 무게에 짓눌린 고통! 내 삶의 조각들을 산더미처럼 모아 놓고, 나를 삼켰던 커다란 불길을 그 얼어붙은 유물에 불어넣고 싶었는데! 밤이 점점 깊어졌다. 영원히 이별해야 할 시간이 다가오는 것을 느낄 수 있었다. 한때 내 사랑을 독차지했던 그녀의 핏기 없는 입술에 입맞춤하고픈 욕망을 이겨 낼 수 없었다. 한없이 보드라운, 그러나 지독히도 슬픈 입맞춤이었다. 아, 기적! 가느다란 숨결이 내 숨결에 마주쳐 왔다. 클라리몽드의 입술이 내 입술에 흐릿한 반응을 보였다. 그녀의 눈이 살포시 열리며 엷은 빛을 쏟았다. 깊은 한숨을 내쉬었다. 팔짱 낀 팔을 풀면서, 내 목을 둘러 왔다. 부드럽게, 너무도 부드럽게!

"아, 로뮈, 당신이군요."

힘 없는 목소리였지만, 하프의 여운처럼 감미로움이 느껴지는 목소리였다.

"대체 당신이 어떻게 한 거죠? 당신을 기다리다 지쳐서, 나는 죽었는데요. 이제 우리는 장래를 약속한 거예요. 언제라도 당신을 만나러 당신 집으로 달려갈 수 있을 거예요. 안녕, 로뮈, 안녕! 당신을 사랑해요! 내가 얼마나 이 말을 하고 싶었는지 아시나요? 당신이 입맞춤으로 잠깐 동안 내게서 빼앗아 갔던 내 생명을 당신께 다시 돌려 주겠어요."

— 테오필 고티에, 『죽음 같은 사랑』

"마리에트, 그가 올 거라고 생각해?"

"부인, 제발 주무세요, 잠깐만이라도 눈을 붙이세요!"

"그래, 잠을 자겠어. 꿈에서라도 그를 만날 수 있다면."

누군가 계단을 올라오는 소리가 들렸다. 죽어 가던 여인이 나지막이 말했다.

"아, 그 사람일 거야."

벌써 무덤의 나비가 찾아온 듯, 그녀의 입술은 은은한 미소를 띠고 있었다.

여왕을 대신해서 어린 시동이 공작 부인에게 잼, 비스킷, 그리고 사랑의 묘약을 은쟁반에 가져 왔다.

그녀는 꺼져 가는 목소리로 말했다.

"아, 그는 오지 않을 거야. 그는 오지 않을 거라고! 마리에 트, 저 꽃 한 송이를 가져다 주겠니? 그 꽃향기를 맡으면서, 내 사랑의 증거로 그 꽃에 입맞춤하고 싶구나!"

몽바종 부인은 두 눈을 꼭 감고, 한동안 꼼짝하지 않았다. 사랑의 향내에 취해 죽은 것일까? 그녀의 영혼을 히아신스 향기에 실어 보낸 것일까?

　　　　　　　— 알로이시우스 베르트랑, 「몽바종 부인」, 『밤의 가스파르』

어느 날, 그녀는 다시 성문을 조용히 열었다. 그녀의 입술로 내 입술을 살며시 물었다. 그 신비로운 순간, 그녀와 나는 아무 말도 할 수 없었다. 나는 하염없이 눈물을 쏟았을 뿐이었다. 잘 길들여진 사자처럼 내 살은 그녀의 손길에 내맡겨졌다. 그녀의 입맞춤은 뜨거운 밀랍처럼 내 몸을 자극했다. 그 입맞춤에, 나는 붉은 죽음의 세계로 빠져 들었다.

　　　　　　　— 카미유 르모니에, 『사랑에 빠진 남자』

헛되도다, 헛되도다

　죽음으로 입맞춤은 덧없는 사랑이 되어 간다. 허무 혹은 덧없음! 그것은

17세기 바로크 시대의 화가들이 영원한 것이라 생각하며 캔버스에 담으려 했던 주제들 — 사랑, 풍요, 음악, 문학 — 이 갖는 속성이기도 하다. 그들은 이런 덧없음을 상징하는 여러 모습을 상상해서 캔버스에 담았다. 가령, 금방이라도 깨질 것 같은 가는 유리 줄, 배경에 그려진 해골들의 춤, 미녀의 거울 속에 비친 사자 死者 의 얼굴. 어쨌거나 예술은 입맞춤을 표현해 내려 온갖 노력을 다했고, 어느 정도 성공을 거두었다. 문학과 영화에서, 입맞춤은 클라이맥스를 장식한다. 한편 조형 예술은 입맞춤의 장면을 조각해서, 그 장면, 다시 말해서 입맞춤의 덧없음을 강조해 보인다. 1967년, 앤디 워홀은 30분짜리 무성 영화에서 독특한 입맞춤 장면을 선보였다. 나중에, 앤디는 그 『키스』에서 작품의 한 단면을 뚜렷이 특징지워 주는 일종의 허무를 찾아볼 수 있었다고 고백했다. 예를 들어, 입술을 유난히 새빨갛게 칠한 마릴린 모로의 얼굴을 연속적으로 촬영했을 때, 한 순간 그 얼굴이 죽음의 얼굴과 다름없다는 깨달음이 있었다는 것이다. 말하자면, 환희에 찬 여배우의 얼굴은 순식간에 지워져 버릴 것이기에 결국 죽음이 드리워진 얼굴이란 뜻이다.

　　어떤 사랑도 없이 여자의 몸을 돈으로 사는 행위를 비난하는 것 역시 덧없는 짓이다. 1977년 '파리 현대예술 국제전'에서 처음 시연된 오를랑의 『예술의 입맞춤』을 생각해 보자. 높은 의자에 앉아서, 벌거벗은 상체 사진으로 몸을 가리고, 거의 황홀경에 빠진 쉴피스회의 성녀를 묘사한 성화로 햇빛을 가린 오를랑은 행인에게 5프랑의 기부금을 요구하며 그 대가로 입맞춤을 주었다. 1989년 인쇄되어 세상에 발표된 포스터에서, 이 행위 예술은 '예술은 우리 이에 촉촉한 물을 안겨 준다'는 제목으로 소개되었다. 하지만 의문은 계속된다. 돈으로 팔고 사는 입맞춤은 얼마나 될까? 때로는 그렇게 보이지 않는 것까지 포함한다면. 영화에서는 쟝 뤽 고다르 감독이 있다. 입맞춤하는 남녀를 필름에 담는 있지만 얼마나 진실이 담긴 입맞춤일까? 그의 말대로, "입맞춤을 어떻게 하는지 것인지조차 나는 아직 정확히 모르고 있다"는데……

조각은 더욱 파괴적이다. 조각가의 손에서 입맞춤은 순간적으로 포착된 모습으로 굳어진다. 최고의 조각가, 로댕의 『입맞춤』도 경이로운 작품이기는 하지만, 무덤을 둘러싼 대리석판처럼 차가울 뿐이다. 그렇다, 입맞춤은 하나의 예술, 즉 문학이다. 회화, 조각, 영화, 행위 예술, 문학은 다른 형태로 표현하고 있지만, 그 근본에서 똑같은 이야기를 하고 있다. 조금만 자세히 들여다본다면, 모든 예술 형식이 죽음을 말하고 있음을 알 수 있다. 우리에게 얼굴을 찌푸리게 만들고 두려움에 우리를 얼어붙게 만드는 죽음, 그러나 입맞춤이란 부드러운 탈을 쓰고 있는 사랑의 죽음이다. 정확히 말하면, 우리 사랑을 향한 사망 선고이다.

최후의 시간에

그녀는 그를 가만히 껴안았다. 그리고 그의 곁에 누워서, 그의 입술과 얼굴에 입맞춤했다. 몸과 몸이, 입술과 입술이 하나가 되었다. 그녀는 조금씩 정신을 잃어 갔다. 그의 곁에서, 그녀는 온 몸을 압박하는 고통에 죽어 갔다.

— 크레티앵 드 트루아, 『트리스탄과 이졸데』

목마를 때, 그는 입맞춤하겠죠
그의 입술에서 내 영혼은 사그라들면서,
나는 그렇게 죽어 가겠죠, 하지만 살아 있는 것보다 행복하겠죠

— 루이즈 라베, 『소네트』

연못아, 한 아이가 우연히 네게 입술을 박고 죽었구나,

맑은 물에 비친 너무도 아름다운 얼굴을 보고
순진하게도 입맞춤하려던 것이었을까.
그 때 목동들의 피리가 석양에 구슬피 노래했고,
한 소녀가 장미를 꺾으며 눈물을 흘렸고,
저 멀리서 걷던 사내는 피로감에 휘청댔다.
어둠이 내렸을 때, 새들은 초원을 날았고
과수원에서, 잘 익은 열매들이 가지에서
하나씩 떨어졌다, 벌써 검게 변해 가던 잔디 위로
나는 누군가를 언뜻 보았다.
이 시간에, 거울을 사랑한 소년이
네 안에서, 네 입술에 입맞춤하고픈 열정에
죽어 갔던 것일까? 아, 연못아!

                              — 앙리 드 레니에

우리 둘뿐이었습니다. 뤼시를 내 눈에 담았습니다.
그녀의 사랑이 메아리가 되어 우리 안에서 살랑대는 듯했
습니다.
그녀는 얼굴을 무겁게 내게 기대 왔습니다.
그대의 가슴에서, 데스데모나[22]의 구슬픈 하소연을 들었던
것입니까?
그대는 눈물을 지었습니다. 그대의 사랑스런 입술에
내 입술이 포개지는 것을 허락해야만 했습니다.
내 입술은 그대에게 크나큰 아픔이었습니다.
내 입맞춤은 아무런 감정도 없는 차가운 입맞춤이었습니다.

그리고 두 달 후, 당신은 무덤에 누웠습니다.

아, 내 청순한 꽃이여! 당신은 그렇게 사라졌지만,

당신의 죽음은 살아 있는 것보다 내게 더욱 편안한 미소였습니다.

그렇게 당신은 하나님에게 되돌아갔습니다.

— 알프레드 드 뮈세, 「뤼시」, 『새 시집』

장미의 유령

순결한 꿈에 젖은 당신의 눈꺼풀,

눈을 뜨세요,

나는 당신이 어제 무도회에 꽂고 갔던

장미의 유령이랍니다.

분무기의 은빛 눈물 방울은

아직도 진주 구슬처럼 내 몸에 영롱하답니다.

별들이 총총하던 축제의 장,

저녁이면 당신은 나와 함께 산책을 하였잖아요

아, 내게 죽음을 안겨 주었던 당신,

그 죽음을 멀리 쫓아낼 수 없었던 당신.

이제 장미의 유령이 되어 버린 나, 밤이면

당신의 머리맡에서 춤을 추겠지요

하지만 두렵지 않아요 나를 위한

기도, 나를 위한 내면의 고백도 원치 않겠어요
그 옅은 향내가 바로 내 영혼이랍니다.
내가 낙원에서 왔다는 증거랍니다.

내 운명이 부럽겠지요
이처럼 아름다운 운명이라면
이까짓 생명쯤이야 무엇이 아깝겠어요
당신의 품이 바로 내 무덤일 테니까요
나는 시인이 되어
하얀 대리석 위에 입맞춤으로
이렇게 쓰겠어요 어떤 왕이라도 부러워할
장미가 여기에 누워 있다!

　　— 테오필 고티에, 「장미의 유령」, 베를리오즈의 오페라 『여름밤』으로 개작

커다란 유리 천장이 씌워진
둥근 천장에서 유령처럼 튕겨 나왔건만,
씁쓰레한 밤 시간을 덧없이
그 목소리는 침묵으로 보내고 말았다, 그저 잊혀진 채로

나는 생각한다. 두 입술,
그 남자와 내 어머니의 입술은
결코 키메라[23]를 위한 축배를 들지 못했을 것이라고,
나는, 저 차가운 천장에 맴도는 공기의 요정!

목을 축여 주는 어떤 액체라도 받아들이는 깨끗한 그릇이

건만,

　혼자의 삶은 무궁한

　고뇌를 안겨 줄 뿐 달랠 길이 없구나.

　순진한, 하지만 더더욱 음울한 입맞춤!

　어둠 속의 장미 한 송이

　그 장미의 존재조차 알리지 못하는 숨소리.

─ 스테판 말라르메, 『시와 소네트』

무덤 아래에서

망자亡子

　헛것을 보는 것일까? 그토록 꿈꾸었던 이 밤, 첫날밤, 마침
내 첫날밤을 맞은 것일까?

　이것은 내 첫날밤을 맞을 침대.

　신랑이 젊음의 향내로 신부의 아름다움을 꺾게 될 시간, 신
부의 이마에 오렌지 화관24)의 잎새를 떨구어 줄 시간!

벌레

　오, 하얀 망자여! 오늘밤은 유난히 길 것 같군요!

　죽음이 당신을 나의 영원한 약혼녀로 안겨 주었습니다.

　당신의 침대, 그것은 당신의 무덤입니다.

　개가 달을 보고 짖을 시간, 창백한 흡혈귀가 어슬렁대며 먹
이를 찾는 시간, 까마귀가 내려오는 시간입니다.

망자

내 사랑, 드디어 오셨군요! 시간이 벌써 그렇게 되었나요. 당신의 굳센 두 팔로 나를 꼭 껴안아 주세요. 난 두렵답니다. 괜스레 추워지는군요.

당신의 입술로, 차가워진 내 입술을 따뜻하게 해주세요.

오, 빨리 오세요! 당신을 위한 자리를 따로 마련해야겠군요. 이 침대는 너무 좁잖아요!

벌레

정확히 말하면 길이 160센티, 폭 65센티일 겁니다. 게다가 그 잠자리는 몹시도 딱딱합니다. 신랑은 가지 않을 겁니다. 신랑에게는 당신의 소리가 들리지 않을 겁니다.

신랑은 축제를 즐기며 마냥 웃고 있을 겁니다.

자, 이 곳에 당신의 머리를 대고 편히 쉬도록 하세요.

당신의 두 팔을 다시 접도록 하세요.

망자

그럼, 이 촉촉한 입맞춤, 아무런 숨결도 느낄 수 없는 이 입맞춤은 대체 뭔가요?

입술이 없는 이 입은 인간의 입이 아니던가요?

살아 있는 입맞춤이 아니던가요?

정말 놀라운 일예요! 오른쪽에, 왼쪽에, 정말 아무도 없네요.

내 뼈는 두려움에 바스락대고, 내 살은 큰 바람에 흩날리듯 떨고 있어요.

벌레

이 입맞춤, 그것은 내가 당신께 안겨 준 입맞춤입니다. 나는 땅 속에 사는 벌레랍니다. 놀라운 기적을 완성하려 당신을 찾아왔습니다.

이제 내가 당신을 가지렵니다.

이제 내가 당신의 신랑입니다. 영원히 당신께 충실한 신랑이 되렵니다.

부엉이가 흥겹게 날개짓하며 우리의 하나됨을 축복해 줄 겁니다.

망자

아! 누군가 이 묘지 앞을 지나간다면!

내 관 뚜껑을 이마로 부딪쳐 보았지만 소용이 없군요. 관 뚜껑이 너무나 무거워요!

나를 파묻은 묘지 인부도 이제는 편히 자고 있겠죠. 이 깊은 침묵! 이제 쓸쓸한 길을 떠나야 하는 건가요! 내 목소리마저 무겁게 울리는군요.

벌레

당신의 상아 같은 팔을 내게 주오, 당신의 새하얀 목을 내게 주오,

당신의 매끈한 허리, 당신은 탐스럽게 곡선을 긋는 아름다운 엉덩이를 내게 주오.

당신의 앙증맞은 발, 당신의 야리한 손, 당신의 입술을 내게 주오. 당신이 수줍음으로 사랑하는 남자에게 거절했던 첫

입맞춤을 내게 주오

망자

이제 끝났어! 모든 것이 끝났어! 그가 내 몸에 들어왔어! 따끔한 입술이 내 허리에 커다랗고 깊은 상처를 남기고 말았어!

— 테오필 고티에, 『죽음의 유희』

죽음의 입맞춤

"모두가 들을지어다. 우리 모두가 사랑하는 사람을 죽이고 있다! 얼음처럼 차가운 눈빛으로 죽이는 사람들, 달콤한 속삭임으로 죽이는 사람들, 비겁하게 입맞춤을 무기로 삼는 사람들, 용감하게도 칼을 휘둘러 대는 사람들이 있다. 또한 음탕한 손길로 사랑을 목 조르는 사람, 황금빛 손톱을 멋진 칼인 양 휘둘러 대며 사랑을 목 조르는 사람. 죽음이 신속하고 효과적으로 사랑의 열기를 식혀 주기 때문이리라!"

사랑에 담긴 이런 살인적 특성을 오스카 와일드의 『리딩 감옥의 발라드』만큼 투철하게 표현해 낸 글을 어디에서 찾아볼 수 있을까?

살로메의 입맞춤

복수심! 살로메는 복수심의 화신이었다. 그녀는 근친 상간을 벌인 어머니, 헤로디아드의 꼬임에 넘어가 순수한 입맞춤을 더럽히고 말았다. 헤로디아드는 어린 딸을 유혹해 흉폭한 헤롯왕 앞에서 춤을 추게 했다. 그녀의 아름다운 모습에 매료된 헤롯은 그녀가 원하는 것이라면 무엇이든 들어주겠다고 약속한다. 어머니의 복수심이 마침내 목표를 성취하는 순간이었다. 근친 상간이란 파렴치한 범죄를 저지른 어머니를 가차 없이 비난했던 세례 요한, 어머니의 목표는 세례 요한의 목이었다. 살로메는 그것을 분명히 알고 있었다.

오스카 와일드의 원전을 각색한 슈트라우스의 오페라에서, 세례 요한은 감옥을 찾아온 살로메에게 입맞춤하기를 거부한다. 슈트라우스는 살로메의 입맞춤을 신성 모독이라 해석했던 것이다. 그 때부터 헤로디아드의 복수는 살로메 복수가 되어 버렸다. 결국 세례 요한 두 번 죽어야 했다. 헤로디아드의 복수심에서, 그리고 고통으로 신음하는 얼굴에 무자비하게도 죽음의 입맞춤을 주었던 살로메의 복수심에서!

아! 이오카난, 당신은 내가 당신 입술에 입맞춤하기를 허락지 않았습니다.
하지만 이제 당신께 입맞춤하겠어요
농익은 열매를 깨물듯, 내 이로 당신 입술을 깨물겠어요
그래요, 당신 입술에 입맞춤하겠어요, 이오카난.
당신께 말했잖아요
당신께 그렇게 말했잖아요!
당신께 그렇게 말했어요
아! 아! 이제 당신 입술에 입맞춤하겠어요…….

아! 이오카난, 마침내 당신 입술에 입맞춤했어요
당신 입술에 입맞춤했다구요
당신 입술,
너무도 매운 맛이었습니다.

244

피 맛이었을까요?
하지만 사랑의 맛이었을지도 모르죠.
사랑은 맵다고 하니까요.
하지만 무슨 상관이겠어요? 어떤 맛이라도 개의치 않겠어요.
난 당신 입술에 입맞춤했어요, 이오카난.
당신 입술에 입맞춤했다구요!

— 리하르트 슈트라우스, 『살로메』,
오스카 와일드의 동명 작품을 헤드비그 라흐만이 각색한 오페라

그녀는 항상 두 손에 소반을 들고 다녔습니다.
세례 요한의 머리가 담긴 소반을,
그녀는 그 얼굴에 입맞춤했습니다. 그렇습니다,
그녀는 그 죽은 얼굴에 뜨거운 입맞춤을 주었습니다.

— 하인리히 하이네, 『아타 트롤』

흡혈귀의 입맞춤

나비의 날개에 살짝 스치듯이
입술에 닿을 듯 말 듯한
유럽식 입맞춤은 달콤할 뿐이건만,
그녀는 그 입맞춤에 갈증을 더할 뿐.
온전히 하나가 된 입술로 손가락 끝까지
남자의 영혼을 빨아들인다.

— 루피누스[25], 『그리스 사화집』

그녀가 내 뼈의 골수까지 마셨을 때,
나른해진 난 그녀를 향해 얼굴을 돌렸습니다
그녀에게 사랑의 입맞춤을 하려 이제 내게는
근질대는 허리만이 남았습니다, 득실대는 이 때문에!

— 샤를 보들레르, 「흡혈귀의 변신」, 『악의 꽃』

그는 그녀의 손에 입맞춤했다. 거듭해서! 그녀의 볼과 그녀의 입술 끝에도 입맞춤했다. 이제 그는 작심한 듯이 눈물을 닦았다. 작별의 시간이었다. 문 앞에서, 그는 그녀를 안았다. 두 팔로 가득 그녀를 안았다. 그녀의 이마에 입술에 붙이고, 그를 향해 품고 있는 그녀의 사랑을 한 방울도 남기지 않고 모두 빨아들이려 했다.

— 기 드 모파상, 『죽음처럼 강하게』

그러나 어느 날 나는 무관심한 척하면서, 그녀와 입술을 나누었던 남자들에 대해 물었다. 내 질문에 그녀는 웃음을 터뜨렸고, 곧바로 내 입술을 덮치며 나를 침묵으로 몰아넣었다. 내 입술에 포개진 그녀의 입술은 하나의 신비로움이었다. 커다란 돌판이 짓누르고 있는 깊은 무덤과도 같은 것이었다.

그날 나는 아무 것도 알아낼 수 없었다. 밀랍처럼 뜨겁게 흘러내리는 그녀의 입맞춤은 내 입을 닫고, 내 정신적 고뇌를 잊게 해주기에 충분했다. 그러나 며칠 후, 나는 그녀와의 육체를 탐했던 다른 남자들과의 사랑에 대해서 다시 물었다. 이번에도 그녀는 웃음을 터뜨리며 입술로 내 입을 닫으려 했다.

하지만 그녀의 타액이 내 입술을 적시는 순간 내 용기마저 식어 갈 것이란 사실을 분명히 깨달았기에, 나는 얼굴을 돌려 버렸다. 그러자 그녀는 두 손으로 내 얼굴을 꼭 붙잡고, 내게 뜨거운 욕망의 숨결을 뿜어 댔다. 나도 모르게 분노가 끓어올랐다. 그녀의 하얀 목을 물고 말았다. 핏방울이 침대 시트를 붉게 물들였다.

"당신을 사랑의 환희로 죽였던 놈들의 이름을 말해! 그놈들 이름을 가르쳐 줘! 오드, 제발."

징그러운 거머리처럼 꿈틀대는 입술. 그랬다, 그녀의 입술은 거머리처럼 집요했다. 가볍게 떨리는 모습이었다. 하지만 핏방울이 맺힌 목의 상처에도 불구하고, 그녀는 다시 소리를 죽여 가며 웃었다. 그리고 얼굴이 백지장처럼 창백해지고 눈꺼풀까지 떨어 대며 말했다.

"손가락으로 헤아릴 수 없이 많았어요, 하지만 모두 잊었어요!"

— 카미유 르모니에, 『사랑에 빠진 남자』

어느 날 아침, 나는 그녀의 침대 맡에 앉았다. 한시도 그녀 곁을 떠나고 싶지 않아 아침 식사까지도 조그만 식판에 준비하도록 일렀다. 과일을 깎으면서 정신을 딴 곳에 팔았던지 나는 손가락을 깊이 베이고 말았다. 곧장 피가 자줏빛 그물처럼 손을 적셨고, 몇 방울이 클레리몽드의 얼굴에 튀었다. 그녀가 눈을 떴다. 예전에는 전혀 볼 수 없었던 강렬하고도 야만적인 희열에 들뜬 표정이었다. 동물처럼 민첩하게 침대에서 뛰쳐나와 내 상처를 향해 달려들었다. 원숭이, 아니 고양이가 그랬을까? 여하튼 그녀는 말로 표현할 수 없는 환희에 찬 모습으로 내 피를 빨아 대기 시작했다. 조그만 입으로 천천히 정성껏 내 피를 마셨다. 세레스, 아니 시라큐즈산 포도주를 음미하는 감식가처럼! 그녀는 졸린 듯한 눈을 깜빡거렸다. 초록빛 눈동자의 동그란 동공이 길쭉한 타원으로 변해 갔다. 가끔씩 입을 떼고 내 손에 입술을 맞추었고, 입술처럼 벌어진 상처에 그 입술을 눌러 오며 다시 붉은 핏방울에 빨았다. 피가 멈추고서야 그녀는 얼굴을 들었다. 촉촉이 젖은 눈이 유난히 반짝거렸다. 5월의 새벽보다 발그스레한 얼굴, 촉촉한 온기가 느껴지는 손, 그 어느 때보다 아름답고 건강하게 보였다.

그녀는 내 목에 기대오며 여전히 희열에 젖은 목소리로 속삭이듯 말했다.

"나는 죽지 않을 거예요! 절대 죽지 않을 거라구요! 이렇게 당신과 사랑을 나누며 영원히 살 거예요. 이제 내 목숨은 당신 거예요. 내 모든 것이 당신 거예요. 당신의 따뜻하고 고결한 핏방울이 내게 다시 생명을 주었어요. 세상의 어떤 묘약보다 소중하고 약효가 있었던 거예요."

— 테오필 고티에, 『죽음 같은 사랑』

당신이 나를 체포할 때, 내 곁에 있었던 아리안, 창백한 얼굴의 아리안은 자수처럼 아름다운 여인이었습니다. 그 때문에 그녀는 죽어야 했습니다. 그 때문에 나는 작별해야 했습니다. 나는 그녀를 뜨겁게 사랑했습니다. 자그마했던 그녀, 거무스

름한 피부, 날개처럼 생기가 넘치던 손가락, 그녀의 입맞춤은 바늘처럼 날카로웠고, 그녀의 애무는 자수처럼 가슴을 뛰게 했습니다.

내 아리안을 비단처럼 보드랍게 별 주고 싶다는 생각, 죽음의 지옥에서도 나를 사랑하게 만들겠다는 생각이 불현듯 떠올랐습니다. 나로서는 당연한 생각이었습니다. 내 머리를 맑게 해주는 생각이었습니다. 나는 잠시도 지체할 수 없었습니다. 그녀가 내 가슴에 얼굴을 기대며 잠들었을 때, 나는 그녀의 반짇고리에 두었던 비단 끈으로 조심스레 그녀의 목을 둘렀습니다. 그리고 천천히 힘을 주며, 그녀와 마지막 입맞춤을 나누고 마지막 숨결까지 마셨습니다.

입술을 맞대고 있던 우리, 당신은 그런 우리를 보았을 겁니다. 내가 미쳤고, 그녀가 죽었다고 생각했을 겁니다. 그녀가 영원히 내 곁에 있고, 영원히 변함 없는 사랑을 내게 약속했던 것을 몰랐기 때문이겠죠. 그녀는 거미 요정 아르크네입니다. 내 침대 위에 거미줄을 잣는 거미를 보았던 순간부터, 그녀는 언제나 내 곁을 떠나지 않았습니다.

첫날밤, 그녀는 긴 줄을 타고 내게 내려왔습니다. 그녀는 내 가슴에, 내 심장이 있는 바로 이곳에 입맞춤을 해주었습니다. 나는 불덩이가 떨어진 듯한 고통에 소리를 질렀습니다. 그리고 우리 입술은 한동안 떨어질 줄을 몰랐습니다. 모든 세계가 침묵의 나락으로 던져진 것 같았습니다. 둘째 날 밤, 내 가슴에 무릎을 조아린 그녀는 조그만 손으로 내 입을 막았습니다. 심장까지 타 들어가는 긴 입맞춤으로 그녀는 내 살을 씹고 내 피를 빨아, 나는 그만 혼절의 미망에 빠져 들고 말았습니다. 셋째 날 밤, 그녀는 끝이 보이지 않는 실로 내 목을 감았습니다. 나는 바닥을 알 수 없는 희열감에 그녀의 입술을 찾았습니다. 그녀의 입술을 터지도록 핥았습니다. 그 때 그녀는 살며시 내 품을 벗어나 보드라운 입술로 내 귀를 간질이며 나지막이 속삭였습니다.

"저는 거미 요정, 아르크네에요!"

……

지금도 아르크네의 두 무릎이 내 옆구리를 간질이고, 지금도 내 피가 쿨럭대며 그녀의 입술을 찾아가는 것을 분명히 느낄 수 있습니다.

— 마르셀 슈보브, 『두 마음』

그러나 주변에 깔린 향내, 그 흐릿한 한숨들이 녹아 있던 향내, 그 향내는 인간의 냄새이었고, 사랑의 향기였다. 르네의 목덜미에 입을 맞추었을 때, 그녀의 넘실대는 머리칼에 얼굴을 묻었을 때, 막심은 그 향기를 분명히 맡을 수 있었다. 이 땅을 잉태시킨 여인의 규방처럼, 온실에 감도는 그 사랑스런 여인의 향내에 그들은 흠뻑 취하고 말았다. 평소처럼 두 연인은 마다가스카르의 상록수 탕기니아 아래에, 풋풋한 젊음을 발산하는 여인이 잎새를 즐겨 씹던 그 독살스런 나무 밑에 누웠다. 그들 곁으로는 하얀빛에 에워싸인 조각상이 거대한 녹음 속에 감추어진 두 연인을 지켜보며 은근한 웃음을 지었고, 달마저도 변덕스런 빛의 서러움을 더했다.

250

파리에서 천리 먼길을 떨어진 곳, 불로뉴 숲과 살롱에서의 안락한 삶을 떠나서, 낯선 인도의 숲에서, 검은 대리석으로 빚은 스핑크스가 신처럼 추앙 받는 기괴한 성전의 한 구석에서, 그들은 범죄의 나락으로 떨어지는 기분이었다. 저주받은 사랑을 즐기고 온순한 야생 동물로 변해 가는 기분이었다. 그들을 둘러싼 군생들, 분지의 나지막한 수군거림, 헐벗은 나목들의 추잡스러움까지 그들을 뜨거운 열정에 휩싸이게 만들었다. 12월의 차가운 냉기에 사라져 버렸던 강렬한 여름의 불길이 되살아난 그 유리 울타리 안에서, 그들은 불륜을 맛보았다. 지독히도 뜨겁게 달구어진 대지가 잉태한 범죄의 열매를 맛보듯, 그들의 동침에 흐릿한 두려움을 느껴야 했다.

허리를 쭉 펴고 두 팔을 앞으로 내민 커다란 고양이처럼 웅크리고 있는 르네, 그녀의 검은 피부가 하얗게 빛났다. 그녀는 끓어오르는 희열을 이길 수 없는 듯, 무릎을 심하게 떨고 있었다. 뚜렷이 드러난 어깨선과 허리의 곡선은 숲길의 노란 모래까지 검게 물들이는 검은 점박이 고양이가 분명 아니었다. 막심을 애타게 기다리던 그녀는 온 몸을 내던지며, 그와 하나가 되었다. 때로는 미친 듯이 입맞춤을 퍼부었다. 성곽의 측보에 새겨진 중국의 부용 芙蓉[26] 처럼 커다랗게 입을 벌리고 달려들었다. 무엇이든 삼켜 버릴 것만 같은 새빨간 입술이었다. 그녀는 더 이상 온실에서 애태우던 수줍은 소녀가 아니었다. 커다란 접시꽃의 붉은 꽃잎 같은 그녀의 입맞춤, 금새 시들어 버리지만 끊임없이 다시 피어나는 접시꽃 같은 입맞춤, 죽음을 안겨 주는 메살리나[27]의 탐욕스런 입술을 떠올려 주는 접시꽃 같은 입맞춤이었다.

— 에밀 졸라, 『사냥한 고기』

유다의 입맞춤

유다의 입맞춤은 예수를 도살장으로 끌고 갔다. 오델로의 질투심은 입맞춤과 시퍼런 칼로 데스메모나의 목숨을 끊어 놓았다. 좀더 자세히 들여다보면, 유다의 입맞춤과 오델로의 입맞춤은 죽음이란 공통점을 갖는다. 오델로의 질투심은 유다의 질투심을 새로운 시각에서 설명해 준다. 말하자면, 유다의 배신은 일종의 자살이었으므로 이중 살인이었다. 결국 오델로와 유다의 입맞춤은 두 사람, 즉 희생자와 살인자 모두에게 죽음을 안겨 주었다. 두 경우 모두에서, 희생자에게 주어진 죽음의 입맞춤은 살인자에게도 죽음을 안겼다. 유다의 입맞춤은 배신의 상징이 되었고, 오델로의 입맞춤은 질투의 상징이 되었다. 두 입맞춤이 똑같은 결과에 이른 것이다.

최근에도 역사는 어김없이 되풀이되었다. 1989년 베를린 장벽이 무너지기 몇 주 전, 미하일 고르바초프 대통령이 호네이커 대통령의 입술에 소비에트식으로 입맞춤했을 때, 그 입맞춤은 독일민주공화국(동독)의 몰락과 동시에 고르바초프 자신의 정치적 자살을 의미한 것이었다.

친구의 질책은 충정의 증거이지만, 적의 입맞춤은 속임수이다.

— 구약성서, 「잠언」

내가 장미를 꺾게 되면,
생명의 기운을 발산하면 성장할 수가 없겠지.

그저 시들어 죽는 수밖에! 저 호리한 줄기 위의 꽃잎을 마시고 싶구나. (그는 그녀의 입술에 입을 맞춘다)

오, 향긋한 냄새, 정의의 가슴에도 그 칼을 버리도록 유혹하는구나! 입맞춤, 이런 입맞춤을 영원히 간직할 수 있다면!

그대가 죽어서도 이런 풋풋함을 간직할 수 있다면, 당장에 이 칼로 그대를 죽이고

그 후로 그대를 영원히 사랑해 줄 텐데……. 다시 한 번 입맞춤. 그래, 마지막 입맞춤을!

이처럼 달콤한 것이 어찌 죽음을 불렀단 말인가. 눈물이 쏟아질 것만 같구나,

하지만 난 잔혹한 눈물을 흘리리라, 내 슬픔을 하늘은 알아주리라.

사랑에는 슬픔이 따르는 법! (그녀가 잠에서 깨어난다.)

……

그대에게 입맞춤을 해주리다. 그리고 그대의 목숨을 취하리다. 그밖에 다른 길이 없소

그대에게 입맞춤해 주고 나도 죽으리다. 내 생명까지 버리리다.

— 윌리엄 셰익스피어, 『오텔로』

안녕, 안녕

이별의 입맞춤은 후세를 위한 작은 몸짓이다. 여러 종류의 이별이 있다. 가슴에 회한을 남기는 영원한 이별, 삼박자 리듬의 감동이 은근히 밀려오며

가슴을 저미지만 이성을 잃지 않으려 애쓰는 이별, 또한 느낌표와 물음표로 가득한 이별처럼 운명적인 하소연으로 점철된 서정적인 이별, 마지막 입맞춤의 비장한 감동과 지순한 낭만을 간직한 이별, 그리고 완전한 이별과 그에 비슷한 이별들이 있다.

끝을 알리는 종소리…… 무수한 낱말들로 장황하게 묘사된 문학보다 영화가 훨씬 멋들어지게 표현한다. 영화 포스터에서 입맞춤은 결코 빠뜨릴 수 없는 장면이다. 주인공의 편력과 불행이 어떠하든 간에, 포스터는 '해피엔딩'을 암시하면서 관객들에게 세상의 어떤 시련이라도 맞설 수 있다는 용기를 안겨 준다. 영화에서 끝 장면의 입맞춤이 재회를 상징할 때에도 이별의 입맞춤과 비슷하다. 관객에게는 '안녕'이라 말하기 때문이다. 관객의 기억에 완전히 각인시켜, 주인공들이 똑같은 포즈로 다른 의상을 입고 다른 배경에서 출현하게 될 다음 영화의 포스터와 끈끈히 연계시켜 주는 『해피엔딩』의 결정판인 마지막 장면이 하얀 은막으로 변하기 전에, 영화는 이별의 입맞춤을 관객에게 던져 주는 것이다. 이제 영화의 입맞춤은 동화의 '해피엔딩', 즉 '두 남녀가 입맞춤을 나누고, 행복해 하면서 많은 자식을 낳았다'를 현대판으로 재해석한 모습이다. 따라서 입맞춤은 관객에게 기대감을 안겨 준다. 다음 번에 전개될 이야기를 열심히 상상하게 하면서!

영화의 입맞춤은 언제나 옆모습이다. 두 남녀가 얼굴을 비스듬히 기울이며 입술을 맞춘다. 거의 언제나 오른쪽에 위치한 남자의 얼굴이 여자의 얼굴, 유난히 작게 보이는 얼굴을 향한다. 살포시 열린 두 입술이 금방이라도 하나로 포개질 것만 같다. 마침내 하나가 된 두 입술은 야릇한 소리를 낳고, 감동에 젖어 든다. 적어도 영화 속의 주인공들은 그렇다. 하지만 조그만 화면이 때로는 그 효과를 반감시킨다. 이별에 상상의 날개를 달아 주려면 널찍한 공간이 필요하다. 특히 텔레비전이란 조그만 틀에 갇혀 버릴 때, 입맞춤은 선박의 갑판 위에 내려앉는 보들레르의 알바트로스처럼 "그 거대한 날개 때문에 움직이기조차 불편하구나!"

삶과 죽음

난 이제 뼈만 남았습니다. 나는 해골이나 다름없습니다.
살도 없고, 신경도 없고, 근육도 없고, 맥박도 없는 해골,
가차 없는 죽음의 흔적에 짓눌린 나,
두 팔을 볼 때마다 두려움을 떨칠 수가 없습니다.

아폴로와 그 아들, 두 위대한 주인이 힘을 합해도
나를 치유할 수 없었습니다. 그들의 뛰어난 솜씨도 내게 실
망을 안겼습니다.
저 환한 태양과도 이별, 내 눈을 채우게 될 뱃밥,
이제 내 몸도 떨어져야 합니다, 모든 것이 재로 변하는 곳
으로

그 황량한 곳에 나뒹구는 나를
슬픔에 젖은 눈으로, 안락한 집으로 옮겨가
침대에 눕히고 내 얼굴에 입맞춤해 주며

깊은 잠에 빠진 죽음처럼 눈물로 얼룩진 내 얼굴을 씻겨 줄
친구가 있을까요?
친구들이여 안녕, 사랑하는 친구들이여 안녕,
내가 먼저 이 땅을 떠나, 그대들을 위한 자리를 준비해 두
렵니다.

> — 피에르 드 롱사르, 『피에르 드 롱사르의 마지막 시』

내 팔, 마지막 포옹!
입술, 내 마지막 숨결의 문턱, 정결한 입맞춤!
우리 모두를 죽음까지 끌고 가는 불멸의 접촉을
완성해 주는 입맞춤! 어서 오시오, 잔인한 주인이여, 냉혹한
안내인이여!

— 윌리엄 셰익스피어, 『로미오와 줄리엣』

나를 위해 보냈던 당신의 향긋한 미소, 그 대신으로 당신의
입술에 입맞춤하리다. 나를 위해 쏟았던 당신의 눈물, 그 대
신으로 당신의 눈에 입맞춤하리다. 나를 위해 걸었던 당신의
고행, 그 대신으로 당신의 두 발에 입맞춤하리다.

— 빅토르 위고, 『쥘리에트 드루에에게 보내는 편지』

하소연

그녀는 새롭게 열리는 새벽을 찾아 떠났습니다.
아침의 여명으로, 푸른 하늘을 찾아,
꿈결 같은 입맞춤만을 나누었던 입,
신의 침대에서만 잠들었던 영혼!

— 빅토르 위고, 『명상』

그런데 그들은 죽기 위해서 그 곳을 찾았답니다.
둘 중의 누가 먼저 그렇게 하자고 유혹했을까?

그들의 입맞춤에 어떻게 죽음이 찾았던 것일까? 어떤 탄알이
그들의 심장을 그처럼 불안하게 그러나 확실하게
꿰뚫었던 것일까? 하나가 되었던 그들의 입술은 어떤 안녕을
속삭였을까? 영혼의 안녕, 피의 안녕?
누가 알겠습니까? 그래도, 무한의 세상을 향해 떠나기 전
사랑하는 연인의 품에 안겨 죽음을 맞은 사람은 행복하였
으리라!

— 알프레드 드 비니, 「몽모랑시의 연인들」, 『고대시와 현대시』

마지막 입맞춤

"나도 보고 싶어요"

그녀가 푸케에게 말했다, 하지만 그에게는 진실을 말할 용
기도, 의자에서 일어날 용기조차 없었다. 그는 바닥에 던져진
푸른색 겉옷을 손가락으로 가리켜 보일 뿐이었다. 그 겉옷 안
에 얼마 전까지 쥘리아의 일부였던 것이 감추어져 있었다. 그
녀는 겉옷을 향해 몸을 던졌다. 보니파스 드 라 몰과 마르그
리트 드 나바르에 대한 추억이 그녀에게 초인적인 용기를 주
었던 것이리라. 그녀는 떨리는 손으로 겉옷을 뒤졌다. 푸케는
그 모습을 차마 지켜볼 수 없었다.

곧이어 방안을 서성대는 마틸드의 초조한 걸음 소리가 그
의 귀에 울렸다. 그녀는 서너 개의 양초에 불을 밝혔다. 푸케
가 그처럼 얼굴을 돌리고 있던 동안, 그녀는 조그만 대리석

판에 쥘리앙의 머리를 올려놓고, 그 이마에 입맞춤했다.

— 스탕달, 『적과 흑』

하지만 내게 입맞춤해 줘요! 더 깊이, 내
남자여! 마지막 입맞춤일지도 모르잖아요

— 에밀 졸라, 『나나』

소중한 사람, 내 마음을 사로잡은 사람, 내 숙명을 쥔 사람!
아, 당신은 내 기쁨! 내게 감동을 안겨 준 당신!
당신은 내게 삶을 주었고, 죽음이 뒤엉킨
마지막 입맞춤으로 내 입을 덮어 주소서.

— 마르셀린 데보르드 - 발모르, 『애가 哀歌』

마지막 갈채

손과 얼굴에 폭포수 같은 입맞춤으로 그에게 견딜 수 없는
욕정을 안겨 주었지만 결국 문 밖으로 내치고 말았을 때, 그
녀는 깊은 한숨을 내쉬어야 했다.

— 에밀 졸라, 『나나』

수많은 시련과 소동이 있은 후에야
입맞춤은 짜릿한 여행을 끝내는 법,
불길이 사그라 들면, 혐오감이 뒤따르는 법,

초원의 가치는 풀베기가 더해 주는 법!

— 폴 르부, 『입술에의 입맞춤』

어리석은 사람, 악마를 찾는군요!
그래도 난 당신과 함께 하겠소,
그 몸서리나는 속도감이
내게 조그만 불안감도 안겨 주지 않는다면.
그래 혼자 가구려, 악마에게!

내 허리, 내 허파. 내 오금,
그 어느 것도 그 주인의 찬양을
내게 허락하지 않으리다.
"아, 정말 유감이군요!"
내 심장과 내 오금의 탄식이요

아, 유황불이 폭발할 때 악마에
입맞춤하는 당신의 모습을 보려
그 소동에 함께 할 수 없는
안타까움에 나는 괴롭소
아, 진정으로 나는 괴롭소!

당신의 길을 밝히는 횃불이 될 수 없어,
당신의 길을 막을 수 없어,
내 가슴은 찢어지는 것만 같소
지옥의 횃불! 사랑하는 여인이여,

내 크나큰 고통을 알아주오

당연한 것이라 생각했기에
먼 옛날부터 당신을 사랑했소! 정말로,
악의 정수를 찾고 싶었고,
완벽한 여인, 괴물만을 사랑하고 싶었소
진실이요, 내 사랑의 여인이여, 당신을 사랑하오!

　　　　　　　　－ 샤를 보들레르, 「낙오자」, 『달콤한 속삭임』

역주

1) '상상으로 앓는 환자' 아르강은 아름다운 딸, 안젤리크를 겁쟁이 의사인 토마 디아푸아뤼스에게 주겠다고 약속했지만, 안젤리크는 클레앙트란 청년을 사랑했다.

2) 세비네 부인이 썼던 의미대로 직역하면 "사랑하는 딸아, 너에게 입맞춤을 보내고 껴안아 주련다"고 해석되지만, 요즘의 의미대로 하면 "사랑하는 딸아, 너와 성 관계를 맺고 입맞춤을 하련다"고 해석될 수 있기 때문이다.

3) '가스통 라가프'는 만화가 프랑캥을 대표해 주는 주인공의 이름이다.

4) 바그너의 전설이란 『니베룽겐의 반지』를 가리킨다.

5) 사순절의 첫 일요일, 처녀들은 마음에 드는 청년을 향후 1년간의 약혼자·애인·기사 등으로 선택할 수 있었다.

6) 플루톤은 죽음의 신이다.

7) 가젤은 페르시아를 중심으로 연애와 술을 찬미한 시를 뜻한다.

8) 루시냥은 키프로스 섬을 지배하던 프랑스 가문이며, 비롱은 종교 전쟁 동안 카톨릭의 편에서 군사를 지휘했던 프랑스 장군이다.

9) 세이렌은 반인 반어의 요정으로 아름다운 목소리로 뱃사람을 유혹해서 난파시켰다.

10) 헬리아데스는 그리스 신화에서 태양신이던 헬리오스와 요정 클루메네 사이에 태어난 딸들이다. 형제이던 파에톤의 죽음을 몹시도 슬퍼하며 울어대자 신들이 가엾게 여겨 그들을 포플러로 변신시켜 주었다. 그녀들의 눈물로 만들어진 것을 호박 琥珀 이라 한다.

11) 시돈은 옛 페니키아 왕국의 한 무역 도시이다.

12) 바르테스는 프랑스 축구 국가 대표 팀의 골키퍼이고, 블랑은 주장이다. 블랑은 경기가 시작하기 직전에 바르테스의 박박 깎은 머리에 입맞춤하는 것으로 유명하다.

13) 호도애는 비둘기과의 산새로, 어깨와 날개 빛은 검거나 갈색을 띤다.

14) 얀세니즘은 인간의 자유 의지를 무시하고, 신의 은총을 절대시하면서 도덕적 엄격성을 추구한 기독 교파의 하나였다.

15) 봉주르는 일상적인 인사이며, 봉스와르는 저녁 인사이다.

16) 모르페우스는 그리스 신화에서 꿈의 세계를 지배하는 신이다.

17) 이포리트는 고대 소아시아 북동 지방에서 살면서 전쟁과 사냥을 일삼았다는 용맹스런 여족女族으로 신화 속에 존재했던 아마조네스족의 여왕이었다.

18) 투로스는 해안과 제방으로 연결된 섬 위에 건설된 페니키아의 한 도시를 가리킨다. 주홍빛 옷감과 유리를 제작했던 무역 도시로 융성했다.

19) 주사는 짙은 홍색의 광택을 띠는 광물이다.

20) 블라종은 16세기를 풍미했던 시의 일종이다.

21) 롱도는 16세기에 프랑스에서 유행했던 정형시이다.

22) 데스데모나는 셰익스피어의 희곡, 『오델로』에서 오델로의 아내이다.

23) 키메라는 사자의 머리, 양의 몸, 용의 꼬리를 가진 전설의 괴물이다.

24) 오렌지 화관은 결혼식날 신부가 순결의 상징으로 썼던 것이다.

25) 루피누스는 395년에 자객들에 의해 살해된 로마의 정치가이다.

26) 부용은 연꽃의 다른 이름이다.

27) 로마 황제 클라우디우스의 아내 메살리나는 선천적 다음증多淫症이었던지 로마의 창녀촌에 특실 하나를 마련해 놓고 미남자를 차출하여 수시로 성 관계를 맺었다.

인물 약전

구르몽 Gourmont, Rémy de (1858~1915) 프랑스 비평가로 상징주의자들을 적극적으로 옹호하는 모습을 보여 주었다. 전통주의에 매서운 비판을 가하면서 새로운 문학의 모습을 옹호했던 것이다.

기트리 Guitry, Sacha (1885~1957) 주로 불륜(adultere)을 주제로 한 많은 작품을 발표하면서 20세기 초 프랑스 연극계를 대표했던 예술가이다.

나지안젠 De Nazianze, Grégoire (c. 330~390) 그리스 교회에서 추앙하는 네 교부 중의 하나로 신학자였다. 콘스탄티노플의 주교를 지내기도 했다.

네르발 Nerval, Gérard de (1808~1855) 프랑스 파리 출생. 1826년 『국민 비가』, 『학술원 또는 찾을 수 없는 회원들』을 발표했다. 1841년 정신병의 첫 발작을 일으킨 이후 계속적인 재발로 요양원과 도립 보건소를 드나들게 되었다. 1854년 문인협회의 중재로 퇴원하였으나 거처가 없이 무일푼으로 방랑하다가 1855년 1월의 새벽에 비에이유-랑테른가에서 목을 맨 시체로 발견되었다.

누보 Nouveau, Germain (1851~1920) 랭보만큼이나 저주받은 시인으로 평가받는 프랑스 시인이다.

도르빌리 d'Aurevilly, Barbey (1808~1889) 프랑스의 작가로, 고향인 노르망디에서 문학적 열정과 영감을 얻었다며 고향을 예찬하는 많은 글을 남겼다.

뒤 바르타스 Du Bartas, Guillaume de Salluste (1544~1590) 프랑스 시인으로, 신교도의 관점에서 성경 속의 사건을 주제로 고결한 시를 주로 썼다.

뒤 벨레 Du Bellay, Joachim (1522~1560) 프랑스 플레이아드파의 선언문을 작성했던 시인으로, 로마에서 살면서 로마의 정취와 고향 프랑스에 대한 향수를 주로 노래했다.

드 라 사블리에르 부인 Madame de la Sablière (1636~1694) 프랑스에 차를 우유와 함께 마시는 관습을 들여 온 귀족 부인으로 더 유명하다.

드 세귀르 백작 부인 Sé gurm Comtesse de / Rostopchine, Sophie (1797~1874) 모스크바를 불질러 나폴레옹에게 치명적인 퇴각을 안겨 준 로스토프친 장군의 딸로, 프랑스 귀족 가문과 결혼했던 글재주가 뛰어난 여성이었다.

드노 Desnos, Robert (1900~1945) 프랑스 초현실주의 작가이다.

드농 Denon, Vivant (1747~1825) 프랑스 예술가이자 고고학자로, 나폴레옹의 이집트 원대를 따라 이집트를 찾아서 많은 유물을 루브르 박물관에 옮긴 주역의 하나이다.

라 브뤼에르 La Bruyère, Jean de (1645~1696) 파스칼처럼 깊이 있는 도덕주의자는 아니지만, 기독교의 세계를 정직하고 객관적인 관점에서 보려 했던 작가이다. 다양한 분야에 관심을 보이는 글을 썼고, 독자에게 감동을 안겨 주는 뛰어난 재주가 있었다.

라디게 Radiguet, Raymond (1903~1923) 프랑스 작가이자 시인으로, 전쟁을 배경으로 어린 소년과 한 젊은 부인의 사랑 이야기를 엮은 『육체의 악마』가 대표작이다. 문체는 미숙하지만, 통찰력만은 보편적 진리를 꿰뚫어 보았던 것이라는 평가를 받는다.

라베 Labé, Louise (1524~1566) 프랑스의 여류 시인으로 음악적이고 시적인 감수성이 엿보이는 소네트를 즐겨 썼다.

라클로 De Laclos, Pierre-Ambroise-Franç ois Choderlos de (1741~1803) 프랑스 소설가이자 전쟁터의 장군으로 위명을 날렸고, 루소와는 대조적으로 냉소적이고 야성적인 맛을 풍기는 글을 썼다.

라포르그 Laforgue, Jules (1860~1887) 프랑스 상징주의 시인으로, 형식에 얽매이지 않는 자유시를 추구했다. 이런 자유시는 프랑스 시인만이 아니라, 엘리어트와 에즈라 파운드에게도 깊은 영향을 끼쳤다.

레니에 Régier, Henri de (1864~1936) 장중한 시를 즐겨 썼으며, 그의 자유시적 형식은 1910년대에 영국 시인들에게 많은 영향을 끼쳤다.

로랑스 스테른 Laurence Sterne (1713~1768) 성직자로서 단 두 편의 소설을 남겼지만, 위대한 소설가이자 문학에 혁신의 불길을 당긴 개혁자로 기억된다.

로트레아몽 Lautréamont (1846~1870) 초현실주의 색채를 강렬하게 띤 시를 처음으로 도입했던 선구자의 하나로, 환상적인 세계를 펼쳐 보였다.

론구스 Longus 3세기경의 그리스 작가로, 『다프니와 클로에의 목가적 사랑』을 남겼으며, 목동들의 사랑을 아름답게 노래했다.

롱사르 Ronsard, Pierre de (1524~1585) 프랑스 르네상스 시대의 시인으로, 플레이아드 파를 이끌었다. 프랑스가 낳은 최고 시인 중의 한 사람으로 평가되며, 사랑을 주제로 많은 시를 남겼다.

루 Roux, Saint-Pol (1861~1940) 브르타뉴 출신의 시인으로, 초현실주의자들의 찬사를 받았지만 실제로는 상징주의 운동을 이끌었던 대표적인 인물 중의 한 사람이다.

루이스 Lewis, Matthew Gregory (1775~1818) 영국 출신의 작가로 고딕 소설인 『수도자』를 발표한 이후, '수도자 루이스'로 불렸다.

루이스 Louÿs, Pierre (1870~1925) 옛 그리스 시대의 사회를 재현하려 했던 꿈 많은 작가였다. 특히 사포에서 문체와 주제를 많이 빌어 왔던 것으로 알려진다. 한편 문단의 친구들보다는 작곡가 클로드 드뷔시와 가장 절친한 친구도 지냈다.

르부 Reboux, Paul 프랑스 19세기의 시인이다.

르브랭 Lebrun, Ponce Denis Écouchard (1729~1807) 프랑스 시인이다.

릴 아담 L'Isle-Adam, Auguste Villiers de (1838~1889) 프랑스 소설가로, 낭만적인 문체와 소설적 구성에서는 환상적인 미스터리와 공포가 어우러진 소설을 남겼다.

릴르 Lisle, Charles Marie Leconte de (1818~1894) 프랑스 시인으로, 고대 세계에서 영감을 빌려 와 많은 시를 남겼다.

마로 Marot, Clément (1496~1544) 프랑스아 비용의 시를 개작해서 당대의 독자들에게 소개했던 것으로 유명했다.

메리메 Mérimée, Prosper (1803~1870) 프랑스 낭만주의 작가로, 간결하고 억제된 문체로 유명했다.

모랭 Morin, Edgar 프랑스 소르본 대학교에서 역사, 사회학, 경제학, 철학, 법학을 공부한 프랑스의 대표적인 사회학자이자 문학비평가이다. 그 외에 인류학, 생물학, 물리학, 생태학, 환경학 등 다양한 학문 분야를 넘나들며 현대 인간, 사회, 문화에 대해 연구하고 이에 대해 많은 저서를 펴냈다.

모레아스 Moréas, Jean (1856~1910) 아테네에서 태어난 프랑스 시인이다. 1872년에 프랑스로 건너왔고, 상징주의적인 시를 썼지만 나중에는 전통적 색채의 시를 옹호하는 입장을 띠었다.

모크루아 Maucroix, François de (1609~1708) 우화 작가로 유명한 라 퐁텐과 절친한 관계로 지냈던 프랑스의 시인이었다.

몽테를랑 Montherlant, Henry Millon de (1896~1972) 프랑스 소설가로서, 남성적인 힘이 넘치고 개인주의적 색채를 띤 소설을 썼다. 1차 대전에 참전했고, 나중에는 육상 선수와 투우사로 활약하며 흥미로운 삶을 살았던 예술가이다.

베르니니 Bernini, Gian Lorenzo (1598~1680) 이태리의 조각가이자 건축가로, 이태리 바로크 시대를 대표하는 예술가였다.

베르에렌 Verhaeren, Émile (1885~1916) 플랑드르 출신으로 자연을 찬미한 시인이었으며, 기차에 받쳐 세상을 떠난 것으로 알려진다.

베르트랑 Bertrand, Aloysius (1807~1841) 프랑스 낭만주의 시인이다.

벨로 Belleau, Remi (1528~1577) 플레이아드 파에 속한 시인으로 평가되며, 『4월 노래』가 대표작으로 손꼽힌다.

브로도 Brodeau, Victor (1500~1550) 사랑을 주제로 많은 시를 남 겼으며, 형식과 내용의 일체성을 추구했던 시인이었다.

브와튀르 Voiture, Vincent (1597~1648) 프랑스의 시인이자 작가로, 프랑스 살롱계의 삶을 주로 그렸다.

비니 Vigny, Alfred de (1797~1863) 프랑스 작가로, 가혹한 세상과 외롭게 투쟁하는 개인의 삶을 그리면 낭만주의라는 철학을 제시 해 주었다.

비어스 Bierce, Ambrose Gwinett (842~1914) 마크 트웨인과 동시대 에 활약했던 작가이자 저널리스트로, 서부에서 주로 활동했으며 멕시코로 건너간 후 행방이 묘연해졌다.

생 시몽 Saint-Simon (1760~1825) 프랑스 철학자로 과학과 산업이 주도하는 사회를 옹호했다. 자발적인 사회의 조화를 꿈꾸었다.

샤를 페로 Perrault, Charles (1628~1703) 프랑스의 민담에 관심을 기울이면서 민담을 새롭게 각색했던 작가로 이름을 떨쳤다.

세낭쿠르 Sénancour, Étienne Pivert de (1770~1846) 프랑스 낭만주 의 작가이다.

슈네우르 Schnéour, Zalman 유대계의 작가로 유대의 문학에 에로티 즘을 도입한 예술가로 유명하다.

슈보브 Schwob, Marcel (1867~1905) 프랑스의 작가이자, 저널리스트이다.

앙드레 쉐니에 André Chénier (1762~1794) 18세기 프랑스의 가장 위대한 시인으로 평가되기도 하며, 서정적이면서 풍자적인 시를 즐겨 썼다. 폭정을 비난하는 시 때문에 처형당하는 비운을 겪어야 했다.

오비드 Ovide (BC 43~AD 18) 로마 시인으로 사랑을 주제로 많은 시를 남겼고, 특히 『변신』은 최대의 걸작으로 손꼽힌다.

워홀 Warhol, Andy (1928~1987) 광고 디자이너로 출발해서 나중에는 팝 아티스트로 성장했다. 여기에서 언급하는 마릴린 몬로는 그의 『100개의 마릴린 초상』을 상징적으로 이야기하고 있는 것이다.

위스망스 Huysmans, Joris-Karl (1848~1907) 프랑스 작가이자 예술 비평가로, 에밀 졸라와 무척이나 절친한 관계로 지내면서 자연주의 운동을 이끌었다.

자리 Jarry, Alfred (1873~1907) 무정부주의적 색채를 띠었던 프랑스 작가이다.

코페 Coppée, François (1842~1908) 프랑스의 극작가이자 시인으로, 가족적인 상황을 주된 주제로 삼았으며 무척이나 검소하면서도 단아한 삶을 살았던 예술가로 평가받는다.

크로 Cros, Émile-Hortensius-Charles (1842~1888) 프랑스의 시인이자 발명가로, 소리를 디스크 등에 녹음하는 시스템을 개발해 냈다.

크세노폰 Xenophōn (BC 430~BC 355) 그리스의 역사학자이다.

클로츠 Klotz, Claude (1932~) 프랑스 소설가로 선사시대를 배경으로 쓴 소설에서 독자에게 커다란 상상의 세계를 선물한다. 그의 소설에서는 상상, 유머, 지성을 맛볼 수 있다는 평가이다.

클링소르 Klingsor, Tristan (1874~1966) 거의 잊혀졌지만 진정으로 예술을 사랑했던 시인이자 화가였던 것으로 알려진다.

타위로 Tahureau, Jacques (1527~1555) 프랑스 시인으로 사랑을 주제로 한 시를 주로 썼다.

타티우스 Tatius, Achille 3세기경에 살았던 그리스 작가이다.

트루아 Troyes, Chrétien de (1130?~1195) 프랑스에서 태어난 시인으로 『아서왕의 전설』을 처음으로 문학적으로 다룬 작가로 알려져 있다.

퍼스 Perse, Saint John (1887~1975) 프랑스 시인이자 외교관이었고, 서정적인 시를 썼던 것으로 이름이 남아 있다. 1960년에 노벨문학상을 수상했다.

포르네레트 Forneret, Xavier (1809~1884) 프랑스의 시인이다.

프로페르티우스 Propertius, Sextus (BC 50~BC 16) 로마시대에 사랑을 노래했던 대표적인 시인이다.

플라우투스 Plautus, Titus Maccus (AC 254~BC184) 로마시대의 희극 시인으로 귀족 계급보다는 중산층과 하층민의 삶을 주로 그렸다.

역자 강주헌

1957년 서울에서 태어났다.
한국외국어대 불어과를 졸업하고 같은 대학원에서 석사와
박사 학위를 받은 뒤, 프랑스 브장송 대학에서 수학했다.
한국외국어대와 건국대 등에서 강의했고,
현재는 전문 번역가로 활동 중이다.
저서로는『현대 프랑스 언어학』,『현대 불어학 개론』등,
역서로는『수도원의 비망록』,『미친 여자친구』,
『루이자 메이 엘콧의 꽃들의 전설』,『톨스토이의 성경』,
『앗! 시리즈―세익스피어 이야기』,
『모나리자는 원래 목욕탕에 걸려 있었다』등이 있다.

달콤한 너무도 달콤한 입맞춤

1판 1쇄 인쇄 2000년 12월 15일
1판 1쇄 발행 2000년 12월 20일

지은이 마르틴 메랄
옮긴이 강주헌
발행인 김태문
펴낸곳 다락방

등록번호 제13-660호
주소 서울시 서대문구 북아현 3동 1-546
전화 02-312-2029
팩스 02-393-8399
E-mail darakpub@thrunet.com

ISBN 89-7858-011-4 03860
정가 7,800원